Denise Harris

SexLügen

Erotischer Roman

Für meine Cousine,
die meinen Traum vom Schreiben
immer unterstützt hat.

www.blue-panther-books.de

Blue Panther Books Taschenbuch
Band 2187
1. Auflage: Oktober 2012

Vollständige Taschenbuchausgabe
Originalausgabe

Umschlaggestaltung: www.heubach-media.de
gesetzt in der Trajan Pro und Adobe Garamond Pro
Printed in Germany
ISBN 978-3-86277-102-8
www.blue-panther-books.de

Prolog – März 2010

Im Dezember 2003 hatte ich sterben wollen. Ich hatte versucht, mit meinem Tod die dunklen Punkte in meinem Leben zu vergessen. Drei Jahre lang führte ich ein Doppelleben – es war eine Zeit der Lügen.

Meine Therapeutin meinte einmal, es könnte noch Jahre dauern, bis ich bereit wäre, über alles zu sprechen. Und so ist es auch. Jeden Tag kämpfe ich mit meiner Vergangenheit, und jeden Tag gewinne ich ein bisschen gegen die Dämonen, die mich quälen.

Heute bin ich glücklich. Und ich bin im dritten Monat schwanger – von einem der beiden Männer, die ich liebe. Noch weiß ich nicht, was es wird. Aber ich träume von dem Tag, an dem ich herausfinde, wessen Augen das süße kleine Wesen bekommen hat.

Ich bin froh, dass mein Leben der Täuschung, des Lugs und des Betrugs vorbei ist. Und wenn ich eines gelernt habe, dann, dass Glück nichts Dauerhaftes ist. Bei Gott, das weiß ich jetzt ...

»TraumFeuer«

Die Internet-Story

Mit dem Gutschein-Code

DH2TBBXYZ

erhalten Sie auf

www.blue-panther-books.de

diese exklusive Zusatzgeschichte als PDF.
Registrieren Sie sich einfach online oder
schicken Sie uns die beiliegende
Postkarte ausgefüllt zurück!

Mein anderes Leben – November 2006

»Vergib mir Vater, denn ich habe gesündigt. Meine letzte Beichte war vor einer Woche.« In dem engen, finsteren Beichtstuhl verwandelte mein französischer Akzent jedes meiner Worte in das Gurren einer Taube. Ich war keine gläubige Christin. Ich glaubte nicht an Gott. Damit passte ich bestens zur Bevölkerungsmehrheit unseres schönen Biberstaates Oregon, mit all seinen Agnostikern und Atheisten.

»Sprich, mein Kind.« Reverend O'Malleys Stimme klang kräftig. Zuversichtlich. *Alles wird gut werden,* schwang in jeder Silbe mit.

»Ich ... ich habe unkeusche Gedanken, Reverend. Ich denke immerzu an Sex.«

»Ohhh.«

»Ich träume von wilden, hemmungslosen Vereinigungen. Von Männern, mit denen ich nicht verheiratet bin. Von Männern, die mich benutzen. Von Männern, die mich nicht lieben, sondern nur begehren.«

»Ah ... Oh.«

»Ich träume von harten ... wirklich, wirklich harten Schwänzen. Knüppelharten Schwänzen. Dick ... prall ... und lang. Pulsierend und fleischig. Von Hoden, die literweise ihren Samen in mich ergießen. Von Hoden so groß wie ... wie Hühnereier.«

»Ah …« War das ein Stöhnen? »Ich … ich weiß, was dir hilft, mein Kind.«

»Was, Reverend? Sprecht bitte. Soll ich mich diesen Männern hingeben, die mir jeden Tag wollüstige Blicke zuwerfen? Die mich mit ihren Blicken ausziehen? Darf ich sie endlich in mir spüren? Stoß für Stoß? Zoll für Zoll? Diese langen … dicken … Schwänze? Schwänze, die bis auf den letzten Tropfen in mir abspritzen?«

»I-Ich werde dich auf den rechten Weg zurückführen, mein Kind.«

Meine Hand glitt über den Innenschenkel unter meinem Rock. Vorsichtig. Ich wusste, dass Reverend O'Malley das sehen konnte. Und ich sah auch, was er tat. Hitze stieg in mir auf.

»Ich streichle mich, Reverend. Ich streichle mich jeden Tag. Doch mein Verlangen wird nicht gestillt. Die Sehnsucht verzehrt mich. Und ich bin immer feucht! So unheimlich feucht!«

Die Tür zum Beichtstuhl öffnete sich. Blendendes Licht drang zu mir herein. Ich blinzelte und erkannte in dem hellen Schein die Silhouette von Reverend O'Malley. Anfang vierzig. Gut gebaut. Sehr gepflegt. Eine heftige Erektion zeichnete sich unter seinem Talar ab. Vertrauensvoll hob ich die Hand. Wohin würde er mich führen?

Er fasste mir an den Rock. An meinen Slip. Der weiche Seidenstoff rieb an meiner zum Überlaufen erregten Spalte. Atemlos nahm ich aus den Augenwinkeln wahr, dass für Allerheiligen doppelt so viele Kerzen für den Altar gestiftet worden waren. Draußen auf den Friedhöfen wälzten sich gespenstisch die Oktobernebel über die geschmückten Gräber. Mein Reverend zog mich hinter sich her und ich folgte ihm durch seine Kirche.

Die »Mother Therese« stand auf den Grundmauern des ältesten Gotteshauses im Westteil der Stadt. Gegründet um

1822, als »The Clearing«, der Ort, der später mit sechshunderttausend Einwohnern Portland werden sollte, noch keine achthundert Bewohner zählte.

Es roch nach Weihrauch. Nach heißem Wachs. Blumen.

Das Licht der herbstlichen Spätnachmittagssonne fiel durch die bunten Fensterscheiben hoch über dem Altar. Grüne, gelbe, rote und blaue Farbkleckse tanzten über unsere Körper. Reverend O'Malley drückte mich an sich. Er wollte mich. Er wollte meinen Körper. Aber durfte er denn das? Er war doch Priester! Ich hob abwehrend die Hände.

»Gott, du bist so schön! Ich muss dich haben«, stöhnte er. »Komm mit! In mein Büro.«

Ich schüttelte das Haar aus der Stirn und stieß ihn fort, mit gesenktem Kinn und lockendem Wimpernschlag.

»Non«, antwortete ich fest. Ich sehnte mich nach der einladenden Dunkelheit des Beichtstuhls. Doch dort wäre es nicht dasselbe gewesen. Dort wäre es verlogen gewesen. Hier war der richtige Ort. Ich verlor mich in dem Farbenspiel der bunten Scheiben. Das Licht beschützte mich. Vielleicht weil Gott zusah?

Wie eine unberührbare Statue badete ich in dem hellen Schein. Unnahbar und unschuldig. Meine Hände folgten den zart geschwungenen Rundungen meines Körpers. Streichelten meine Schenkel, meine Hüften. Meinen Po. Ich zeigte Reverend O'Malley, wo und wie ich gern berührt werden wollte. Die Bluse befreite sich aus meinem Lederrock. Die Knöpfe öffneten sich. Der Rock rutschte hoch.

»Ich muss dich haben«, keuchte er wie ein verwundetes Tier. Seine Hände nahmen Besitz von meinen Brüsten. Seine wunderschönen Finger, seine gepflegten Fingernägel strichen über meine Haut. Ich drehte mich und floh vor seinen Berührungen. Lehnte mich provozierend gegen den Altar und wandte mich von ihm ab.

Kühle Luft strich über meine Haut. Meine kehligen Atemzüge drangen durch die düstere Stille der gottverlassenen Kirche. Die dunklen Eingänge hungerten wie einsame Raubtiere nach verlorenen Seelen. Niemand erhob sich von den leeren Sitzreihen, um gegen diese Gotteslästerung zu protestieren.

Mit dem Rücken zum guten Reverend ließ ich meinen Rock zu Boden gleiten. Darunter trug ich schwarze Spitzendessous und seidenglänzende Strümpfe, die mit Strapsen an Ort und Stelle gehalten wurden.

Anmutig stieg ich mit den schwarz-glänzenden High Heels aus dem Kleiderbündel zu meinen Füßen und wiegte meine Hüften in sanften Bewegungen. Mit dem sündig rot lackierten Nagel meines Zeigefingers fuhr ich über die massive Granitplatte des Altars. Unendlich langsam kreiste ich um die eigene Achse und streckte dem Reverend meinen Po entgegen. Ich fühlte seinen Blick auf den strammen apfelförmigen Pobacken.

Mit den Enden meiner Bluse spielend, drehte ich mich und setzte mich auf den Altar. Ich hob mit den Fingerspitzen meinen Slip an und offenbarte das feuchte, teilrasierte Paradies zwischen meinen Beinen, das nur darauf wartete, von Reverend O'Malley zurückerobert zu werden. Tropfen meiner Lust benetzten den harten Granit.

»Danielle, du bist verrückt ...«, stöhnte Reverend O'Malley und ließ seine Finger begierig über meine Oberschenkel wandern. Ich schlüpfte aus meiner Bluse und hängte sie auf das Kreuz neben dem ausgeschalteten Mikrofon am Altar. Meine ebenholzschwarzen Haare fielen über meine schneeweißen Schultern. Eine widerspenstige Strähne verirrte sich zu der dessousverhüllten Knospe meiner rechten Brust.

Ich strich sie nach hinten und widmete mich seinem Talar. Sein Schwanz hüpfte aus den weißen Boxershorts. »Fußsoldat Christi« stand auf den Shorts in schwarzen Lettern geschrieben.

Darunter ein Smiley, dessen Zunge einem Penis verdächtig ähnlich sah.

»Oh Reverend«, keuchte ich.

»Danielle! Wenn uns jemand erwischt ...« Er warf einen ängstlichen Blick durch seine Kirche. »Der Bischof darf es nie erfahren. Sonst bin ich mein Amt los. Versprich mir das!«

»Wieso sollte er von uns erfahren? Niemand wird uns erwischen«, versicherte ich ihm und schleuderte meinen Büstenhalter achtlos zu Boden. Die Farbkleckse – rot, blau, gelb – zuckten über meine großen Brüste. Ließen die zartrosa Knospen in allen Farben des Spektrums erstrahlen.

Reverend O'Malleys Schwanz streckte sich mir entgegen. Wie die Schlange der Eva, als sie vom Baum der Erkenntnis naschte. Er war zum Platzen erregt. Es fehlte nicht mehr viel und er würde sich auf mich ergießen.

»Gott sieht uns«, flüsterte ich, »und er hat nichts dagegen. Siehst du? Der Himmel verdunkelt sich nicht. Keine zerbrochenen sieben Siegel. Keine schallenden Posaunen. Keine Engel, die ...«

»Du Teufelsweib! Sprich das ›Ave Maria‹, Danielle.«

»Ich ...«

»Sag es und bitte um Vergebung! Bitte um Vergebung für deine Sünden!«

Ich tat es und Reverend O'Malley drang in mich ein – umgeben von strahlendem Kerzenschein und duftendem Blumenschmuck. Von Safer Sex hielt er nicht viel. Und er kam nach nur wenigen Stößen. Tropfen seines Spermas glitzerten wie milchig-weiße Perlen auf den pechschwarzen Haaren meiner Scham. Sie ergossen sich auf den Granit des Altars. Den roten Teppich zu seinen Füßen.

»Du verdorbene Sünderin.«

»Das bin ich«, flüsterte ich unterwürfig.

»Sieh nur, was du angestellt hast! Sieh nur, wie du diesen heiligen Ort entweiht hast.«

Ich rutschte vom Altar herunter. Reverend O'Malleys Samen floss aus meiner Scheide auf die Innenschenkel.

»Ja, ich bin eine Sünderin.«

Ich kniete mich nieder und nahm seinen erschlaffenden Pimmel in den Mund. Schmeckte seinen bittersauren Samen. Er stieß einen animalischen Laut aus. In Nullkommanichts ragte sein Schwanz wieder wie ein Speer in die Höhe.

Ich umschloss den harten Schaft mit meinen Lippen. Mein Kopf ruckte vor und zurück. Ich saugte. Blies. Schleckte.

Reverend O'Malleys Finger krallten sich in mein schwarzes Haar. »Oh, du verdorbene Sünderin.«

»Ja, das bin ich«, bestätigte ich erneut zwischen Schlucken, Blasen und nach Luft ringen.

Er spritzte mit einem erstickten Schrei ab. In drei Stößen. Das Sperma lief meine Mundwinkel herab zu meinem Kinn. Seine Atemstöße hallten leise von den Mauern hinter leeren Sitzreihen wider. Die heilige Mutter Maria und der gekreuzigte Heiland straften uns mit vorwurfsvollen Blicken.

Angestrengt blinzelte Reverend O'Malley auf mich herab. »Ich erteile dir die Absolution, mein Kind.« Atemlos malte er ein Kreuz in die Luft. Seine Augen glänzten lüstern. Sein Samen tropfte vom erschlaffenden Schwanz auf den heiligen Boden der Kirche. Zu den anderen Spermatropfen auf dem roten Teppich.

Ein Klopfen an der Tür unterbrach uns. Die Klinke wurde vergeblich auf- und niedergedrückt. Hastig suchte ich meine Sachen zusammen.

»Beeil dich!«, herrschte er mich an.

Ich schlüpfte in meinen Ledermini und streifte mir die Bluse über.

Reverend O'Malley warf sich in den Talar, steckte mir das übliche, unbeschriftete, weiße Kuvert zu und schritt zur großen doppelflügeligen Eingangstür. Ich versuchte, mich durch den Seiteneingang in die Sakristei davonzustehlen. Doch dafür war es zu spät. Reverend O'Malley hatte die Tür geöffnet, und eine Matrone – über zweihundert Pfund Lebendgewicht, frisch gewaschenes graues Haar – schnaufte an ihm vorbei.

»Gott sei Dank, Reverend. Ich dachte schon, Ihnen wäre etwas zugestoßen. Weil die Türen verschlossen waren und alles.«

»Aber nein, Mrs Biedermayer. Nicht doch. Kommen Sie bitte herein. Ich werde Ihnen gleich die Beichte abnehmen.«

Mrs Biedermayers Blick glitt zu mir. Missbilligend musterte sie mein Outfit und prüfte misstrauisch den Reverend. Der Talar wies an der verdächtigen Stelle über dem Schritt einen filmig feuchten Fleck auf. Mrs Biedermayer ignorierte ihn geflissentlich, doch mir warf sie einen Blick zu, der ewiges Fegefeuer verhieß. Ewige Höllenqualen im Hexenkessel Luzifers. Frauen waren schließlich der Quell alles Bösen, die personifizierte Sünde.

Reverend O'Malleys Kuvert jedoch – oder besser gesagt sein Inhalt – ließ mich ihr finsteres Gesicht mit einem Lächeln ertragen. Wer brauchte schon das Jenseits, wenn er sich mit dem Diesseits arrangieren konnte? Leider stimmte das nicht. Ich hatte Probleme. Probleme ohne Ende. Und nicht nur finanzieller Natur.

»Vergiss nicht, in zwei Wochen wieder zur Beichte zu kommen, mein Kind«, sagte Reverend O'Malley in meine Richtung.

»Natürlich nicht.« Ich lächelte scheu und deutete einen Knicks an. Meine Brüste schwangen auf und ab. Reverend O'Malleys Samen tropfte in meinen Slip. Ich beeilte mich, die Kirche zu verlassen, und setzte meine Sonnenbrille auf. Es war höchste Zeit.

»Das arme Kind. Es muss viel beichten«, donnerte Reverend O'Malleys Stimme gespenstisch von den Kirchenwänden. »In einem so schönen Körper steckt wahrhaft das Potenzial für große Sünde. Finden Sie nicht auch, Mrs Biedermayer?«

***

Mein zweiter und letzter Termin an diesem herbstlichen Tag führte mich in die Arlington Heights am westlichen Ende von Portland. Mein Kunde wohnte in einem eineinhalb Millionen Dollar Anwesen. Einem Palast aus Holz, Stein und Glas. Von dort hatte man einen wundervollen Blick auf das Zentrum der Stadt, den majestätischen Vulkankegel Mount Hood und den Willamette River. Auch wenn ich es nie zugegeben hätte – ich hätte mich in dieses Haus verlieben können. Und das lag nicht nur an dem hauseigenen Swimmingpool, der Sauna oder dem hervorragend bestückten Weinkeller. Allein der malerische Naturbadeteich vor dem zweigeschossigen, im Chaletstil gehaltenen Eigenheim war eine Fahrt hierher wert. Der Herbst hatte das Ahornlaub weinrot gefärbt. In ungeordneten Häufchen wehten die Blätter über den Asphalt und wurden im Sog meines kleinen Fords davongewirbelt.

Der Anblick der Stadt schlug mich beim Einparken wie jedes Mal in seinen Bann – die sturmgrauen Wolkenkratzer, die wie geschliffene Marmorblöcke im Licht der Spätnachmittagssonne erstrahlten, das spärlich durch die Wolkendecke brach. Nervös riss ich mich davon los und läutete an der Tür. Ich war spät dran. Sehr spät sogar. Ein strenger Pazifikwind pfiff um die Baumkronen der Douglas-Tannen und um meine nur hauchdünn bekleideten Oberschenkel.

Tom, mein Kunde, hatte einen besonderen Wunsch geäußert. Und den konnte man nicht pünktlich auf die Minute arrangieren. Niemand konnte das.

Die schwere Tür zur Halle schwang auf, und Tom, der Halbitaliener, erschien mit einer Zigarette zwischen seinen hübschen Lippen. Seine Mundwinkel deuteten ein amüsiertes Grinsen an. Er sah gut aus. Unheimlich gut. Und das Dumme war, dass er nur zu genau um die Wirkung seines Aussehens wusste.

»Du hast ein gebuttertes Brötchen bestellt«, säuselte ich – als wäre es das Natürlichste auf der Welt. Ich nahm die Sonnenbrille ab.

»Ja.« Toms Augen glänzten fiebrig. Wahrschlich hatte er sich eine Line zu viel reingezogen – »Raketentreibstoff für Champions«. Auf seinem Couchtisch im Wohnzimmer lagen mit Sicherheit der Spiegel und die Kreditkarte, mit der er sein Koks säuberlich aufreihte.

Tom griff mir in den Schritt und schob den Slip zur Seite. Mit zwei Fingern drang er in mich ein. Die ganze Fahrt hierher hatte ich meine Schenkel zusammengepresst, um möglichst viel Sperma in mir zu behalten. Jetzt ließ ich los. Reverend O'Malleys Samen benetzte Toms Finger. Prüfend rieb er die Fingerspitzen und hielt sie mir unter die Nase.

»Du wurdest also gefickt, du kleine Schlampe.«

»Ja«, antwortete ich, »denn das ist, was Schlampen tun.«

»Du willst gefickt werden? Schwing endlich deinen Arsch zur Tür rein. Ich werde seinen beschissenen Samen aus dir rausvögeln!«

Ich folgte ihm in das luxuriös ausgestattete Wohnzimmer, vorbei am Billardtisch, auf dem wir es unzählige Male getrieben hatten, zu der hellbeigen Couchlandschaft. Wie ich vermutet hatte, lagen dort auf dem Tisch Spiegel und Kreditkarte. Koksreste waren über das Glas verteilt. Bingo.

»Willst du auch was?«

Ich hätte eine Line vertragen können. Ich musste funktionieren. Stattdessen nestelte ich am Gürtel seiner Hose herum. »Vielleicht später.«

»Später? Das sieht dir doch gar nicht ähnlich, D.«

»Non?«, lächelte ich. »Lass es uns lieber tun, mon chéri. Jetzt gleich. Den ganzen Tag verzehre ich mich nach dir. Der andere war ein Schlappschwanz.«

Er grinste selbstbewusst. Sein großer Schwanz brach ins Freie. »Natürlich war er das.«

Ich kniete mich nieder und nahm sein herb schmeckendes Prachtstück in den Mund.

Er hielt mich zurück. »Nein, meine kleine Schlampe. Ich habe etwas anderes mit dir vor. Etwas viel Besseres!«

Er packte meine Hand und zog mich hinter sich her, die Treppe hinunter in die nach Motoröl und Gummireifen riechende Garage. Dort parkte sein Wagen. Ein grelloranger Lamborghini Diablo GT. In L.A. besaß er auch einen Ferrari F-430 und einen Porsche 911.

»Setz dich in die Karre! Streichle dich selbst. Ich will sehen, wie du seinen Samen über deine Grapefruits verteilst.« Er riss mir die Bluse über die Brüste und zog meinen Rock hinunter.

Nur in Unterwäsche, die schön feucht von Reverend O'Malleys Samen glänzte, setzte ich mich auf das weiche Leder des Fahrersitzes und streckte meine langen Beine aus. Meine bestrumpften Zehen berührten das Glas der Windschutzscheibe. Der Pfefferminzgeruch des Duftbäumchens wehte mir schwach entgegen, und ich streifte meinen klatschnassen Slip über die Pobacken hinauf zu Schenkel und Waden. Er verfing sich am Absatz meines Stöckelschuhs und fiel schließlich herab. Ich hängte ihn über den Rückspiegel – ein kleines Souvenir für Tom. Bei dem Pfefferminz-Duftbäumchen war mein Höschen in bester Gesellschaft.

Spielerisch ließ ich meine Finger über meine strammen Beine gleiten, bis ich mir endlich an die klatschnasse Möse fasste. Rhythmisch tauchte ich mit Zeige- und Mittelfinger ein. Manchmal auch mit beiden gleichzeitig.

»Ja, so ist es gut, du Schlampe. Das brauchst du, nicht wahr?«

Ich nickte atemlos.

»Komm endlich«, flüsterte ich. »Fick mich. Ich brauche es so sehr! Ich brauche einen richtigen Mann!«

»Nein«, raunte er heiser. »Ich will, dass du dich fingerst, bis du kommst, meine kleine Schlampe.«

Ich vermutete, dass er bis unter die Schädeldecke zugekokst war und keinen mehr hochbrachte. Mir konnte es egal sein. Ich war mein Geld wert, ob er nun kam oder nicht. Der BH rutschte über meine prallen Brüste herab.

Ich rieb meine von Reverend O'Malleys Samen klebrigen Finger an den empfindsamen Spitzen und stellte mir vor, dass Tom mein Traummann war. Der Mann, auf den ich mein ganzes Leben und mindestens sechs Monate gewartet hatte. Meine Innenschenkel berührten sich. Die pechschwarzen teilrasierten Härchen pikten, verklebt von der getrockneten Samenflüssigkeit des guten Reverends.

»Bitte, ich halte es nicht mehr länger aus«, hauchte ich. Meine High Heels polterten hinab zum Gaspedal. Ich bog das Becken durch. Meine bestrumpften Füße spielten mit dem Lenkrad, als wäre es die Eichel eines Riesenphallus. Ich winkelte die Beine an, um sie anschließend wieder auszustrecken.

»Ist deine Möse sauber? Schmier dir den Saft ins Gesicht!«

Ich verteilte Reverend O'Malleys Samen auf meinen Wangen, genauso wie es laut Discovery Channel Native Americans taten, wenn sie rituelle Kriegsbemalung auftrugen. Langsam fuhr ich meine Wangenknochen entlang hinunter zum Kinn.

Kalt. Glitschig.

»Das reicht! Fick den Schalthebel!«

Ich öffnete den Mund.

»Rutsch rüber und fick den Schalthebel.«

Geziert setzte ich mich auf und schwang meinen Po über der

Handbremse in Position. Die Beschriftung auf dem Lederknauf blitzte mir entgegen. Und da hieß es immer, wir Amerikaner könnten nur mit Automatik fahren.

»Reib deine verdammte Drecksmuschi am Schalthebel.«

Ich rutschte nach vorn. Das Leder des Griffs berührte meine Perle. Die Handbremse drang in die Spalte meines Pos. Der Gedanke, dass mich Tom dabei beobachtete, erregte mich. Andererseits war das alles nur ein Job. Ich hätte auch Kinderlieder für ihn gesungen.

»Tom, bitte! Tom! Ich will dich endlich in mir spüren.«

»Reib deine beschissene Muschi an dem Scheiß-Schalthebel.«

Meine Klitoris sandte wohlige Empfindungen durch meinen Schoß. Schweißperlen tropften von meiner Stirn auf meine schweren Brüste. Mein Atem kam stoßweise. Mein Becken schaukelte wie eine Boje im Sturm. Meine Lustspalte rieb an dem glatten Lederknauf auf und ab, als wäre er die Spitze eines Schwanzes. Die Spitze eines sehr harten Schwanzes.

»Und jetzt ... führ ihn in dich ein.«

»Willst du das wirklich?« Reverend O'Malleys Samen auf seiner Gangschaltung – konnte das Tom tatsächlich wollen?

»Ja!« Tom näherte sich wie ein hungriger Wolf. Ein sehr zugekokster hungriger Wolf. Mit geöffneter Hose und heruntergezogenem Slip. Sein Blick machte mir Angst. Er sah wahnsinnig aus. Tollwütig.

»Hast du wieder eine Ecstasy eingeworfen?«

»Leck meinen Schwanz, du Schlampe, während du den Schalthebel reitest!«

Ich verrenkte mich und krallte meine rot lackierten Fingernägel in seinen Arsch. Drängte ihn fest an mich heran. Die Spitze seines Schwanzes drang bis in meinen Schlund.

»Ja, das brauchst du, nicht wahr, D? Du brauchst es, gefickt zu werden!«

Ich nickte eifrig. Ich spürte, wie er immer härter wurde. Konnte es sein? Tom war ein Tier. Er konnte bis oben hin zugekokst sein und trotzdem noch einen hochbekommen. Das Geheimnis lag in den Tabletten, die er schluckte. Einmal hatte ich ihn eine Line ziehen und anschließend Viagra nehmen sehen.

»Und jetzt hoch den Arsch!«

Ich schwang meinen Körper in dem engen Lamborghini herum.

Er packte meine Pobacken und rammte den Liebesspender von hinten in meine nasse Spalte. »Ja, das ist ein geiler Arsch. Den würde ich gern mal durchficken.« Er streckte einen Finger nach meiner Rosette aus und spielte an mir rum.

Ich schlug seine Hand zur Seite. »Kein Griechisch für dich, mon chèri. Für kein Geld der Welt!«

»Ach komm schon, D.« Er lächelte unschuldig wie ein Schuljunge. »Ich zahl dir auch das Doppelte dafür.«

»Non heißt non!«

»Du willst nicht? Dann vögle ich dich jetzt, bis du um Gnade winselst.«

Mon dieu, dachte ich. Wenn er so weitermachte, musste ich ihm keinen Orgasmus vorspielen. Seit wann fühlte sich sein Schwanz so gnadenlos gut an?

Ich stöhnte. Laut. Wer konnte schon von sich behaupten, in einem Lamborghini gevögelt worden zu sein?

Sein Bauch klatschte gegen meine Pobacken. Er ließ seine flache Hand auf meinen Hintern knallen. Die Haut brannte. Ich wollte ihn anschreien. Doch der Schmerz hatte etwas Befreiendes. Ich fand keine Worte dafür. Es fühlte sich richtig an. Gut.

Er ließ seine Handfläche auf die andere Arschbacke sausen. Es blitzte vor meinen Augen auf. Was machte der Kerl da mit mir?

»Ja, du kleine Schlampe.« Er riss meinen Kopf an den langen schwarzen Haarsträhnen zurück. »Du weißt, dass du das verdienst, nicht wahr?« Er schlug mich noch einmal. Und wieder. »Wer war der Schwanz, der dich gevögelt hat?« Und wieder knallte es. »Wer war der Versager?«

»Ein Studienkollege aus meinem Englischkurs.«

Er schlug mich erneut. Besonders fest.

»Und wie war er? Dieser Schlappschwanz?«

»Erbärmlich.« Ich stöhnte. »Er kam in dem Moment, als er in mich eindrang.«

Es krachte. Mein Po glühte. Ich wollte nicht geschlagen werden. Doch dieser Schmerz war anders. Ich fühlte mich nicht erniedrigt. Er befreite mich ...

Ich schrie meine Ekstase hinaus. Der Schrei drang bis in das oberste Stockwerk – zu den fünf Schlaf- und den vier Badezimmern. Meine Augen verdrehten sich leicht nach oben. Ein krampfhaftes Zittern durchlief meinen Schoß. Die wackeligen Beine zuckten.

Dann kam er. Heftig. Meine Möse quoll von seinem Samen über. Ich bemühte mich, alles aufzufangen, bevor etwas auf das teure Leder des Sitzes tropfen und hässliche Flecken verursachen konnte.

Er lachte irre. »Na, verdammt? Bin ich gut oder bin ich gut?«

»Du bist ein Sexgott.« Meine Stimme klang heiser. »Bist du sicher, dass du nicht Franzose bist?«

»Franzose!«, wieherte er. »Das ist ein Original-L.A.-Schwanz, Süße. Europäische Männer finden ja nicht einmal ihren Arsch mit zwei Händen.« Er packte meinen Kopf und stopfte mir seinen Schwanz in den Mund.

»Für den geilen Fick müsstest eigentlich *du* mir etwas zahlen.«

»Das erlaubt mir mein Arbeitgeber leider nicht.« Schmatzend

schleckte ich seinen Schwanz sauber. »Außerdem bin ich ja nur eine arme, fünfundzwanzigjährige Studentin ...«

Er grinste selbstverliebt. »Meine kleine Französin. Du kommst über den großen Teich und triffst auf den besten amerikanischen Schwanz von ganz Oregon. Das war ein Multipler, oder? Ich erkenne einen Multiplen, wenn ich einen sehe. Wie oft bist du gekommen? Dreimal, viermal?«

»Machst du Witze?«, lachte ich. »Ich bin abgegangen wie eine Rakete.«

***

»Hier.«

Wir hatten uns angezogen und waren zurück ins Wohnzimmer gegangen, wo wir an der Bar ein paar extrastarke Drinks leerten. Er reichte mir das Geld. Es war ein dickes Bündel. In seinen Augen sah ich, dass er an das Arrangement erinnert wurde. Natürlich hatte ich beim Sex gelogen. Und ich fragte mich, ob er sich auch selbst belog, was seine Qualitäten im Bett anging. Doch was das betraf – keine Lüge war schlimm genug, um sie nicht mit einer Line Koks wieder vergessen zu machen. Und die genehmigte er sich auf seiner hellbeigen Couch. Ausgiebig.

Größe des Schwanzes und Wildheit allein führten bei mir noch nicht zu einem Höhepunkt. Mein Mann war der Erste gewesen, der mich vaginal zum Orgasmus gebracht hatte. Und obwohl ich meine Orgasmen sehr gut steuern konnte, hatte nicht jeder Mann die nötige Ausdauer, den richtigen Kniff und genug Einfühlungsvermögen dieses Kunststück zu wiederholen.

Ein Mann wie Tom, dessen Ego mit Koks exponentiell anwuchs, war viel zu sehr mit sich selbst beschäftigt, um eine Frau selbstlos befriedigen zu können. Da half ihm auch sein großes Haus nichts, sein Lamborghini oder seine Cartier Uhr. Deshalb buchte er mich. Ich sagte ihm genau das, was er hören wollte. Denn seine Zufriedenheit war mir die paar Ungenauigkeiten bei der Wahrheit mehr als wert – Dollar für Dollar.

»Vergiss nicht die Thanksgiving-Party für meine Geschäftspartner in drei Wochen, D. Ich will, dass die Feier perfekt wird.« Er schniefte und sah mich über die Koksreste am Tisch hinweg an. »Ich will dich an meiner Seite haben, capisci?«

»Ich hab's mir notiert. Hast du schon eine Begleitagentur beauftragt?« Ich gesellte mich zu ihm auf die Couch und stellte mein Glas ab. »Du hast etwas von mindestens sechs oder sieben Mädchen gesagt.«

»Ich will, dass du dich darum kümmerst, D. Ich verlass mich voll und ganz auf dich. Du wirst bei der Party auch den einen Geschäftsmann kennenlernen, von dem ich dir erzählt habe.« Er schniefte wieder und strich sich mit den Fingern über die Nasenflügel.

»Willst du, dass ich mit ihm schlafe?«

Er steckte sich eine Zigarette an und blies genussvoll den Rauch aus. »Tu, was du tun musst, aber ich will, dass dir der Mistkerl aus der Hand frisst. Ich will, dass du ihm nicht mehr aus dem Kopf gehst, klar? Wenn du das hinbekommst, bring ich dich wie versprochen in Zekes neuem Filmprojekt unter.«

Er beugte sich zu mir vor und küsste mich hart. Ich ließ es geschehen. Sein wilder Kuss gab mir das Gefühl, begehrt zu werden.

»Das nächste Mal ficke ich dich in deinen Arsch, du geile Schlampe!«

Ich entwand mich lächelnd seiner Umarmung und stand auf. »Nicht alles kann man für Geld kaufen, chéri.«

Er sah mir nach. Ich öffnete mir selbst die Tür.

»Deinen Arsch schon«, rief er.

Die Tür fiel hinter mir ins Schloss, und ich schluckte auf dem Weg zu meinem Wagen den bitteren Kloß in meinem

Hals hinunter. Die Stelle an meinem Hintern, wo er mich geschlagen hatte, brannte noch immer. Tom wollte meine Rosette entjungfern. Er war fest entschlossen, und ich hatte die vage Ahnung, dass es ihm auch eines Tages gelingen würde. Denn der Gedanke erregte mich.

***

Jedes Mal, wenn ich von einem Kunden kam und an einer Straßenkreuzung halten musste, fragte ich mich, was die Menschen wohl dachten, die mich durch die Windschutzscheiben ihrer biederen Kleinbürgerwagen anstarrten. Ob sie ahnten, dass ich vor zwei Stunden mit einem Priester gevögelt hatte? Oder mich bis vor ein paar Minuten hatte vernaschen lassen – auf dem Fahrersitz eines Lamborghinis?

Mein Arbeitshandy klingelte. Bruce, mein Brötchengeber. Brötchengeber klang wesentlich besser als Zuhälter – was er auch nicht wirklich war. Er war ein Freund und kein Ausbeuter. Meistens zumindest.

»Was ist los, Kleines?« Es folgte der für seine Raucherlunge typische Hustenanfall. Mindestens tausend Mal hatte ich ihm nahegelegt, mit dem Rauchen aufzuhören.

»Du bist ja gar nicht zu erreichen heute! Und bei mir klingeln pausenlos die Telefone.«

Ich überhörte nicht den Tadel in seiner Stimme. Dabei hätte er sich mittlerweile daran gewöhnt haben müssen, dass ich kaum noch auf seine vorwurfsvollen Andeutungen reagierte.

»Wie lief es mit unserem braven Reverend O'Malley?«

»Du wirst es nicht glauben – er hat mich nicht dafür bezahlt, mit ihm ins Restaurant zu gehen«, erwiderte ich spöttisch. »Er hat es sich zur Aufgabe gemacht, meine sündige Seele zu retten. Ich bin seine höchstpersönliche Maria Magdalena.« Obwohl – es war nicht bewiesen, dass Maria wirklich eine Prostituierte gewesen war. Und wenn man bedachte, wie genau es der brave Reverend O'Malley mit der Sünde nahm, konnte in seinen Augen aus einem übereifrigen Groupie aus dem Gefolge Jesu schnell mal eine Nutte werden. Jesus war meiner Einschätzung nach auch nur ein Mann gewesen – ein Mann mit Bedürfnissen. Und Marias einzige Schuld war, eine Frau zu sein, die das Pech hatte, sich in ihren Rockstar zu verlieben. Aber das war eine andere Geschichte.

»Hat er bezahlt?«

»Yep, ein hübsches Kuvert liegt hier neben mir.« Ich blätterte die Scheine kurz durch. »Volle drei Stunden – wie vereinbart. Ich hoffe, er musste dafür nicht die Kollekte Mutter Theresas plündern.« Dass uns die gute Mrs Biedermayer bei unserer »Sündenaustreibung« gestört hatte – nicht zum ersten Mal, wie mir einfiel – musste Bruce ja nicht unbedingt wissen.

»Du verschweigst mir doch etwas, oder?«

»Ich wüsste nicht was, Bruce ... Oh ja, stimmt – da wäre eine Sache. Du solltest mit dem Rauchen aufhören.«

»Du weißt, dass ich es gar nicht schätze, wenn sich unsere Escort-Damen etwas nebenher verdienen.«

»Das sagst du jedes Mal, Bruce. Und? Habe ich dich schon einmal hintergangen?«

Tom Langdons Gesicht poppte aus dem Nichts vor mir auf. Er zog sich vor meinem geistigen Auge eine Line rein. Hitze stieg in mir auf. Natürlich wusste Bruce nichts von Tom. Warum auch? Tom war mein Kunde. Ausschließlich *mein* Kunde. Den hatte ich mir selbst erarbeitet. Ich rutschte auf dem Sitz hin und her. Meine Pobacken brannten von seinen Schlägen. Mühsam unterdrückte ich ein Stöhnen.

»Also gut. Du hast heute Abend noch einen Kunden, Kleines. Der ewig quengelnde Quentin verlangt nach dir.«

Auch das noch!

»Bruce, ich bin erledigt. Wirklich.«

»Jetzt mach mir keinen Kummer, ja? Du hast selbst gesagt, du möchtest mehr arbeiten und mehr Geld verdienen. Unser Quentin wünscht sich meinen Top-Hasen und den bekommt er. Bitte enttäusch mich nicht schon wieder. Ich hatte dich bei der morgigen Halloween-Party fix eingeplant.«

»Bruce«, versuchte ich es noch einmal. »Ich habe auch ein Privatleben – und in dem dreht sich nicht alles nur ums Beinebreitmachen.« Halloween war für meinen siebenjährigen Sohn reserviert. »Du hast gesagt, du würdest das respektieren.«

»Tu ich auch, Kleines«, tat er verständnisvoll, »aber Arbeit ist Arbeit und, eine Autorin wie du, weiß besser als ich, wie der Spruch weitergeht.«

»Ja, Bruce«, gab ich zurück. »Aber dieser Quentin ist ... ist ...«

»Also, bist du dabei? Oder ...« Er musste den Satz nicht vollenden. Verdammt, ich konnte es mir nicht leisten, dass er sich jemand anderen suchte. Wie fand er nur immer die richtigen Worte? Er klang schon wie mein Ex-Verleger.

»Na gut.« Ich seufzte. Dabei hatte ich mir vorgenommen, mich in Zukunft von diesem unheimlichen Quentin fernzuhalten. »Schieß los.«

»Er hat dich die üblichen drei Stunden gebucht. Dasselbe Hotel, dieselbe Suite. Gib dein Bestes.«

Suite! Sogar Junior-Suite war noch geschmeichelt. Ich sah auf meine Armbanduhr und unterdrückte mühsam einen Fluch. Damit würde ich wieder nicht vor zwei ins Bett kommen. Ich sehnte mich nach einer Prise »Raketentreibstoff«.

»Das war das letzte Mal, Bruce, und sag unseren Stammkunden endlich, sie sollen mich im Voraus bezahlen. Hinterher wirkt das immer so ... so ...«

Doch Bruce hatte schon aufgelegt.

***

Es war eines der exklusiveren Hotels mit angeschlossenem Restaurant in der Nähe des Flughafens. Eine Passagiermaschine hob von der Startbahn ab und stieg in den rötlichen Abendhimmel. Ich verschwendete keinen zweiten Blick an sie. Zielstrebig trat ich in die nach Internationalität duftende Lobby und steuerte den Aufzug an. Meine High Heels klapperten über den Steinboden mit der Regelmäßigkeit eines Metronoms.

Der Portier war mittlerweile gewohnt, mich zu jeder Tages- und Nachtzeit aufkreuzen zu sehen. Er blickte kurz von seiner Zeitschrift auf, nahm aber kaum merklich Notiz von mir. Mehr als einen Kunden hatte Bruce' Agentur von ihm vermittelt bekommen. Er kannte seine Gäste und wusste, welche Wünsche diese hegten. Dafür revanchierten wir uns mit einem üppigen Trinkgeld.

Mir war nicht mehr wohl, seitdem die Cops dieses Hotel und seine Gäste im Visier hatten. Im Sommer wäre ich um Haaresbreite einem Undercover-Bullen ins Netz gegangen. Nicht irgendeinem Bullen. Einem besonderen. Mir schauderte bei dem Gedanken die ganze Fahrt nach oben, bis ich endlich aus dem Lift stieg.

Quentin öffnete die Tür seines Hotelzimmers und reichte mir, die Augen starr auf den Boden gerichtet, das Kuvert mit dem Sklaventribut. Er war nackt, bis auf das Lederhalsband mit dem Eisenring um seinen Hals.

»Danke, dass Ihr so schnell kommen konntet, Herrin.«

Ich schritt gebieterisch in die Suite.

Das Zimmer war nicht das Teuerste. Nicht das Schönste. Aber es erfüllte seinen Zweck. Hier fand üblicherweise Sex zwischen zwei Menschen statt, die sich nicht kannten. Menschen, die nicht miteinander verbunden waren und es auch nicht auf Dauer sein wollten.

»Alors, du warst also wieder ungezogen, du Wurm?« Eine

canyontiefe Unnahbarkeit trennte uns, magisch verstärkt durch meinen Akzent. Ich war der wahrgewordene Traum einer französischen Herrin, die sich ganz Amerika untertan machte.

Er starrte gebannt auf die Rückseite meines Lederminis. Spermaflecken. Mit dem geübten Blick eines leidenschaftlichen Voyeurs verfolgte er jeden meiner Schritte.

»Und du wagst es, mich von meinen Vergnügungen wegzuholen?« Ich drehte mich herum. Genau so, dass er die milchig weißen Flecken im Auge behalten konnte.

Sein Schwanz ruckte wippend nach oben. Sein Schwellkörper füllte sich pumpend mit Blut. Heftig atmend betrachtete er die Flecken. Spermaflecken bedeuteten, dass ich Sex gehabt hatte. Er wusste, dass mich zumindest ein Mann so berührt hatte, wie ich es ihm nie gestatten würde. Der Gedanke erregte ihn. Und mich auch.

»Ja, ich habe mich prächtig amüsiert«, säuselte ich trunken von der süßen Erregung, die in der Luft lag. »Amüsiert mit einem Mann, der eine Frau zu befriedigen weiß. Ich habe mich von einem Mann ficken lassen, der von einem elenden Wurm wie dir nicht einmal Notiz nehmen würde. Knie nieder, Sklave!« Ich holte die neunschwänzige Katze aus meiner Handtasche. »Leck den Spermafleck von meinem Rock.« Ich schlug leicht auf meine Pobacke. Autsch. Tom, der Bastard, hatte ganze Arbeit geleistet.

Quentin rutschte auf den Knien um mich herum und leckte mit der Zunge über das schwarze Leder. Ich konnte nicht entscheiden, ob die Flecken von Reverend O'Malley stammten oder von Tom Langdon. Das war ohne Bedeutung. Sie erfüllten, ohne dass ich es geplant hatte, bei diesem Spiel mit Quentin eine nette Rolle. Nichts ging über Improvisation!

Mein Gesäß brannte noch immer von Toms Schlägen. Ich entzog die Pobacken Quentins Zunge. »Nun, mein Sklave, wie kann dich deine Herrin heute bestrafen? Hast du meinen Drink und meinen Imbiss bestellt?«

»Beides kommt wie immer in ein paar Minuten«, beeilte sich Quentin zu stammeln.

»Hast du mein Bad eingelassen?«

»Natürlich. Nicht zu heiß, wie Ihr es wünscht.«

Himmlisch. Ich ließ mich zu einem Lächeln hinreißen. Quentin war wahrscheinlich ein braver Kerl. Wenn bloß diese finstere Seite nicht an ihm gewesen wäre. Er jagte mir Heidenangst ein. Dabei hätte er sich gut als Butler gemacht. Aber abgesehen von der Angst gab es schlimmere Arten, drei Stunden totzuschlagen. Das Bad würde wahre Wunder wirken.

»Folge mir!« Ich ging voran in das flirrend hell erleuchtete Badezimmer und prüfte mit dem Zeigefinger die Temperatur des Badewassers. Perfekt.

»Wasch dir die Hände. Mit Seife.«

Er folgte meiner Anweisung und trocknete seine Hände gründlich ab.

»Runter auf den Boden.« Ich streckte ihm den Fuß entgegen. »Zieh mir die Schuhe aus. Aber wage es nicht, meine Beine anzufassen.«

Er bemühte sich schwer atmend, mir die High Heels abzustreifen, als es geschah. Vor lauter Zittern berührte er mein linkes Sprunggelenk.

Ich holte mit der Peitsche aus.

»Vergebung, Herrin. Ich war ungeschickt. Es passiert sicher nicht wieder.«

»Du kennst die Regeln, Quentin. Versagen ist keine Option. Los, rüber zum Hocker! Beug dich vor. Hoch den Arsch!«

Über den Badezimmerschemel gebeugt, streckte er mir seinen schwabbeligen Hintern entgegen.

»Fünf Peitschenhiebe.«

Das Velourleder zischte durch die Luft. Zwischen jedem Schlag zählte ich stumm zehn quälend lange Sekunden. Tiefrote Striemen zogen sich über seine blasse Haut. Gequält sah er zu mir auf.

»Und jetzt den anderen Schuh.«

Diesmal schaffte er es ohne Fehler.

»Brav, mein Sklave.« Ich sah über ihn hinweg, als wäre er meines Blickes nicht würdig. »Ich habe heute etwas Besonderes für dich. Wenn du brav bist, darfst du mir zusehen, wie ich mich ausziehe. Willst du brav sein?«

»Oh ja«, bettelte er.

»Schließ die Augen und wage es nicht zu blinzeln ...« Ich stellte mich vor die Badewanne und warf mich in Pose. »Jetzt darfst du schauen!«

Ohne unnötige Hast streifte ich den Rock ab. Sein Atem setzte aus. Seine Augen traten hervor. Er schluckte heftig. Ich trug keinen Slip! Natürlich nicht. Dieser baumelte ja noch immer neben dem Duftbäumchen am Rückspiegel von Toms Lamborghini – gesetzt den Fall, dass Tom ihn nicht entfernt hatte.

»Herrin, Herrin! Welch eine Gnade. Nie zuvor habt Ihr mir einen solchen Anblick gewährt.«

Meine Bluse zog ich aus und legte sie fein säuberlich gefaltet über den Handtuchhalter. »Nein, aber ich denke, dass du es dir mittlerweile verdient hast.« Ich streifte die Strümpfe ab und platzierte sie zusammen mit meinem BH neben der Bluse.

»Den Slip habe ich bei dem Mann gelassen, der mich ficken durfte. Er ist ein richtiger Zuchtbulle – nicht so eine unwürdige Kreatur wie du. Du Karikatur von einem Mann. Wahrscheinlich riecht er gerade an dem Slip, während ich dir lediglich gestatte, meine Füße zu massieren.«

Ich setzte mich splitternackt auf den Beckenrand der Badewanne und streckte ihm huldvoll meine Zehen entgegen.

Manchmal erlaubte ich ihm, meine Schuhe zu putzen.

»Ich darf eure Füße ... Habt Dank, Herrin, habt Dank. Ihr werdet es nicht bereuen.«

Vorsichtig massierte er meine Zehen und arbeitete sich zu den Ballen vor. Ich spreizte die Schenkel. Gewährte ihm einen Blick auf meine feuchte, zweimal gefickte Möse – eine Möse, von der er seit Monaten hoffte, sie einmal zu Gesicht zu bekommen. Näher als jetzt würde er da nie herankommen. Und das wusste er.

Ich stöhnte. Meine Fußsohlen sandten wohligen Empfindungen durch meinen Körper.

»Oh ja, das ist gut ...« Ich schloss genussvoll die Augen. Verdammte High Heels! Meine Schuhe machten mich genauso an wie die Männer, für die ich sie anzog, aber erfunden hatte sie wahrscheinlich ein Frauenhasser. Ich schnurrte wie ein Kätzchen, als Quentin die Fersen erreichte. Meine brennenden Pobacken verhinderten jedoch, noch länger seine Zuwendung zu genießen. Ich hielt es nicht mehr aus, einfach nur ruhig dazusitzen.

»So, genug. Warte auf deinem Platz und bring mir dann den Drink und meinen Imbiss. Ich möchte, dass du den Zimmerservice ohne Handtuch empfängst. Splitternackt, hörst du?«

»Ja, Herrin.« Er nickte stolz.

Ich steckte meine lange schwarze Haarpracht hoch, stieg malerisch in die Badewanne; dabei bedeckte ich gekonnt die roten Flecken auf meinem Po, und ließ mich aufreizend langsam ins Wasser gleiten. Der blendend weiße Schaum benetzte meinen flachen Bauch und meine schweren Brüste. Quentin hatte sie schon früher kurz zu sehen bekommen. Doch heute war sein Glückstag. Vielleicht weil ich ihn zukünftig als Kunden ablehnen würde. Ich würde Bruce bitten, ihm ein anderes Mädchen zuzuweisen. Geld hin oder her ...

Ich tauchte bis zu den Schultern in das herrlich warme Nass und verdrängte alle dunkeln Vorahnungen.

Quentin ließ seinen Blick über meine Brüste wandern, die cremeweiß wie Sahnepudding aus dem schaumigen Wasser hervorragten. Ich gestattete es ihm. Vorerst.

Es klopfte an der Tür. Keine Sekunde zu früh. Quentin trat hinaus – nur mit Sklavenhalsband und halbstrammem Schwanz. Ich schloss genussvoll die Augen. Dann hörte ich einen Schrei. Das Scheppern von Geschirr. Die Tür schlug zu und Quentin kam zum Bad hereingestürzt.

»Herrin! Herrin!«

»Was?«

»Der Zimmerservice, Herrin! Die Erfrischungen brachte diesmal eine Frau!«

***

Quentin verbrachte die nächsten zehn Minuten damit, das Malheur zu beseitigen und auf einen neuen Drink zu warten. Ich gestattete ihm, von dem zu Boden gefallenen Lachsbrötchen zu naschen.

Geschafft lehnte ich mich in der Wanne zurück und genoss den ätherischen Duft des Badeschaums. Die Wirkung meines »Raketentreibstoffs« ließ nach. Ich fühlte mich müde. Schwer und doch federleicht. Schwer ...

Ich spürte eine Hand an meinem Schritt. Blinzelte. Quentin! Er hatte mir an die Möse gefasst.

»Du Unwürdiger«, schrie ich und schlug ihm mit der Hand ins Gesicht.

»Gnade, Herrin, Gnade.« Er duckte sich und verneigte sich unterwürfig. »Ich war wie von Sinnen. Ich wusste nicht mehr, was ich tat.«

»Dafür wirst du leiden, Sklave! Büßen!« Ich schnellte aus dem Wasser hoch und rutschte um ein Haar aus.

»Leiden! Hörst du?«

»Ja, Herrin.« Er kroch am Boden herum.

»Keine Strafe, die du dir ausdenken kannst, wird fürchterlich genug sein, du Wurm.«

Er faltete flehend die Hände. »Ich war sehr ungezogen. Ich verdiene jede Strafe.«

Ich stieg aus der Badewanne und griff nach der Peitsche. Doch Auspeitschen allein war keine angemessene Züchtigung für sein Vergehen. Ich hätte ihn totprügeln müssen, für das, was er getan hatte.

»Toilettendienst, Herrin!«, rief er aus. Er holte sich mein vermeintliches Einverständnis ein und robbte zur Kloschüssel. Dort leckte er das Email ab – vom Fliesenboden bis hinauf zur Sitzbrille.

Ich wollte etwas sagen, war aber zu versteinert von dem Anblick. Seine Zunge kostete tatsächlich von der Toilettenschüssel. Ich war versucht, vom Safeword Gebrauch zu machen. Es war einfach zu widerlich. Ich räusperte mich.

»Es ist nicht genug, nicht wahr?« Er hob die Klobrille an und schleckte über den inneren Rand. Immer tiefer verschwand sein Gesicht in der Kloschüssel. Ich stand neben ihm. Splitternackt. Fassungslos.

»Gut so?« Seine Stimme hallte wie aus einer tiefen Höhle kommend. Was zum Teufel machte er da? Ein himmelblauer Pissoirstein. Er nuckelte an dem himmelblauen Pissoirstein! Mein Magen rebellierte. »Nein, es ist …«

»Betätigt die Spülung, Herrin. Ich habe es verdient.«

Meine Hand glitt zur Toilettenspülung. Bevor ich mich versah, sprudelte das Wasser über Quentins Kopf. Ich schauderte.

Wie eine nasse Katze sah er zu mir auf. Das Haar voller Toilettenspülwasser. »Bestraft mich, Herrin. Bestraft mich härter.«

»Ich …«

»Lasst mich Eure Verachtung spüren!«

»Die hast du!« Ich würgte. Krampfhaft versuchte ich, das Krächzen in meiner Stimme zu unterbinden. Ich empfand etwas anderes für ihn. Mitleid. Und Zorn! Verdammt, er hatte mir an die Spalte gefasst. *Na und,* fragte eine Stimme von ganz weit hinten. *Du wirst bezahlt fürs Anfassen. Das ist dein Job! Du bist eine Nutte.*

Ich kramte die Latexhandschuhe aus meiner Handtasche. Nichts, was mir einfiel, hätte gereicht, Quentin zu zeigen, wo sein Platz war. Ich verzweifelte.

»Tut es, Herrin, ergießt eure Verachtung über mich.«

In Trance stieß ich ihn mit dem Bein flach zu Boden. »Umdrehen! Auf den Rücken!«

Er wand sich herum. Einen Fuß drückte ich auf seinen Brustkorb. Dann beugte ich mich zu ihm hinab, packte sein Kinn und sah ihm tief in die Augen. Ich musste meine ganze innere Kraft aufbieten. Nur mein verzweifelter Mangel an Geld hielt mich noch hier. Ich war schon lange kein Engel mehr. Quentin hatte ja keine Ahnung von der Hölle, durch die ich gegangen war. Mein Gesicht spiegelte sich in seiner Iris. Es war die Fratze eines Dämons. »Du hast mich echt verärgert, Quentin. Es gibt Grenzen, die werden nicht überschritten.«

Doch plötzlich schienen die alten Grenzen nicht mehr wichtig zu sein. Grenzen waren nichts Statisches. Grenzen waren Grauzonen. Fließend.

Er starrte auf meine geöffnete Pussy, die jedes Wort von mir wiederholte. Ich schloss die Augen. Der Drang war nur allzu leicht zu kontrollieren. Doch was war, wenn man die Kontrolle abgab? Ich warf den Kopf zurück. Stöhnte.

Es tropfte langsam. Ich war blockiert. Der Schmerz in meinem Po rief sich wieder in Erinnerung. Und alles ergab mit einem Mal einen Sinn.

»Ja, Herrin. Ja!«

Goldene Tropfen lösten sich in einer Perlenkette von meinem Schritt und stürzten auf Quentins Gesicht. Die goldenen Perlen zerplatzten auf seiner Haut. Zerfielen in immer kleinere Perlen und brachen das Licht in den Farben des Regenbogens. Die Perlenketten verwandelten sich in einen Strahl flüssigen Goldes.

Quentin schleckte sich über den Mund. Er wollte nach dem Strahl greifen.

»Bleib liegen! Hände auf den Boden!«, herrschte ich ihn an und dachte mir: *Oh mein Gott, was tue ich da?*

Es roch nach Vanille. Nach den Cocktails, die ich bei Tom geleert hatte.

Die goldene Lache sammelte sich rund um die Toilette. Es grauste mich. Ich hatte einem Mann ins Gesicht gepinkelt. Gab es etwas Verachtenswerteres als das? Ich brauchte einen Martini. Eine Dusche. Beides. Ich musste fort. Ich ertrug es nicht länger, hier zu sein.

Ich stand auf, ließ das Wasser im Bad ab und brauste mich gründlich ab. Schrubbte jeden Zoll meiner Haut. Als könnte ich den Dreck abwaschen, der meine Seele belastete. Doch das gelang nicht. Es würde nie gelingen.

»Alors, du weißt, was du zu tun hast.«

Doch Quentin beachtete mich nicht. Er strahlte über das ganze Gesicht. Er lag in meiner Pisse und lächelte verzückt. Dann sah ich, dass er gekommen war. Sein Sperma hatte sich mit meinem Urin vermischt. Er hatte sich seine Belohnung selbst genehmigt. Ich war eine miserable Herrin.

»Mach das Zimmer sauber. Das Bad ... Mach ...« Meine Stimme erstarb. Ich würgte. Quentin, mein persönlicher Toilettensklave. Nein, danke!

Ich zog mich an und verließ das Hotel.

***

Ich saß im Auto und war auf dem Weg nach Hause, als mein Handy klingelte. Mich ekelte vor meinem Job. Es ekelte mich vor mir selbst. Bevor ich noch darüber nachdachte, nahm ich das Gespräch an. Meine Finger waren leider schneller.

»Ja?«

»Hallo Chérie!« Worte auf Französisch. *Hallo Chérie.*

Mit quietschenden Reifen hielt ich am rechten Straßenrand.

»Arnaud!«, entfuhr es mir. Meine Hand zitterte. »Woher hast du diese Nummer?«

»Spielt das eine Rolle?« Er lachte. Seine Stimme hatte noch immer diesen melodischen Klang. Diesen Klang, der mich in meinen Albträumen verfolgte. In dunklen, langen Albträumen.

»Was willst du?« Ein hässlicher Geschmack lag mir auf der Zunge.

»Ich bin die Woche vor Thanksgiving in der Stadt und treffe mich mit alten Bekannten. Ich will, dass du mich begleitest.«

»Scher dich zum Teufel!«

»Na, na, na, Chérie! Behandelt man so seinen ehemaligen Liebhaber? Dein Mann hat mich eine schöne Stange Geld gekostet. Die wirst du abarbeiten. Oder soll ich ihm von unserem kleinen Arrangement erzählen?«

Musste er nicht! Schnell blätterte ich meinen Terminkalender durch. »Ich kann nur am Mittwoch vor Thanksgiving.« Ich dachte fieberhaft nach. Terminkollisionen musste ich wohl in Kauf nehmen. Ich presste die Lippen aufeinander. Meine Pobacken brannten noch immer von Toms »Liebkosungen«.

»Du hast dann Zeit, wenn ich es sage. Denn du möchtest ja um deines Sohnes willen nicht, dass gewisse Dinge ans Licht kommen, nicht wahr?«

»Ich warne dich!«

»Willst du beschissene Nutte mir etwa drohen?«

Meine Arme zuckten. Kalter Schweiß lief über meine Stirn.

»Das nächste Mal wird es kein Pfefferspray sein!«

Er lachte überheblich. »Entspann dich, Chérie. Ich geb' dir auch wieder Taschengeld. Ganz wie früher.«

»Du kennst meine Forderung.«

»Forderung?«, amüsierte er sich. »Was für ein hochgestochenes Wort. Also, ich ruf dich an, wenn ich im Hotel einchecke. Und dann zeig ich dir gründlich, was ich mir von dir erwarte. Zieh die schwarzen Strapse an, die ich dir letztes Mal aus Paris mitgebracht habe!«

Letztes Mal, vor drei Jahren? Als er diese ... diese »Dinge« mit mir gemacht hatte?

Er legte auf.

Ich zitterte am ganzen Körper und hatte das Gefühl, keine Luft mehr zu bekommen. Fahrig kramte ich in meiner Handtasche rum und zog mir eine ordentliche Portion »Raketentreibstoff für Champions« rein. Koks. Zum zweiten Mal am heutigen Tag. Dabei hatte ich mir geschworen, die Finger von dem Scheißzeug zu lassen. Ich unterdrückte einen Fluch. Ich hatte mir aber auch geschworen, nie wieder mit Arnaud, diesem Scheißkerl, zu reden.

***

Gegen halb zwei Uhr morgens kam ich endlich nach Hause. Der mit Sperma befleckte Mini und die Bluse landeten in der Wäsche, gefolgt von meinen Dessous – dem Teil, der noch davon übrig war – und den Strümpfen.

Stille. Nackt schlich ich durch die menschenleeren Räume. Es war stockdunkel bis auf die Lichtverschwendung der Portlander Skyline, die durch die ostseitig gelegenen Fenster funkelte. Draußen in der Einfahrt glomm im Halloween-Kürbis eine einsame Kerze und warf fratzenhafte Schatten über den Asphalt. Die Dunkelheit beschützte mich – genauso wie mich das Licht in der »Mother Therese« heute Nachmittag beschützt hatte. Sie beschützte mich vor dem, was ich gesehen und getan hatte.

Und vor dem, was im Dunkel meiner Erinnerung lauerte. Vor den Stimmen. Den Worten auf Französisch … *Hallo Chérie.*

Ich sah mich erschlagen in meinen vier Wänden um. Das war ein Riesenhaus mit sonnigem Garten, schoss es mir durch den Kopf. Zu groß für eine einzelne Frau. Viel zu groß. Allein der Kaufpreis für den Pool im Anschluss zur Terrasse belief sich auf knapp hundertfünfzigtausend Dollar – dreimal mehr, als manch ein Grundstück samt Haus in anderen Teilen des Countys wert war. Das Haus selbst hatte siebenhundertfünfzigtausend Dollar gekostet – das heißt, wenn es einmal abbezahlt war. Mittlerweile glaubte ich nicht mehr daran.

Wie farblos und grau alles wirkte, wenn das Leben keinen Sinn mehr hatte. Wenn man vom Weg abgekommen war und seinen Platz nicht mehr kannte. Dabei hatten mein Mann und ich immer davon geträumt, eine Hauseinweihungsfeier zu veranstalten. Eine Swingerparty. Doch zu der würde es wohl nie mehr kommen.

Ich ertappte mich, dass ich meine schattenhaften Rundungen im Garderobenspiegel betrachtete – meine schwarzen Haare, die über meine großen cremefarbenen Brüste fielen. Wie verlogen das Pechschwarz auf mich wirkte. Meine Haut sah dann noch heller aus. Noch blasser. So unnatürlich. Ich vermisste meine honiggoldene Walle-Mähne, die wie Gold und Silber glänzte, wenn sich das Sonnenlicht darin verfing.

Ich vermisste mein früheres Leben. Meine Freundinnen Mel, Lauren und Jacky. Ich hatte sie alle belogen. Sie und ein paar andere. Keine von ihnen durfte wissen, was ich hier trieb.

Mich überfiel große Lust, jemanden anzurufen. Meine Cousine. Wie spät es wohl gerade in Paris sein mochte? Ich besaß nicht die notwendige Kraft nachzurechnen.

Marc. Meinen Piloten. Er brachte mich immer so herrlich zum Lachen.

Steven. Meinen guten, bösen Cop. Zu gern hätte ich mich an seine starke Brust gekuschelt.

Meinen Mann Ronald. Ja ... Ron. Wahrscheinlich vögelte er dieser verdammten Schlampe Ellen in diesen Augenblicken die Seele aus dem Leib.

Meine Atemzüge mutierten zu einer Ansammlung von schweren Seufzern. *Lieber Gott, hol mich von hier fort!*

Ich legte das Handy weg. Ich konnte niemanden anrufen. Nicht jetzt. Nicht um diese Uhrzeit. Ich hätte schlafen sollen. Morgen, eigentlich heute, dachte ich verwirrt, war ein wichtiger Tag. Halloween. Ronald würde unseren gemeinsamen Sohn Titouan vorbeibringen. Damit er über die Feiertage bei mir war.

Ich betrachtete Jack O'Lanterns unheimliches Schattenspiel. Die Kürbisfratze hatten Titou und ich zusammen ausgehöhlt. Toueys Halloween-Kostüm lag schon bereit. Er wollte als Spiderman gehen. Ich hatte versprochen, ihn und seine Schulfreunde auf eine »Süßes oder Saures«-Tour durch die Nachbarschaft zu begleiten. Weil ich von allen die coolste Mom war, wie die Kids meinten. Wenn die Eltern der Kinder gewusst hätten, womit ich derzeit meinen Lebensunterhalt verdiente, hätte mein Sohn mit einem Schlag alle seine Freunde verloren. Vielleicht wären wir sogar von der Schule verwiesen worden.

Also spielte ich eine Lüge, wahrte den Schein und war für die meisten noch immer die mehr oder minder erfolgreiche Romance-Novel-Schriftstellerin, die auf gerade mal vier Romane zurückblicken konnte.

Autorin ... Der Laptop in meinem Arbeitszimmer hatte sich schon vor Stunden auf Stand-Bye geschaltet – ein stummes Bild der Anklage. Ich hatte am Vormittag kaum etwas Nennenswertes geschrieben – kaum dreihundert Wörter. Ich schrieb nie etwas Nennenswertes. Wie hieß es so treffend? Aus Talent, Leidenschaft und Disziplin konnte man einen Roman schmieden. Die Leidenschaft war zwischenzeitlich erkaltet und die Disziplin hatte sich heimlich verabschiedet, um Sex-Partys zu feiern. Alle meine Lehrer für kreatives Schreiben hätten den Kopf geschüttelt, wenn sie mich jetzt gesehen hätten. Mir war lediglich ein rapide schwindendes Talent geblieben.

Ich kämpfte gegen die Tränen an. Verdammt wollte ich sein, wenn ich es mir erlaubte zu weinen. Wo war mein früheres Leben? Warum war mein Mann nicht bei mir? Und wieso bestimmten vorgespielte Orgasmen meinen Alltag?

Ich hatte einem Priester geholfen, eine Todsünde zu begehen. Ich hatte zugelassen, dass ein zugekokster Halbitaliener mich schlug. Und ich hatte einen erwachsenen Mann nicht nur genötigt, an einem himmelblauen Pissoirstein zu nuckeln, sondern auch gezwungen, in einem goldenen Urinstrahl zu baden. Selbst die Erinnerung verursachte mir immenses Grausen. Mein Magen rebellierte. Mein Lachsbrötchen drohte nach außen zu brechen.

Splitternackt floh ich vor den Bildern in meinem Kopf in die Garage. Den kalten Fußboden unter meinen Zehenspitzen spürte ich kaum. Viel zu sehr hielten mich die tröstenden Empfindungen beim Anblick von Rons Harley gefangen. Einer 1998iger 1200C Sportster. Funkelndes Chrom, wohin ich auch sah. Der Lack glänzte nass wie am allerersten Tag.

Ron war schon seit Monaten nicht mehr mit ihr gefahren. Ob ich ein Inserat schalten sollte? Das Geld konnten wir gut gebrauchen – mein Sohn und ich. Unser gemeinsamer Sohn und ich.

Die Fingerkuppe meines Zeigefingers glitt über den silbergrauen Lack des Tanks und die Lenkstange. Ron liebte diese Maschine. Wochenlang hatte er an ihr herumgeschraubt. Und in den Pausen hatten wir es auf ihr getrieben. Mein nackter Po war über das Leder gerutscht. Meine Orgasmusschreie hatten die Garage erfüllt.

Nein, dieses Motorrad würde hier auf meinen Mann warten, bis er wiederkam. Falls er jemals wiederkam.

Schwerer Regen trommelte draußen auf die gepflasterte Auffahrt. Ich warf kurze Blicke aus dem Fenster. Die Wassertropfen stoben sprühnebelartig in die Luft zurück. Mich fröstelte. Ich wollte nur noch eine heiße Schokolade und dann ins Bett. Waschen musste ich mich nicht mehr. Ich hatte ausgiebig im Hotel geduscht. Keine Dusche der Welt konnte den Müll entsorgen, der sich auf meiner Seele angesammelt hatte – nur das Sperma der Männer aus meiner Möse.

Statt der heißen Schokolade gönnte ich mir ein Glas chloriertes Leitungswasser – zapffrisch – und versteckte mich in der heilsamen Dunkelheit des Wohnzimmers. Setzte mich, noch immer nackt, auf die Lehne des Fernsehstuhls meines Mannes.

Der Regen fiel auf die Wasseroberfläche des Pools, in dem ich schon ewig keine Bahnen mehr geschwommen war. Ich war froh, in der Dunkelheit das Wasser in meinem Glas nicht erkennen zu können. *Wasser hat keine Farbe,* dachte ich verzweifelt und schlang die Arme um meinen nackten Körper. Wenn ich mich kaum in der dämmrigen Schwärze wahrnehmen konnte, dann konnten es die Geister, die mich heimsuchten, vielleicht auch nicht.

Draußen knarzte ein Geräusch. Ich zuckte zusammen und rieb meine Arme. Gänsehaut lief mir über den Rücken. Hastig schlich ich zum Waffenschrank meines Mannes und öffnete ihn. Seine Glock 17 fand ich mittlerweile in absoluter Dunkelheit. Ich lud sie durch. Das war wohl wieder eine jener Nächte, in der ich mit geladener Waffe unter dem Kopfkissen schlafen würde. Das kalte Metall der Pistole ließ mich ebenso erschaudern wie die Erinnerung an die französischen Worte meines Anrufers. *Hallo Chérie …* Müde torkelte ich ins Schlafzimmer.

»Wie lange noch, Danielle?«, fragte ich mich. In was war ich da nur hineingeraten?

Es dauerte einige Sekunden, bis ich bemerkte, dass ich mich bei meinem Escort-Namen angesprochen hatte. Natürlich hieß ich nicht Danielle. So hatte ich nie geheißen. Und ich war auch keine heißblütige, fünfundzwanzigjährige, französische Austauschstudentin. Von Geburt an war ich US-Amerikanerin, wenn auch mit französischen Wurzeln. *Hallo Chérie.*

An das alles wollte ich nicht mehr denken. Ich setzte mich auf die violette Bettwäsche meines Kingsize Betts, ließ die geladene Pistole auf meinen Schoß sinken und tastete nach meinem Mobiltelefon. Das Display blendete mich. Ich öffnete den Mitteilungsordner. »Mitteilung verfassen«. Mein Daumen flog über die Tasten.

»Ronnie, du fehlst mir so. Bitte …« Ich zögerte. »Bitte …« *Bitte komm und schlaf mit mir! Halte mich!*

Nein, ich war nicht die fünfundzwanzigjährige Studentin, für die ich mich ausgab. Mein Mann Ronald wusste nichts von all dem hier. Durfte nichts davon wissen. Und ich hieß auch nicht Danielle. Ich war einunddreißig, verheiratet und Mutter eines siebenjährigen Sohnes. Mein Name lautete Denise. Denise Réjane Harris.

Unsagbare Müdigkeit lähmte mich. *Hallo Chérie.* Nicht mehr nachdenken. Nur noch vergessen. Die SMS blinkte mir erwartungsvoll entgegen. *Ronnie, du fehlst mir so …*

Mir stiegen Tränen in die Augen – wie Regentropfen an den Fenstern – ich schluchzte und drückte auf »Löschen«.

***

Wann hatte es angefangen, dass Lügen mein Leben bestimmten? Als Ron und mir das Geld ausging? Als ich als Escort-Girl zu arbeiten begann und meinen Körper verkaufte? Nein. Ich denke, es war viel früher.

Himmel, ich hatte Ron bereits in den ersten Jahren unserer Ehe so oft betrogen, mit Männern wie seinem besten Freund Steven oder meinem Verleger. Mit Männern, deren Namen ich nicht mehr wusste.

Ich hatte auch als Kind oft gelogen. Wenn mir Mom etwas nicht kaufen wollte und ich zu meinem Vater ging, der mich fragte, ob Mom damit einverstanden sei. Natürlich wäre sie das, hatte ich mit dem Brustton einer überzeugten Fünfjährigen geantwortet.

Der ersten SexLüge bediente ich mich, als ich meiner Cousine von meinem »ersten Mal« mit einem Mann erzählte. Ich behauptete, dass ein Junge aus meinem Judokurs mich entjungfert hätte. Aber das war gelogen gewesen. Meiner Mom hatte ich in der Hinsicht nichts vormachen können. Sie erwischte mich eiskalt, bevor ich zu einer Lüge ansetzen konnte. Den Jungen aus dem Judokurs gab es dessen ungeachtet wirklich, aber er hatte nicht mich entjungfert – sondern ich ihn.

Mein erster Mann im Bett war ein Franzose gewesen. Wenn ich heute an den Altersunterschied denke – er war zum damaligen Zeitpunkt fast dreimal so alt wie ich – dann frage ich mich, ob ich tatsächlich so reif war, wie ich vorgeben hatte zu sein. Der Altersunterschied an sich machte mir weder damals noch heute Kopfzerbrechen, allerdings konnte ich nicht mehr nachvollziehen, warum ich mit ihm hatte schlafen wollen. Vielleicht weil er der einzige Mann in meinem Leben sein sollte, der absolut tabu war. Die Versuchung erwies sich als zu groß, um ihr zu widerstehen.

Auch dass ich für Sex Geld nahm, hatte nicht erst mit meinem Escort-Job bei Bruce angefangen – so gern ich mir das einredete. Mein erster Mann im Bett sollte auch gleichzeitig derjenige sein, der mich für sexuelle Zärtlichkeiten bezahlte. Ich schlief mit ihm, immer der Gefahr ausgesetzt, erwischt zu werden. Es war dieselbe Erregung, die mich später zu jedem meiner Kunden begleitete. Und diese Angst machte alles erst aufregend.

Mit den Unwahrheiten über mein »erstes Mal« hatte ich nicht nur meine Cousine belogen, sondern auch Jason, meinen ersten festen Freund während der Highschoolzeit. Ich sagte ihm, ich wäre noch Jungfrau.

Jason – ein guter Junge, der Star-Quarterback unserer Footballmannschaft – hatte mit dem Sex warten wollen bis nach der Hochzeit. Ich jedoch nicht.

Bis ins letzte Detail erfüllte ich das Klischee der sexy Cheerleader-Schlampe. Lügen, Lügen, Lügen, sobald ich den Mund aufmachte. Himmel, das war eine halbe Ewigkeit her. Mein halbes Leben ... Durfte es dann noch eine Rolle spielen? Nein, aber ich wurde nicht gefragt.

Hallo Chérie ...

***

Um drei Uhr morgens hatte der Regen endlich nachgelassen. Ich saß in meinem Arbeitszimmer. Hundemüde. Aber ich konnte nicht schlafen. Der Motor des Videorekorders surrte leise und ich starrte gebannt auf den Bildschirm des Fernsehers.

Ein nacktes Mädchen war zu sehen. Die Kleine saß auf dem Bett und lachte so frei, als würde ihr die Welt gehören. Sie warf ein dickes Bündel Geldscheine in die Luft, und wie Herbstlaub regneten die Banknoten herab. Mit großen Augen betrachtete die junge Frau jeden einzelnen Schein, als wäre sie ein neugeborenes Reh, das seinen ersten Winter erlebte.

Ich schluckte bei den Bildern. Wie jung ich gewesen war ... Wie jung und wie selbstverliebt. Ich hatte gedacht, unverwundbar zu sein; ausgestattet mit einem durchtrainierten, sexy Cheerleader-Körper – einem Körper, der mich befähigt hatte, auf den Händen zu gehen, Handstandüberschläge entlang des Spielfeldrands zu machen und von den Schultern meiner Kolleginnen zu springen – wie eine Zirkusartistin.

Kein Wunder, dass dieses Mädchen auf dem Video geglaubt hatte, dass das Herz der Welt nur seinetwegen schlug.

Ich spulte im Schnelldurchlauf zurück und drückte auf Play.

Mein jüngeres Ich stöhnte unter den Berührungen des weitaus älteren Mannes.

»Gott, du bist so schön. So jung!« Seine Stimme vibrierte vor Erregung.

Hemmungslos gab ich mich seinen fordernden Stößen hin. Die Finger in seinen Rücken gekrallt, meine Beine um seinen strammen Hintern geschlungen.

»Ja, ja! Fick mich!«

Grunzend spritzte er nach nur wenigen weiteren Stößen ab.

Ich stoppte das Band. Am ganzen Körper bebend. Ich ertrug es nicht länger. Wenn ich gehofft hatte, die Schrecken zu überwinden, indem ich mich ihnen stellte, sah ich mich jetzt getäuscht. Ich riss die Kassette aus dem Rekorder und warf sie in den Papierkorb unter meinem Schreibtisch. Ich wollte dieses verdammte Video nie wieder sehen!

Antriebslos sank ich auf die Couch und schlang die Arme um meinen Körper. Heraufbeschworen durch die Wiedergabe dieses unsäglichen Amateurpornostreifens kamen andere, alte Erinnerungsfetzen zurück – knietief begraben geglaubt unter einem Berg Probleme, die ich hatte vergessen wollen. Bis letztendlich in dem Unrat an geistigen Bildern nur ein Gesicht und ein Name übrigblieben: Arnaud. Und seine männlich tiefe Stimme: »Hier Chérie.« Seine Worte quollen aus den verworrenen Winkeln meiner Erinnerungen. »Das hast du dir verdient.«

Sein Atem ging laut, nachdem er sich in mich ergossen hatte. Sein Samen lief aus meiner feuchten TeenagerScheide, und ich erinnere mich an den Geruch. Wir standen in der nach Schweiß müffelnden Umkleidekabine eines Pariser Vorort-Tennisplatzes, und Arnauds dicker Schwanz erschlaffte, noch während er ihn aus mir herauszog.

Ich nahm das Geld entgegen und zählte es nach.

»Das sind nur tausendfünfhundert Francs, Arnaud.« Das waren damals gerade einmal zweihundertsechzig Dollar. »Da fehlen noch zweihundert.«

Er grummelte eine Verwünschung und zückte sein Portemonnaie. »Du wirst allmählich gierig, Denise. Zu gierig.«

»Ach komm schon«, strahlte ich ihn an, »wir haben eine so schöne Zeit. Wegen der paar Kröten wirst du doch jetzt nicht schmollen wollen. Ich kauf mir auch was ganz Hübsches zum Anziehen, damit wir noch viel mehr Spaß beim Vögeln haben.«

Er reichte mir einen burgunderroten Schein mit dem Konterfei Gustave Eiffels. Französische Banknoten waren wunderschön gewesen – die blauen Fünfzig-Francs-Scheine mit dem Abbild Antoine de Saint-Exupérys, die Hundert-Francs-Scheine mit Paul Cézanne.

»Wenn du dich beeilst«, fügte ich hinzu, »kannst du noch einmal kommen, bevor Mom und Dad hier aufkreuzen – und deine Frau.«

Ich ließ meine Zunge mit seiner spielen, während meine Hände sein Glied bearbeiteten. Und ich verspürte eine faszinierende Erregung, bei dem Gedanken erwischt zu werden. Eine Erregung, die an Angst grenzte.

Aber so fing es mit uns nicht an.

Und so endete es auch nicht ...

Sweet Sixteen – Januar 1991

Mitte Januar besuchten Éliane und ihr Mann Arnaud meine Eltern. Zwei volle Wochen hatten sie vor, in Oregon und

Washington zu bleiben. Und ich werde nie vergessen, was ich empfand, als Arnaud zusammen mit Éliane aus der Passabfertigung ins Ankunftsterminal kam.

Arnaud sah fantastisch aus. Dunkel. Geheimnisvoll. Er besaß etwas Animalisches. Etwas Wildes. Trotz der Tatsache, dass er über vierzig und damit nicht mehr als ein steinalter Mann war. Und er war absolut tabu für mich. Er war der einzige Mann, den ich nicht haben konnte und nicht haben durfte.

Einmal hatte ich ihn nackt gesehen. Die Tür zu seinem Schlafzimmer war einen Spalt geöffnet gewesen. Er hatte geschlafen und das dünne Laken war heruntergerutscht. Atemlos betrachtete ich seinen schlaffen Penis und konnte mich nur mit Mühe dem hypnotischen Anblick entziehen. Und dem männlich herben Geruch, der durch den Türspalt drang. Ich bemerkte damals schon, dass Männer auf mich reagierten und das gab mir ein Gefühl der Selbstsicherheit. Ich spürte diese unbestimmte Sehnsucht in meinem Schoß. Und das widersprüchliche Bedürfnis nach Kontrolle. Beides führte zu einem gefährlichen Spiel. Vielleicht war ich reifer, als gut für mich war.

Bei unserer Begrüßung am Portland International Airport war seit der letzten Begegnung ein halbes Jahr verstrichen, und ich fragte mich, ob ich wieder dieses dunkle Funkeln in seinen Augen entdecken würde. Dieses wilde Verlangen, das er mit seinem französischen Charme geschickt zu verbergen suchte. Es war da. Nur für den Bruchteil einer Sekunde. Aber es war da!

Am nächsten Morgen stand ich nach dem Duschen lange vor dem Spiegel in meinem Zimmer und betrachtete meinen nackten Körper. Meine Brüste erschienen mir unheimlich groß. Im letzten Jahr hatten sie bedeutend an Umfang und Größe hinzugewonnen. Und die Spitzen waren von demselben zarten Rosa, das auch meinen hübsch geschwungenen Lippen ihre unvergleichliche Farbe verlieh.

Ich berührte mit dem Zeigefinger meinen Mund und fühlte die Feuchte meines Atems, die erfrischende Kühle, wenn ich mit der Zunge sanft über die Fingerspitze leckte. Mit einem Mal verspürte ich das Verlangen nach körperlicher Nähe.

Der lange Nagel meines Zeigefingers fuhr quälend langsam über das Kinn und meinen Hals entlang, bis er endlich das Brustbein erreichte. Die zartrosa Spitzen meiner Brüste richteten sich auf. Mein Schoß fühlte sich an, als würde die Hand eines Fremden – Arnauds Hand – regungslos auf ihm ruhen und die Wärme spüren, die aus meinem Inneren entwich. Mir wurde heiß. Die Vorstellung, dass er die steif aufgerichteten Nippel betrachtete, erregte mich.

Ich befeuchtete die Spitzen meiner Brüste und ließ die Hand weiter nach unten über meinen Bauch gleiten. Mein durchsichtig weißer Slip wölbte sich unter der Fülle der dunkelblonden Haare meiner Scham nach vorn. So, als erkundete die unsichtbare Hand meines gesichtslosen Fremden die äußeren Schamlippen. Ich spürte dieses süße Ziehen, als die inneren Schamlippen nach außen drängten. Meine Hand schob den Stoff meines Höschens zur Seite und streichelte den seidigen Flaum meines Schoßes. Er war flauschig wie die Haare eines Kätzchens.

Ich sank rückwärts auf mein Bett und spreizte die Beine. Zögernd tastete ich mich vor. Über den Punkt, den ich vor geraumer Zeit als Klitoris entdeckt hatte. Süße Seufzer ausstoßend, stellte ich mir Arnauds Blick vor, der meine Brüste Zoll für Zoll musterte. Seinen streichelnden Blick, der mich überall berührte, jede Rundung meines Körpers entlangfuhr und mich in Besitz nahm.

Meine Finger wurden drängender. Mit Verwunderung stellte ich fest, wie unheimlich feucht mich all diese Gedanken machten. Noch feuchter, als ich es üblicherweise war. Es kam mir vor, als würde ich auslaufen. Meine Finger drangen in die glitschige Wärme meiner Spalte.

Meine Klitoris schrie danach, berührt zu werden. Aber ich ließ mich warten, bis ich es nicht mehr aushielt. Meine Perle sandte wohlige Empfindungen durch meinen Körper. Ich musste mich anstrengen, ein lautes Stöhnen zu unterdrücken. Kein Junge meiner Schule hatte es geschafft, mich in Gedanken dermaßen in Erregung zu versetzen. Ich wollte diesen Fremden in meiner Vorstellung. Arnaud. Ich wollte Élianes Mann.

Gegen ihn verblasste Billy, der Junge, mit dem ich hatte schlafen wollen. Und auch Jason, der Star-Quarterback meiner Träume. Er war der Einzige, wenn überhaupt, der sich mit Arnaud, dem Fremden in meiner Phantasie, messen konnte.

Ich ließ ein leises Stöhnen zu. Die Bilderflut vor meinem geistigen Auge lenkte meine Finger. Jason! Jason war unerreichbar. Vorerst. Denn er verschwendete seine Zeit mit Marcy, der Top-Cheerleaderin unserer Highschool. Niemand wusste – Marcy schon gar nicht – dass ich ein Auge auf ihren Freund geworfen hatte. Der Ansturm an erregenden Empfindungen trieb mich in den Wahnsinn. Bis zum Sommer war noch viel Zeit, dachte ich erhitzt. Viel Zeit, dass sich gewisse Dinge änderten.

Ich stellte mir vor, wie Arnaud mit erigiertem Glied zu mir ans Bett kam. Steife Latten oder Bretter, wie die Jungs des Footballteams ihre Glieder nannten, hatte ich auf Hunderten von Fotos gesehen. Aber Arnauds Penis war anders. Dicker, praller und intensiver als alles, was auf Bildern dargestellt werden konnte.

Meine Finger kreisten über meine empfindsame Stelle. Ich biss mir auf die Unterlippe. Ich spürte, dass es passieren würde. Ich wollte, dass es passierte. Heiß breitete sich das Ziehen in meinem Schoß aus. Jedes Härchen meiner Scham spannte, die Haut schien zerreißen zu wollen. Und ...

Der Türsummer ertönte. Arnaud und Éliane! Ich wirbelte aus dem Bett hoch. Schwer atmend betrachtete ich meine lustverschleierten Augen in meinem Spiegel. Meine roten Wangen. Ich riss mich von meinem Spiegelbild los. Hastig versuchte ich, meinen Atem zu beruhigen, schlängelte mich in meine knallengen Shorts und griff nach meinem BH. Böse grinsend legte ich ihn weg. Ich würde ihn nicht brauchen für das, was ich vorhatte. Stattdessen streifte ich mir ein T-Shirt über. Mit Genugtuung stellte ich fest, dass sich meine aufgerichteten Nippel darunter abzeichneten.

Ich trat auf den Flur hinaus. Mom und Dad hatten bereits die Tür geöffnet und begrüßten unsere beiden Gäste aus Frankreich. Ich setzte mein strahlendstes Lächeln auf. Éliane küsste mich auf die Wangen und Arnaud machte eine spitze Bemerkung über meine Shorts. Und da war es wieder. Das dunkle Glühen in seinen Augen. Er sah mich nicht mehr an, nachdem er mir flüchtig die Hand gereicht hatte.

Meine Mutter blickte kurz zu mir herüber und ihr Lächeln gefror zu einem missbilligenden Nicken in Richtung meines T-Shirts. Ich zuckte unbeirrt mit den Achseln.

»Alors«, meinte Mom. »Kommt ins Wohnzimmer. Ist das Hotel nett? Ich wünschte wirklich, ihr könntet bei uns übernachten.«

Ich ging vor Arnaud. Mich vergewissernd, dass er mir auf den Po glotzen konnte.

»Du bist bei den Cheerleaderinnen aufgenommen worden, habe ich gehört.«

Ich drehte mich lächelnd zu ihm um. »Oui, das stimmt!«

Länger als notwendig verharrten wir im Flur. »Und ich bin noch viel mehr«, signalisierte ich ihm mit meinen Augen. Ich öffnete ein wenig meine angefeuchteten Lippen, so wie ich es bei diesem einen Model im Penthouse-Magazin gesehen hatte – »Meinen Lover und mich überkam die Lust auf Sex in einem Segelboot, das zum Verkauf angeboten wurde. Wir störten uns nicht an den Kaufinteressenten und schaukelten das Boot öfter als einmal ordentlich durch …« Die Zeitschrift versteckte ich in meinem Zimmer.

Arnauds Brustkorb hob und senkte sich. Ich lächelte frech und folgte hüftschaukelnd den anderen ins Wohnzimmer.

»Wie erwachsen Denise geworden ist«, bemerkte Éliane. »Möchte sie noch immer Schriftstellerin werden, wenn sie groß ist?«

Mein armer Vater. Er versuchte zwar zu verstehen, was wir besprachen. Aber sein Französisch war denkbar schlecht. Mehr als ein paar Brocken hatte er nie aufgeschnappt.

»Wir müssen Englisch reden«, erinnerte Éliane Arnaud in unserer Landessprache. Dieser nickte pflichtbewusst und legte demonstrativ den Arm um seine Frau. Ich saß ihm gegenüber auf dem Couchhocker, die Beine leicht gespreizt. Ich wollte, dass er ahnte, dass ich mich vor fünf Minuten noch selbst gestreichelt hatte. Dass die Finger, die er flüchtig berührte, kurz zuvor in meiner Spalte gesteckt hatten. Und dass ich sie mir seitdem nicht mehr gewaschen hatte. Seine Hand war mit meinem Mösensaft in Berührung gekommen. Ob er meinen ureigensten Geruch wahrnahm? Ich schnurrte zufrieden in dem Wissen, dass meine Knospen gegen den Stoff des T-Shirts drückten.

»Denise ist dieses Jahr auch im Judo-Klub«, verkündete meine Mutter fröhlich, stellte Popcorn sowie Kartoffelchips auf den Tisch und sah zu mir herüber. »Denise, zieh dir einen Sweater an! Es ist frisch.«

»Es geht schon, Maman.«

»Judo?«, platzte Arnaud heraus und hatte einen legitimen Grund mich anzusehen. »Wie praktisch, um mit einem Jungen in den Nahkampf zu gelangen, n'est-ce pas?«

»Arnaud!«, tadelte ihn Éliane lächelnd und verdrehte die Augen. Sie errötete leicht. Sie und Mom sahen sich unheimlich ähnlich – und doch waren sie grundverschieden. Total verschieden.

Meine Eltern hatten den Fernseher angelassen. Während ich auf den Bildschirm sah, bemerkte ich aus den Augenwinkeln, dass Arnauds Blicke meine wohlgeformten Beine bis hinauf zu meinen Shorts wanderten. Zufrieden mit mir selbst griff ich in die Schüssel mit Popcorn. Arnauds und meine Finger berührten sich.

»Yep, Judo.« Ich nickte, ohne vom Bildschirm aufzusehen. Meine Fingerspitzen kribbelten. Und ich wusste instinktiv, dass auch Arnaud das Feuer auf der Haut lodern spürte. Ich konnte so viel und noch viel mehr für ihn sein.

»Ein Mädchen in ihrem Alter muss sich verteidigen können«, brummte Dad heiter, »bei all den kranken Typen da draußen.«

Er warf mir einen liebevollen Blick zu, den ich mit all der Liebe, die eine Tochter für ihren Vater empfinden konnte, erwiderte. Ich würde immer sein kleiner Liebling sein – selbst wenn ich irgendwann einmal achtzig war.

***

Arnaud hatte schon zuvor dann und wann ein Auge auf mich geworfen. Ich bemerkte dieses dunkle Glühen in seinen Augen, wenn wir unbeobachtet waren. Bei Familienfeiern, auf Ausflügen, wenn ich bei meiner Cousine übernachtete.

Das allererste Mal verschreckte mich dieser Blick, aber dann empfand ich ihn zunehmend normal, später sogar erregend. Ich experimentierte mit Arnaud, studierte die Veränderung, wenn ich versuchte, mich sexy zu bewegen, oder mich auszog. Doch mehr als meine langen schlanken Beine hatte er bis zu jenem Januar nie zu sehen bekommen.

Manchmal war er schlecht gelaunt, wenn er mich ansah. Ich verhielt mich dann immer besonders hinreißend. War er fröhlich und unternahm einen seiner ungezählten Versuche, mich mit seinem Charme zu ködern, reagierte ich mies und schlampenhaft. Ich spielte mit ihm, denn ich wusste, dass ich alle Macht über ihn besaß.

Er hatte mich bis dahin nie angefasst. Und seine Wut darüber, es nicht tun zu dürfen, steigerte sich von Mal zu Mal. Wir wussten beide, dass ich mit ihm spielte. So auch an jenem Abend, als er und Éliane uns besuchen kamen.

Ich hielt mich bei geöffneter Tür in meinem Zimmer auf. Er warf einen Blick zu mir herein, während er im Flur an mir vorüberging. Diesen dunklen Blick. Ich hatte auf diesen Blick gewartet. Lange hatte ich mir ausgemalt, wie es sein würde. Und ich wollte alles auskosten. Lasziv zog ich mir das T-Shirt über den Kopf und ließ meine weichen Brüste baumelnd ihre Freiheit genießen. Sein Blick fror an den zartrosa Knospen fest. In seinem Gesicht arbeitete es. Die Kiefer mahlten. Ich biss mir auf die Unterlippe, nahm all meinen Mut zusammen und spielte mit den sich steil aufrichtenden Nippeln. Katzenartig setzte ich einen Schritt vor den anderen – wie Victoria, die weiße Katze in Cats – bis wir nur noch eine Armlänge voneinander entfernt waren. Sein Atem streifte meine Haut. Der Lufthauch küsste die empfindsamen Spitzen meiner Brüste. Und dann?

Dann schloss ich die Tür. Etwas zu fest, etwas zu laut. Sein Kopf knallte beinahe gegen das Türblatt. Und wieder hatte er mich nicht anfassen dürfen!

Ich lehnte mich mit dem Rücken gegen die Tür und grinste über das ganze Gesicht. Ich musste mich zurückhalten, nicht hysterisch loszukichern. Mich im Kreis drehend, griff ich nach dem schnurlosen Telefon – damals gab es kaum Handys und Telefonnummern wusste man noch auswendig – und wählte den Anschluss von Billy, dem Jungen aus meinem Judokurs.

Er hob ab. Klang schlafmützig wie immer.

Ich fragte ihn, wie es ihm ginge, doch er war nicht gerade jemand, der den Small Talk erfunden hatte. Dafür besaß er wunderschöne blaue Augen.

»Brauchst du etwas Bestimmtes, Denise?«

»Ich glaube, du weißt ziemlich genau, was ich will. Was ich brauche ... Billy.« Ich legte mich mit dem Rücken auf meine Bettdecke und beobachtete, wie sich meine Brüste hoben und senkten. Heiß gemacht von dem Anblick öffnete ich den Knopf meiner Shorts und spielte mit meinen Schamhaaren.

»Warum ich?«

»Warum nicht du?«

Er lächelte und ich konnte ihn nachdenken hören. »Wann?«

»Wie wäre es mit übermorgen? Oder noch besser! Am Freitagabend. Ein Kinofilm und dann ...«

»Ich habe Angst, Denise. Mir geht das zu schnell.«

»Feigling«, schmunzelte ich. »Beim Judotraining hattest du auch nie Probleme, mich anzufassen.« Die letzten drei Mal – oh ja!

»Das ist ja auch Judo.«

»Stell dir vor, es wäre Judo ... nur ohne etwas an.«

Er seufzte. Nein, rang nach Atem. »Wo ist der Haken, Denise? Du kannst jeden Typen haben. Soll das ein Scherz werden, über den sich die ganze Schule totlacht?«

»Im Gegenteil. Niemand in der Schule wird's erfahren. Dafür wirst du schon sorgen. Aber wenn du nicht willst, dann ...«

»Nein, schon okay. Also wir beide?« Er lächelte.

»Wir beide«, bestätigte ich. »Diesen Freitag – und nur diesen Freitag ...«

»Ich ... Treffen wir uns dann dort? Oder ... ich komm mit dem Bus zu dir und hol dich ab.«

»Nein, wir treffen uns dort!«

»Okay.« Damit legte er auf.

Lächelnd spielte ich mit dem Telefonhörer und schüttelte meine blonde Mähne aus. Arnaud hatte sicher nicht vor der Tür gestanden, um zu lauschen. Aber ich stellte mir vor, wie er das Ohr gegen das furnierte Holz gedrückt hielt und vor Eifersucht kochte. Dass er Wort für Wort mitbekommen hatte, wie ich sinnlos meine Unschuld an einen farblosen Jungen meines Judokurses verschenkte.

***

Am nächsten Tag – mein Dad musste arbeiten, Mom und Éliane waren auf Sightseeingtour durch die Stadt – hatte ich mir ein schwarzes Minikleid sowie dazu passende High Heels angezogen und spielte mit den PlüschHandschellen und der neunschwänzigen Katze.

Es war schwer gewesen, diese Dinge ohne das Wissen meiner Eltern zu besorgen, verdammt schwer. Anfang der Neunziger gab es noch keinen Internetversand. Und zu den Dingen selbst ... Was es mit BDSM auf sich hatte, konnte ich trotz der Bücher, die ich gelesen hatte, nur dunkel erahnen. Aber das Outfit und die Werkzeuge gefielen mir. Ich verstand nicht, warum Menschen freiwillig Schmerzen erduldeten. Warum sie es zuließen, dass man sie ihrer Würde beraubte.

Absichtlich war ich an jenem Tag zuhause geblieben und hatte dafür gesorgt, dass alle anderen es wussten. Dass es an der Tür klopfte, überraschte mich nicht. Ich wäre überrascht gewesen, wäre es anders gekommen. Überrascht und enttäuscht.

Ich blickte durch den Spion. Arnaud.

Unzählige Sekunden ließ ich mir Zeit, die Tür zu öffnen. Dann schob ich die Kette zur Seite und drückte die Klinke herunter. Breitbeinig stand ich vor ihm. Balancierend auf schwarzen High Heels, die das schwache Licht der Januarsonne reflektierten.

»Nanu«, hauchte ich. Mein Herz klopfte. Hämmerte gegen meine Rippen. Pochte bis unter die Schädeldecke. Er hatte gewusst, dass meine Eltern nicht zuhause waren. Und er hatte auch gewusst, dass ich hier auf ihn warten würde.

»Glaubst du, das ist ein Spiel, Denise?«

»Glaubst du es denn?«, erwiderte ich frech.

Er trat ein und warf die Eingangstür hinter sich zu. Ich wich vor ihm zurück. Was, wenn die Nachbarn das Zuschlagen der Tür gehört hatten?

»Glaubst du, das ist ein Spiel?« Sein Brüllen erfüllte den Flur.

»Weiß deine Frau, dass du hier bist?«

Er erwischte mein Handgelenk. Mir fiel die Peitsche aus der Hand. Er zog mich zu sich heran.

»Du bist ...« Seine Augen musterten mich wütend. Dann gewann das dunkle Glühen in ihnen die Oberhand. Er fasste mir ins Haar. Packte mich am Nacken. »Du bist wunderschön.« Sein männlicher Atem streifte meinen Mund. Seine Lippen nahmen Besitz von mir. Ich genoss den Kuss. Das Eindringen seiner Zunge. Den herben Geschmack. Das Kitzeln, wenn sich unsere Zungenspitzen berührten.

»Na, na, na, Monsieur«, lachte ich. »Wir sind hier in Amerika ...«

»Du solltest dieses Scheißspiel sein lassen, Denise! Sonst verbrennst du dir die Finger!«

Seine Stimme klang bedrohlich. Ich hätte Angst haben müssen. Doch ich hatte keine.

»Du weißt schon, dass du gegen die Gesetze dieses Landes verstößt, oder? Ich weiß ja nicht, wie das in Frankreich ist ...« Ich gluckste und entwand mich seiner Umarmung. Flüchtete vor ihm. Doch er war schneller. Er packte mich an der Taille und küsste mich wild auf den Hals. Heiße Schauer schwappten über mich. Er knetete mit einer Hand meine Brüste. Hals, Arme und Beine waren wie elektrisiert. Seine andere Hand glitt unter den Saum meines schwarzen Minikleids und griff mir in den Schritt. Ich hatte kein Höschen an. Seine Finger drangen ungehindert zu meiner feuchten Spalte vor. Er massierte meine empfindsamste Stelle und ich kam. Ich kam augenblicklich. Wie hatte er das gemacht? Mein Becken zuckte. Ich wimmerte und biss ihm in den Hals. Wie zum Teufel hatte er das gemacht? Kraftlos sank ich gegen ihn, während ich das Gefühl hatte auszulaufen. Meine Beine stützten mich nicht mehr. Wackelig glitt ich seinen Körper entlang. Er drehte mich herum und drückte mich mit schmerzverzerrtem Gesicht auf Armlänge fort.

»Du weißt gar nichts, Denise. Du glaubst nur, etwas zu wissen.«

»Dann mach schnell, bevor Mom und Dad zurück sind!«

Er schubste mich. Ich fiel nach hinten auf den Boden. Verlor die High Heels. Mein Minikleid war hochgerutscht. Meine blanke Möse, meine nackten Pobacken rutschten über den weißen Teppichboden.

Er sank auf die Knie, streifte mir das Minikleid über den Kopf und zwang meine Beine weit auseinander. In seinen Augen brannten Höllenfeuer. Er senkte den Kopf und ließ seine Zunge über meine Spalte kreisen. Ich stöhnte. Laut. Was machte dieser Mann da mit mir? Seine Zunge war überall. Auf meinem Kitzler, auf den Schamlippen. In mir. Lust strömte in jeden Winkel meines Körpers. Ich zuckte. Und es geschah wieder. Noch intensiver, als ich es in Erinnerung hatte. Noch intensiver, als wenn ich es mir selbst beim Duschen mit dem Duschkopf machte. Noch intensiver, als wenn mich meine Cousine leckte.

Meine Schenkel schlugen ihm ins Gesicht. Meine Krallen zerrauften sein Haar. Gruben sich in seine Kopfhaut. Doch er machte weiter. Drückte meine Oberschenkel an sich. Saugte wie ein Besessener an meinen Schamlippen. Stieß mit der Zunge unerbittlich zu und leckte schnell wie der Flügelschlag eines Kolibris über meine Perle. Ich schrie.

Das konnte doch gar nicht sein! So etwas hatte ich noch nie erlebt!

Er steckte zwei Finger in meine Spalte und kreiste vorsichtig in meinem Loch. Ich hechelte. Ich hatte Angst, dass er zu fest eindrang. Den magischen Punkt überschritt, der meine Jungfräulichkeit bewahrte.

Er ließ mich meinen eigenen Saft schmecken. Ich leckte ihn von seinen Fingerspitzen. Saugte ihn auf wie königlichen Nektar.

Er streifte die Hose ab und holte seinen Schwanz heraus. Ich lachte unterdrückt. Sein Specht war unheimlich dick. Aber auch unheimlich kurz. Ganz anders als in meiner Erinnerung. Ganz anders als in meiner Vorstellung. Er näherte das Ding meiner Möse.

»Bist du verrückt?«, fuhr ich ihn an, »meine Tage liegen zwei Wochen zurück!«

»Du sollst ihn lecken, du kleine Schlampe!« Er küsste mich hart. Die Spitze seines Penis berührte mich am Bauch. Fleischig. Warm. Arnaud rollte sich neben mich.

Ich setzte mich langsam auf, kniete mich zwischen seine Beine und machte es mir bequem. Sein gekräuseltes Haar fühlte sich ähnlich flauschig wie meines an. Wieder musste ich mir einen Grinser verkneifen. Sein Schwanz war lächerlich kurz. Und er war nicht beschnitten. Ich umfasste ihn mit meiner kleinen Faust und lediglich die Spitze seiner Eichel blitzte purpurn hervor. Allerdings schaffte ich es nicht, dass sich Daumen und Mittelfinger berührten. Zwischen ihnen blieb mehr als ein Zoll Abstand. Wie konnte ein so kurzer Schwanz dermaßen dick sein?

Er strich mir durchs Haar, in dem sich funkelnd das Licht der Nachmittagssonne fing. Schatten tanzten über unsere nackte Haut.

»Leck ihn, du kleine Schlampe.«

Ich biss auf meine Unterlippe. Ja, ich wollte zum allerersten Mal den Penis eines Mannes in meinem Mund spüren. Die purpurne Eichel flehte mich an, sie mit meiner Zunge zu liebkosen. Ein silberner Tropfen wölbte sich aus dem kleinen Schlitz an der Spitze.

»Was ist das?«, hauchte ich.

»Ein erster Lusttropfen. Los! Koste ihn!«

Mein Herz klopfte aufgeregt. Fucktastisch! Ich ließ meine Zunge vorschnellen und leckte ihn auf. Er schmeckte wie Ambrosia und weckte ein unbändiges Verlangen nach mehr. Ich umschloss die Eichel sanft mit meinen Lippen. Immer hatte ich mir vorgestellt, wie sich die sinnliche Spitze eines Mannes in meinem Mund anfühlen würde. Und meine Erwartungen wurden noch übertroffen. Sie wirkte hart und doch weich. Prall und trotzdem empfindsam. Jedes Mal, wenn meine Zähne sie berührten, stöhnte er auf. Es klang nach einer Mischung aus Lust und Schmerz.

»Ja, so ist's gut«, zischte er. »Saug an mir!«

Ich stellte mir einen Eislutscher vor, der nicht weniger wurde. Im Gegenteil, sein Penis gewann mit jedem Mal lecken sogar an Umfang und Länge. Die Spitze ragte mittlerweile einen guten Zoll aus meiner kleinen Faust hervor. Und bei diesem Eislutscher musste man keine Angst haben, dass er unversehens zu Boden fiel, wenn man zu heftig leckte. Oder?

»Na also!«, schnurrte ich zufrieden, als er zwischen meinen Fingern zu voller Größe anwuchs. Damit schaffte er es zwar noch immer nicht unter die Top 20 meiner Phantasie-Traumschwänze, aber er war kein totaler Reinfall.

Ich schleckte über die Eichel, bis sie wie ein Fliegenpilz glänzte.

»Sachte, sachte«, stieß er hechelnd hervor. »Gott!« Er schrie und hielt sich die Hände vor die Augen. Warf den Kopf zurück.

»Nein, hör auf!«

Er explodierte in meinem Mund. Es brannte in meinem Rachen. Ich glaubte, keine Luft mehr zu bekommen. Schwall für Schwall spritzte er in jeden Winkel meiner Mundhöhle. Ich spuckte alles auf seinen Bauch. Es schmeckte bitter. Herb. Wie wilder Wein, den ich in Frankreich gekostet hatte. Mein Gaumen fühlte sich verätzt an. Ich hustete. Das zu dem Eislutscher, der nicht durch zu heftiges Schlecken zu Boden fallen konnte!

»Was zur Hölle war das?«

»Na was wohl, du dumme Nuss! Das war ein Orgasmus!« Er sah unzufrieden aus.

Ich betrachtete die milchig weiße Flüssigkeit, die ich ausgespuckt hatte. Sie klebte tröpfchenweise um seinen behaarten Nabel. So also sah Samenflüssigkeit aus. Ein glibberiges Zeug, das entfernt an »Jell-O« und saure Milch erinnerte. Unglaublich, dass darin Spermien schwimmen sollten, die Babys zeugen konnten.

Ich richtete mich auf. Die Sehnen in meinem Schritt schmerzten wie nach einem zweistündigen Cheerleadertraining. Arnaud hatte meine Beine sehr weit auseinandergedrückt. Fast zu weit. Auf wackeligen Füßen wechselte ich ins Bad und griff mir das erstbeste Handtuch.

»Hier!«, sagte ich, warf es ihm zu und sammelte meine Sachen auf. »Wisch den Schleim ab. Nicht, dass er auf den Teppichboden rinnt.«

Er blieb auf dem Boden liegen. Sein heftiger Atem beruhigte sich allmählich.

Ich betrachtete ihn und empfand mit einem Mal nur noch Abscheu. Hatten wir eben Sex gehabt? Ich meine, richtigen Sex? Irgendetwas fehlte. Die klitoralen Orgasmen waren zwar anders gewesen. Intensiver. Wow! Aber das ultimative Feuerwerk, von dem ich ahnte, dass es das da draußen irgendwo geben musste, hatte gefehlt. Ich fühlte mich auf seltsame Art unbefriedigt. Und ich hatte nicht gedacht, dass Sex mit einem Mann in einer so grenzenlosen Sauerei endete. Ich schlang meine Arme um meine Brüste und vermisste unsagbar meine Cousine. Die Geborgenheit in ihren Armen, wenn wir uns gegenseitig befriedigt hatten. Konnte denn Sex mit einem Mann überhaupt so schön sein wie mit ihr?

Ich schlüpfte in Jeans-Shorts und T-Shirt und setzte mich ins Wohnzimmer vor den Fernseher. Ich beachtete Arnaud nicht. Ich wollte nur noch, dass er die Wohnung verließ.

Aber als Arnaud eine Hand auf meine Schulter legte, empfand ich sie als sehr tröstlich. Ich kuschelte meine Wange an seinen Handrücken und hegte plötzlich den Wunsch, ihm noch einmal nahe zu sein. Nackt. Körper an Körper. Ihn tief in mir zu spüren.

Ich sah zu ihm auf. »Schlaf mit mir!«

Seine Augen verengten sich. Er nickte und reichte mir die Hand. Aber wir schafften es nicht bis zu meinem Bett. Wir schafften es nicht einmal in mein Zimmer. Ich sank gegen ihn und wir glitten erneut auf den Teppichboden, der eben erst Zeuge unseres Liebesspiels geworden war.

Wild streifte er mir die Jeans-Shorts herunter und zog mir das T-Shirt über den Kopf. Mit den Zähnen riss er die Verpackung eines Kondoms auf.

Ich griff nach seinem freischwingenden Penis. Ich wusste nicht, ob er es mochte, aber ich bewegte sanft seine Vorhaut vor und zurück. Der Anblick war mir noch immer fremd. Die amerikanischen Schwänze, die ich auf Fotos gesehen hatte, waren alle beschnitten gewesen.

Er stülpte sich das Gummi über seinen Steifen und küsste mich hart.

»Das wird jetzt etwas weh tun«, flüsterte er und legte mich auf den Boden zurück.

»Was?« Ich zögerte und sah, wie die Spitze seines kondomverhüllten Schwanzes an meiner klatschnassen Spalte rieb.

»Das!«

Ein Schmerz durchzuckte meinen Schoß. Ich musste mir in die Hand beißen, um nicht lauthals loszubrüllen. Aber dann war es auch schon wieder vorbei, und er drang sehr langsam in mich ein, bis sich unsere Schambeine berührten. Mein Atem verwandelte sich in ein Stöhnen. Es fühlte sich verboten schön an. Höllisch schön! Arnaud war so unheimlich dick!

Sein Schambein presste gegen meinen Kitzler. Es war wie in meiner Vorstellung, nur besser. Ausfüllender. Es war perfekt. Fast.

Heftig atmend hielt ich die Augen geschlossen und spürte, wie er sich in mir vor- und zurückbewegte. Ich streichelte über meine Brustspitzen. Fuhr meinen Körper entlang. Berührte seine starken Schultern.

»Tu es«, stieß ich hervor. »Gib's mir!«

Ich suchte vergeblich nach einem Wort, das beschrieb, was er mir geben sollte. Ich jagte den Heiligen Gral. Einen Mythos. Ein Märchen. Ich konnte mir nicht vorstellen, dass noch eine andere Form des weiblichen Orgasmus' existierte, als die, die ich kannte.

Arnaud stieß kräftig zu. Küsste mich so anders als meine Cousine. Viel härter. Fast brutal. Doch das war es, was ich wollte.

»Du willst es wirklich, ja?«

»Natürlich!«, stöhnte ich. »Tu es härter!«

»Ich soll dich härter ficken?«

»Ja«, rief ich glücklich. »Fick mich fester! Hörst du? Fick mich!!!«

Das Gummi rieb an meiner Klitoris, und ich kam. Heftig. Heftiger, als ich jemals zuvor gekommen war.

***

Wir trieben es auch noch in anderen Stellungen. Er legte sich auf den Rücken, und während ich mich auf ihn setzte, führte ich seinen Penis in mich ein. Das alles kannte ich nur von Fotos in Büchern. Ich bewegte mein Becken auf und ab. Warf meine lange blonde Mähne nach hinten und registrierte erregt, dass meine großen Brüste hoch- und niederhüpften.

Das war Sex, dachte ich immer wieder. Und ich hatte ihn gerade!!!

Ich glitt auf ihm vor und zurück und wünschte mir vergeblich, dass sein Schwanz länger wäre. Atemlos erkannte ich, dass die Länge jedoch nur ein kleiner Teil des großen Geheimnisses war. Lodernde Hitze breitete sich von meiner Klitoris aus. Ich drängte mich hart gegen ihn. Ganz eng. Schambein auf Schambein. Meine Perle drohte zu zerspringen. Das Ziehen wurde immer stärker. Ich wand mich. Rutschte gegen ihn. Vor meinen Augen flimmerte es verdächtig. Und dann explodierte ich. Die Welt setzte aus. Als hätte sie aufgehört zu existieren.

Kraftlos sank ich gegen seine Brust. Doch er ließ mir keine Zeit, meine Lust zu genießen.

»Los, hoch«, feuerte er mich an. »Streck mir den Arsch entgegen.«

Auf allen vieren hockte ich vor ihm und bog mein Becken durch.

»Geiles Poloch!« Er grinste lüstern.

»Nein, bitte nicht!«

»Keine Sorge!« Er rammte seinen Speer in meine Muschi. »Du wirst mich noch anflehen, dich in den Arsch zu ficken.«

»Bestimmt nicht!«, japste ich und kippte bei jedem seiner Stöße vor. Er hielt mich am Becken zurück. Seine Finger gruben sich tief in meine Haut.

»Ja, du kleine Schlampe, das ist es, was du willst!«

Ich streichelte meine Klitoris, doch das Kunststück wollte mir nicht noch einmal gelingen. Wie oft war ich gekommen? Vier, fünf Mal? Ich konnte mich nicht mehr erinnern.

Er stieß so heftig zu, dass ich umfiel und mit dem Gesicht voran über den Teppich rutschte. Ich spürte nicht, dass er kam. Nur das Hecheln an meinem Ohr und die Schwere seines Körpers auf meinem Po und meinem Rücken sagten mir, dass er gerade alles gegeben hatte. Alles von sich. Er rollte von mir herunter und flüsterte: »Du warst scheißgut, Denise.« Schnell zog er sich den Pariser vom Schwanz. Die vorderste Spitze des eklig pinken Gummis war mit lebensspendendem Sperma gefüllt. Ob sich ein Orgasmus für eine Frau anders anfühlte, wenn die Samenflüssigkeit tief in ihre Scheide eindrang?

***

Schließlich stand ich auf. Ein roter Fleck verunzierte den strahlend weißen Teppichboden.

»Verfluchter ...«

Als mein Jungfernhäutchen gerissen war, mussten ein paar Tropfen Blut auf den Teppich geronnen sein. Ich zog mir hastig Shorts und T-Shirt wieder an und holte aus dem Bad den Fleckenentferner. Kräftig rieb ich die Stelle ein.

»Merde«, stieß Arnaud hervor. Er hastete nackt vor das Fenster und starrte auf die winterliche Straße hinaus.

»Was ist?«

»Éliane und Aimée sind vom Einkaufen zurück. Sie steigen soeben aus dem Auto.«

Ich schrubbte den Teppichboden. Der Fleck wollte nicht verschwinden. Was soll's? Ich hatte nichts getan, wofür ich mich hätte schämen müssen. Oder?

»Zieh dir gefälligst was an, du Crétin!«, fauchte ich.

»Wenn mich Éliane erwischt ...«

»Los, raus zur Terrasse. Tu, als ob du gerade erst gekommen

wärest.« Ich musste ob des Wortspiels lachen und schrubbte weiter. Es hatte keinen Zweck. Jeden Moment würden Éliane und Mom zur Tür hereinkommen.

Ich flüchtete in die Küche. Das typische Geräusch, das ein Schlüssel verursachte, der im Schloss herumgedreht wurde, erklang von unserer Eingangstür. Ich verzweifelte. In wilder Panik riss ich den Kühlschrank auf, griff mir das Erstbeste und schnappte mir eine Scheibe Toast.

»Tut mir leid, Mom«, rief ich, als meine Mutter das Wohnzimmer betrat. Ich deutete auf den Fleck und dann auf das Erdbeermarmelade-Sandwich in meinen Händen. »Es ist mir einfach so aus der Hand gefallen!«

»Nächstes Mal, nimm dir einen Teller, Kind. Hier muss mal gelüftet werden!« Mom rümpfte die Nase, warf einen flüchtigen Blick auf den Fleckentferner und den Putzlappen am Boden und schleppte den Einkauf an mir vorbei in die Küche.

Éliane trat aus dem Flur. Ich tat mich plötzlich schwer, sie anzusehen. Ich öffnete eines der Fenster und ließ die frische Winterluft herein. Dann drückte ich den Fernseher auf Aus.

»Ist Arnaud hier?« Éliane lächelte mich an. »Draußen steht der Mietwagen.«

»Arnaud?«, schluckte ich.

»Hat mich wer gerufen?« Breit lächelnd schlenderte er vom Flur ins Wohnzimmer und küsste Éliane ungeniert auf den Mund. Ich war fasziniert von dem Mangel an schlechtem Gewissen, den er an den Tag legte. Ich stahl mich in die Küche und ließ das Erdbeermarmeladen-Sandwich im Müll verschwinden. Ich hasste Erdbeermarmelade. Meine Mom sah kurz zu Arnaud und dann zu mir herüber.

»Was ist?«, fragte ich leise.

»Ach nichts«, gab sie zurück und packte die Einkäufe weg.

***

Am darauffolgenden Tag, als ich vom Cheerleadingtraining kam, hatte Arnaud ein Geschenk für mich. Er wartete auf dem Schulparkplatz, lässig gegen den Wagen gelehnt, und winkte mir zu – vor all den anderen Cheerleaderinnen. Ich hätte ihn umbringen können.

»Ein neuer Verehrer?« Marcy, Captain unserer Cheerleadingmannschaft, streckte anzüglich die Zunge heraus und tat, als ob sie Milch schlabberte. »Sieht ziemlich alt aus.« Die Mädchen gluckten. Unser Atem gefror zu kleinen weißen Wölkchen.

»Klar«, gab ich strahlend zurück. »Ich lasse mir die Männer jetzt schon aus Frankreich einfliegen ...« Mit einem extra breiten Lächeln verabschiedete ich mich und ging Arnaud entgegen, bevor er mich vor den Mädchen blamierte.

»Bist du verrückt?«, platzte ich unterdrückt heraus. »Am besten du stellst ein Plakat mit meinem Gesicht auf, wo oben steht ›entjungfert‹.« Ich konnte keine dummen Zufälle brauchen. Nicht jetzt, wo ich mit Billy verabredet war und einen klaren Kopf brauchte, um Marcy den Freund auszuspannen.

Die Mädchen spazierten in Richtung Schulbus davon oder stiegen in die Autos ihrer Eltern und älteren Geschwister. Ein paar von ihnen hatten bereits vor einem Jahr ihre Unschuld verloren. Ich wollte noch diese eine Erfahrung mit Billy sammeln, bevor ich fest mit dem Jungen meiner Träume zusammenkam.

»Weiß Éliane, dass du hier bist?«

»Ich dachte mir, ich hol' dich von der Schule ab.« Das klang lahm. Er folgte mir zu dem schwarzen Peugeot.

»Woher hast du denn die Karre?« Das Auto sah aus, als hätte es schon eine Milliarde Meilen auf dem Tacho. »Was ist denn mit eurem Mietwagen passiert?«

»Gefällt dir der Wagen?«

Ich zuckte mit den Schultern. »Nicht besonders ...« Für mich kam natürlich nur ein Ford Mustang infrage. So einer wie Jason ihn fuhr.

»Schade«, er wirkte zerknirscht und drückte mir etwas in die Hand, »er gehört dir.«

Ich starrte auf den Autoschlüssel zwischen meinen Fingern und musste lachen. »Der war gut!«

»Nein, ehrlich. Wieso probierst du ihn nicht aus? Dein Dad sagte, du nimmst Fahrstunden.«

»Ja«, antwortete ich fassungslos. »Aber ich hab doch noch gar keinen Führerschein.«

»Dann fahren wir hier«, schlug er vor. »Viel Platz und kaum jemand da, der uns stört.«

Ich stieg aufgeregt in das Auto – in mein Auto! – und steckte den Schlüssel ins Zündschloss. Ich richtete den Rückspiegel ein, veränderte die Seitenspiegel, schnallte mich an – ganz wie ich es gelernt hatte.

»Ähh ... Arnaud? Das Auto hat keine Automatik.«

»Weil es eine Gangschaltung hat, Chérie.«

Die nächsten zehn Minuten starb mir der Wagen ungefähr eine Million Mal ab und die restliche Zeit hüpfte ich über den Asphalt.

»Kupplung langsam kommen lassen!« Er fluchte unbeherrscht. Und dann setzte sich der Wagen in Bewegung, als hätte ich mein ganzes Leben nie etwas anderes gemacht.

»Verdammte Scheiße noch mal – ich fahre!« Ich lachte befreit. »Ich fahre.«

»Ja«, meinte er blass. »Aber vergiss nicht zu lenken. Siehst du den Laternenpfahl da vorn?«

»Ja.« Ich strahlte.

»Okay ... und wie wäre es, wenn du jetzt ... wenn du AUSWEICHST!!!« Er zuckte auf seinem Sitz zusammen, raufte sich die Haare und sah nach hinten zu dem Laternenmasten, den ich nur um Haaresbreite verfehlt hatte. »Merde! Ich dachte, du hattest ein paar Fahrstunden.«

»Hatte ich auch«, gab ich zurück. »Beim Geradeausfahren bin ich schon ganz großartig.«

»Wie wäre es, wenn du jetzt anhältst?«

»Und wie macht man das?« Ich schaltete in den Zweiten hinunter, stieg vom Gas und der Wagen begann plötzlich zu hüpfen. »Verdammt, was ist denn jetzt?«

»Auskuppeln! Gang rausnehmen! Bremsen! Und stehen bleiben!«

Mit einem Stottern starb der Motor ab und wir hüpften noch einen knappen Meter weiter.

»Handbremse anziehen!«

Wir standen.

»Ich denke, ich fahre jetzt besser.« Hörbar blies er die Luft aus. Er schien einem Herzinfarkt nahe zu sein.

Ich betrachtete das Lenkrad, das Armaturenbrett, die Innenausstattung. Draußen wurde es schon dunkel.

»Ich kann den Wagen nicht behalten, Arnaud. Ich wüsste nicht, wie ich das Mom und Dad erklären soll. Außerdem, was sagt Éliane dazu?«

Er grinste. »Erstens hat der Wagen nicht so viel gekostet, wie es den Anschein hat und zweitens habe ich deine Eltern natürlich gefragt, ob es ihnen recht ist. Deine Mutter wollte zuerst nichts davon wissen, aber Éliane kann sehr überzeugend sein.«

Ich rechnete fieberhaft. Es würde noch mindestens ein Jahr dauern, bis ich mir einen eigenen Wagen leisten konnte. Und selbst wenn, wäre es ein sehr billiges Modell gewesen – nicht dieser Peugeot.

»Warum willst du mir ein Auto schenken?«

»Ich glaube, das weißt du genau.« Seine Stimme elektrisierte jedes Härchen in meinem Nacken. Er legte eine Hand auf meinen Oberschenkel. Sein Mund näherte sich meinem.

Mein Herz klopfte. Ich drückte den Zeigefinger auf seine animalischen Lippen.

»Nicht hier! Außerdem … wir müssen nach Hause. Meine Eltern wundern sich sonst, wo wir bleiben.«

Er nestelte an den Knöpfen meiner Jeans herum. »Nur ein Quickie, Chérie.«

»Ein Quickie?«

Ich tastete schüchtern nach seinem Schwanz. Er schien hart zu sein. So genau konnte ich es durch die Hose nicht feststellen. Sein Penis war ja nicht lang. Aber das machte nichts. Ich wurde augenblicklich feucht.

Er half mir, die Jeans abzustreifen, öffnete seine Hose und rollte ein Kondom auf seinem Liebesspender ab. Ich vergewisserte mich mit einem Blick nach draußen, dass es dunkel genug war, um nicht gesehen zu werden. Mit dem Gesicht zu ihm setzte ich mich auf Klein-Arnaud.

Wogen der Lust durchfluteten mein Zentrum. Ein schwaches Brennen bewies, dass ich erst tags zuvor entjungfert worden war. Vielleicht würde ich auch wieder leicht bluten. Aber die sexuelle Gier siegte.

»Ja«, flüsterte ich trunken vor Erregung. »Ja, gib's mir!« Es war kalt. Und trotzdem war mir heiß. Er stieß zu. Fest. Hastig streichelte ich meine Lustperle. Doch es war zu spät.

Er stöhnte mir ins Gesicht. Ich konnte das Pulsieren durch das Kondom hindurchspüren. Sein Kopf sank gegen meine Brüste. Regungslos versuchte er, neuen Atem zu schöpfen.

»War's das schon?« Selbst ich hörte den Missmut in meiner Stimme. Das war also ein Quickie! Ein Quickie! So etwas Idiotisches war eindeutig nicht zur Nachahmung empfohlen!

***

Der Freitagabend mit Billy endete in einer herben Enttäuschung. Im Kino fasste er mich nicht ein einziges Mal an.

Anschließend, bei sich zu Hause, war er so erregt, dass er sich in meine Hand ergoss und später, kaum dass er sich das Gummi übergezogen hatte. Seinen süßen Penis hatte ich mir gar nicht genau ansehen können.

Er zog sich hastig an, schob mich aus der Wohnung seiner Eltern und schloss die Tür, als wäre der Teufel hinter ihm her! Ich hatte mir ausgemalt, dass er mir zum Abschied etwas Nettes ins Ohr flüstern würde. Doch Billy erwies sich als Reinfall, und so nahm ich den Bus nach Hause. Ich musste unbedingt mit meiner Freundin Mel telefonieren, obwohl ich überhaupt nicht wusste, was ich ihr erzählen sollte.

Meiner Mom hatte ich gesagt, dass ich zu einer Freundin zum Lernen gegangen war. Ich hatte gelogen – wieder einmal. Na und? Teenager belogen ihre Eltern doch ständig, oder?

Éliane und Arnaud verbrachten ihren weiteren Urlaub mit Besichtigungstouren, angefangen beim Cannon Beach und dem Haystack Rock, weiter zu den gefrorenen Wasserfällen am Columbia River, hinüber zum Mount St. Helens. Im Laufe der nächsten Woche wollten sie entlang der Northwest Coast weiter hinauf nach Seattle und zur kanadischen Grenze. Éliane liebte endlose, dunkle Wälder genau wie ich. In der Hinsicht hatten wir viel gemeinsam.

Es war fraglich, ob sie es bis zum Ende ihres Urlaubs wieder rechtzeitig nach Portland schafften, um uns zu besuchen. Ich rechnete nicht damit, dass Arnaud und ich uns wieder nahe kommen würden. Während der Busfahrt nach Hause quälte mich dieser Gedanke, jetzt, wo mich Billy auf Nimmerwiedersehen vor die Tür gesetzt hatte.

Ich wollte noch einmal mit Arnaud schlafen. Und ich musste es wissen. Ich musste wissen, wie sich der Orgasmus eines Mannes anfühlte – ungeschützt. Ohne ein störendes Kondom, das uns voneinander trennte. Vielleicht war das der Schlüssel zu dem großen Geheimnis, das mir bisher verborgen geblieben war. Ich musste das Geheimnis kennen, um nicht vor Jason wie eine unerfahrene Idiotin dazustehen.

Wenn Arnaud und Éliane vor ihrem Rückflug nach Frankreich noch einmal zu uns zu Besuch kamen, dann wollte ich meine Chance nutzen. Das Verbotene daran war es erst, was alles so aufregend machte.

Meine Mutter erwartete mich im Flur. Mit einem Gesicht wie sieben Tage Regenwetter. Genau richtig für einen verdorbenen Freitagabend.

»Du beginnst da ein gefährliches Spiel, Denise.« Mom sah mich forsch an. Sie sprach Französisch. Sie sprach immer Französisch, wenn Dad anwesend war und sie nicht wollte, dass er verstand, was wir besprachen. Und mein Dad tat, was er immer tat. Er las unbeirrt in seiner Zeitung weiter.

Ich hängte meine Jacke auf. Sie fiel herunter. Wie hatte Mom herausgefunden, dass ich mich mit Billy getroffen hatte? Ich hatte ihr nicht gesagt, welche Freundin ich zum Lernen treffen wollte.

»Ich hab gelernt. Geschichte, wenn du es genau wissen willst. Am Montag schreiben wir eine Arbeit.« Das war nicht einmal gelogen. Nur musste ich für Geschichte nicht lernen. Das musste ich nie.

Meine Mutter schnaufte. »Vergiss heute Abend. Das Märchen, dass du lernen wolltest, habe ich dir keine Sekunde lang abgekauft.«

Ich unternahm den Versuch, bei ihr vorbei in die Küche zu gelangen, doch ich kam keinen einzigen Zoll weit. Also floh ich in mein Zimmer.

»Denise Réjane Martens, wohin glaubst du, dass du gehst?! Wir sind noch lange nicht fertig!«

Sie folgte mir und schloss die Tür hinter sich. Ich legte

mich auf mein Bett und versuchte zu ignorieren, dass sie im selben Raum war.

»Mein liebes Fräulein!«

»Gut, ich war im Kino.« Ich sah zu ihr auf. »Zufrieden? Mit einem Jungen – Billy. Du kennst ihn vom Judo.«

»William ist nicht das Thema. Der Junge ist noch grün hinter den Ohren.«

Ich blinzelte sie überrascht an. Dann war es also keine große Sache, wenn wir vorhin miteinander Sex gehabt hatten? Grottenschlechten Sex ...

»Du dagegen nicht, Denise! Du warst niemals grün hinter den Ohren.«

»Ich weiß nicht, was du meinst.« Ich musste mich nicht dumm stellen. Ich war es.

»Doch, das tust du.« Sie musterte mich wie eine Fremde. »Denkst du wirklich, es hat keine Konsequenzen?«

»Was, Mom?« So kannte ich sie gar nicht.

»Jetzt tu nicht so verdammt unschuldig, Denise. Ich weiß nur noch nicht, weshalb du mit dem Feuer spielst. Möchtest du mir eine Lektion erteilen? Oder vielleicht Éliane?«

Ich presste die Lippen aufeinander.

»Mich verletzt du damit nicht«, fuhr Mom fort. »Ich habe mich damals für deinen Vater entschieden. Aber Éliane verletzt du. Und das solltest du nicht. Sie liebt dich.«

Ich erwiderte noch immer nichts darauf. Ging es um Arnaud? Meine Gedanken überschlugen sich. Mit ihr oder Éliane hatte es nichts zu tun. Nie hatte ich vorgehabt, Éliane den Mann wegzunehmen. Himmel, ich mochte Arnaud nicht einmal. Er war der Fremde in all meinen sexuellen Phantasien. Ich wollte ihn, weil er tabu für mich war. Unerreichbar. Ich musste wissen, ob ich ihn trotz aller Barrieren haben konnte. Denn die selbst auferlegten Grenzen hinderten uns, über uns hinauszuwachsen, und zwangen uns zu lähmender Mittelmäßigkeit. Diese Grenzen dienten dazu, überschritten zu werden.

»Éliane liebt dich«, wiederholte sie. »Wie kannst du ihr das antun?«

»Éliane liebt mich«, stieß ich heiser hervor und ging zum Angriff über. »Und was ist mit dir? Liebst du mich nicht?«

»Denise, ich sehe, was du tust«, überging Mom unbeirrt meinen pubertären Ausbruch, »und ich heiße es nicht gut. Nichts davon. Also, hör auf damit. Augenblicklich!«

»Was tue ich denn?« Das mit Arnaud konnte sie doch unmöglich herausgefunden haben.

»Lüg mich bitte nicht an, Denise. Bitte lüg mich nicht an! Wenn man …« Sie lächelte traurig. »Wenn man ein Erdbeermarmeladen-Sandwich auf den Boden fallen lässt, dann legt man es weg und reinigt den Fleck. Nicht umgekehrt. Und der Fleck würde wenigstens Spuren von Erdbeermarmelade enthalten und nicht nur … nicht nur …«

Sie wandte sich ab und fing an zu weinen. Ich stand auf und legte ihr meine Hand auf die Schulter. Sie schüttelte sie ab. Ihre Augen glühten wie Höllenfeuer.

»Nachdem ich den Knutschfleck an Arnauds Hals gesehen hatte …« Sie blinzelte vergeblich die Tränen weg. »Verflucht noch mal, Denise! Es waren minus fünf Grad da draußen und er hatte nicht einmal eine Winterjacke an. Ich habe nicht lange gebraucht, um dahinter zu kommen. Und doch zu lange. Drei Tage. Drei verfluchte Tage. Deine blutigen Shorts … das Handtuch …« Sie zuckte kraftlos mit den Achseln. »Ich habe das verdammte Kondom gefunden, das ihr benutzt habt. Das verfickte Kondom!« Sie spuckte die Worte wie einen Fluch.

Ich hielt ihrem Blick nicht stand. Jede Lüge war zwecklos. Nie zuvor hatte ich meine Mutter dermaßen fluchen gehört. Ich hatte nicht gewusst, dass sie solche Worte überhaupt kannte.

»Arnaud, dieser ... dieser Crétin«, schimpfte sie zu sich selbst. »Wieso können Männer nie ihren verfluchten Schwanz in der Hose behalten?! Ich sollte den verdammten Drecksschwanz anzeigen!« Ihre Augen blitzten gefährlich auf.

»Und von dir bin ich schwer enttäuscht, Denise. Die Sache mit dem Wagen kam mir gleich so komisch vor. War das dein Lohn? Hat er dir das Auto versprochen? So habe ich dich nicht erzogen, Denise!«

Mein Herz pochte. Alles knisterte verdächtig. Arme und Beine waren taub. Feige, wie in Trance, zog ich mich ins Badezimmer zurück. Mein Dad sah von seiner Zeitung auf und seufzte leise. Das tat er immer, wenn Mom und ich uns in die Haare bekamen und er keinen blassen Schimmer hatte, worum es eigentlich ging.

Ich verstand, dass meine Mutter für den Rest ihres Lebens kein Wort mehr mit mir wechseln würde, wenn ich noch einmal mit Arnaud schlief. Und ich nahm mir fest vor, die Finger von ihm zu lassen. Nicht nur für Éliane oder Mom, sondern auch für mich. Doch letztendlich kam es anders. Alles kam anders. Und ich sollte erfahren, wie sich Sex ohne Gummi anfühlte.

Still Sweet Sixteen – Februar 1991

Manchmal tat man etwas, obwohl man geschworen hatte, es nicht zu tun. Nach unserem »ersten Mal« trafen Arnaud und ich uns in einem der besseren Hotels in der Nähe des Flughafens. Es wirkte sehr modern, umgab sich mit einem Hauch von Luxus und war ausgestattet mit einem hervorragenden Restaurant – aber es war nicht wirklich elegant. Mittlerweile ging ich dort ein und aus, als hätte ich mein ganzes Leben in Hotellobbys zugebracht und aus dem Koffer gelebt.

Wenn Arnaud beruflich in den Staaten zu tun hatte – und das kam neuerdings rund ein- zweimal im Monat vor – buchte er Anschlussflüge, um sich mit mir zu treffen. Fünf Monate lang war ich seine Geliebte. Er konnte mir etwas geben, was mir Jungs in meinem Alter nicht geben konnten. Seine Erfahrung. Und ein nettes, nicht zu verachtendes Taschengeld.

Doch etwas fehlte. Dieses unerklärliche Etwas, das tief in mir schlummerte und sich nicht zu erkennen gab. Orgasmen hatte ich viele. Sie breiteten sich von meiner Klitoris aus – Arnaud brachte mit seiner Zunge Unaussprechliches zustande – und erfassten hurricanartig jede Zelle meines Körpers. Aber es war nicht genug. Ich wollte diese Explosion auch spüren, wenn er in mich eindrang. Doch da kam nichts.

Das einzig Erfüllende an unserem Sex war, wenn er sich in mir verströmte. Wenn sein Samen den Weg in mich hineinfand und mich ausfüllte. Dann war ich nicht mehr das unreife Mädchen, sondern ganz die Frau, die wusste, wonach ihr der Sinn stand und die eine Ahnung davon hatte, was Männer von ihr wollten. Was Männer bereit waren, für sie zu tun.

Dachte ich dabei manchmal an Éliane? Nie.

An meine Mom? Selten.

War ich in Arnaud verliebt? Keinesfalls.

Ich war verliebt in das Begehren, das im Dunkel seiner Augen glühte. In den Ausdruck seines Gesichts, wenn er seine Leidenschaft Stoß für Stoß in mich hineinvögelte.

Unsere Treffen verliefen bis auf ein paar Ausnahmen immer gleich. Die erste Gier befriedigten wir, sobald wir das Zimmer betraten. Dann dösten wir für eine halbe Stunde in den Armen des anderen, tranken etwas, scherzten. Dann liebten wir uns ein zweites Mal und ließen uns ein frühes Abendessen aufs Zimmer kommen. Nichts Besonderes. Meistens für mich einen Hamburger.

Das dritte Mal war immer außergewöhnlich intensiv. Ich konnte seine Anstrengung spüren. Die Kraft, die er brauchte, um zum Orgasmus zu kommen. Ich nahm mir alle Zeit der Welt, den männlichen Orgasmus zu studieren – ich war eine sehr gelehrige Schülerin.

Nach zweieinhalb Stunden verabschiedete ich mich von ihm und fuhr mit dem Bus zur Stadtbibliothek oder zum Training. Sehr oft fuhr er mich auch. Das ging bedeutend schneller. Ich zählte die Tage, bis ich endlich mit meinem eigenen Wagen fahren konnte und unabhängig war.

Normalerweise blieb Arnaud dann über Nacht im Hotel und nahm den ersten Flug zurück in jene Stadt, in der er zu tun hatte, meistens Los Angeles oder New York. Doch an einem Freitag im März musste er noch am selben Abend wieder zurück, weil er ein Geschäftstreffen in L.A. hatte.

Ich hatte mich schon im Hotelzimmer eingefunden und erwartete ihn mit pochendem Herzen. Mein Blick schweifte nervös zum halb offenen Schrank. Plötzlich schwang die Zimmertür auf und Arnaud trat ein. Wie zwei Verdurstende fielen wir übereinander her. Wir landeten auf dem Bett, und er zog mir den Jeansmini aus. Darunter trug ich den spitzenbesetzten Strapsgurt, den er mir einen Monat zuvor aus Paris mitgebracht hatte und die hauchdünnen kaffeebraunen Strümpfe mit dem dunkelbraunen und schwarzen Bund. Er schob den durchsichtigen Slip zur Seite und küsste zärtlich meine feuchten Lippen. Er ließ sich viel Zeit, steigerte meine Lust, bis er fordernd mit seiner Zunge vor- und zurückstieß. Ich explodierte. Der Orgasmus erfasste mein Gehirn und ich war nicht mehr fähig zu denken.

»Gott, du bist so schön. So jung!« Seine Stimme dämmerte in mein hormongeschwängertes Bewusstsein. Er befreite seinen strammen Kurzschwanz aus der Hose und drang in mich ein. Nach nur wenigen Stößen spritzte seine lavaheiße Samenflüssigkeit in meine Scheide.

Ohne Gummi mit einem Mann zu schlafen, war so anders. So viel natürlicher. Zu spüren, wie er alles von sich gab und sich bis in die letzte Pore in einen verströmte. Und dann, wenn noch Stunden später der Samen des Mannes in den Slip tropfte …

Heftig atmend legte er sich neben mich. Ich kuschelte mich an seine starke Brust. Insgeheim stellte ich mir vor, gerade von Jason gefickt worden zu sein.

»Hast du ohne Probleme den Zimmerschlüssel bekommen?« Er flüsterte mir ins Ohr.

»Da gab es keine Probleme«, schnurrte ich. »Der Portier kennt mich mittlerweile. Aber ich glaube nicht, dass er uns noch abnimmt, dass wir Vater und Tochter auf Reisen sind.«

»Egal«, brummte er. »Für das Trinkgeld, das ich ihm jedes Mal dalasse, muss sein Stillschweigen all-inclusive sein.«

»Hast du keine Angst, dass das mit uns eines Tages rauskommt?« Ich zeichnete mit dem Zeigefinger seine ausdrucksstarken Lippen nach.

»Du bist die Angst jede Sekunde lang wert.«

Ich lächelte mädchenhaft. Und viel mehr als ein Mädchen war ich auch nicht.

»Verdammt.« Er sah auf seine Armbanduhr und küsste mich auf die Stirn. »Ich hasse es, heute noch wegfliegen zu müssen. Zieh dich an, Denise. Ich bring dich nach Hause.«

»Nicht nötig. Lass uns lieber noch eine halbe Stunde hierbleiben.« Ich streichelte seinen strammen Bauch. »Sonst verpasst du noch deinen Flug.«

Er döste für ein paar Minuten ein. Ich spielte an seinem schlaffen Pimmel herum, kniete mich vor ihm hin und streckte meinen Po in die Höhe. Sein Sperma quoll aus meiner Scheide und lief meine Innenschenkel hinunter – Himmel, wie ich dieses Gefühl lieben gelernt hatte. Er erwachte, und der Blick eines wilden Tieres funkelte mir entgegen.

Ich setzte mich auf ihn und bewegte mich in einem langsamen Rhythmus. Mittlerweile wusste ich, wie ich seinen Orgasmus steuern konnte. Es gab noch so viel zu lernen. So viele Dinge, die ich ausprobieren wollte. Ich nahm seine Hände und drückte sie gegen meine Klitoris.

»Ich will mit dir gemeinsam kommen«, flüsterte ich erstickt. »Genau in dem Moment, wenn du in mir abspritzt.«

Er massierte mich mit den Fingerspitzen. Genau an meiner empfindsamsten Stelle. Der Druck war perfekt. Die kreisende Bewegung. Dasselbe wollte ich in mir spüren, doch ... Ich konnte es nicht erklären. Es war, als würde man eine warme Cola trinken. Eine Cola, die keine Kohlensäure enthielt. Man schmeckte sie zwar, aber der eiskalte erfrischende Gaumenkitzel, die Explosion an Empfindungen blieb aus. Doch was er mit seinen Fingern machte, das machte er gründlich.

Ich spürte, wann er kommen würde. Auch ich stand kurz davor.

»Ja, fester«, trieb ich ihn an. »Fester!«

Sein Gesicht spannte sich an. Jeder Muskel trat hervor. Gleich würde es passieren und so war es. Er spritzte in dem Moment in mir ab, als das erste Zucken meines Orgasmus' mein Becken durchschüttelte. Meine Brüste wackelten. Ekstatisch zitternd sank ich auf seiner mächtigen Brust zusammen.

Das war es! Das war Sex. Genau so musste er sein.

»Ja!«, schrie ich.

***

»Hier.«

Arnaud hatte sich angezogen und reichte mir dreihundert Dollar. Ich rekelte mich splitternackt auf dem Bett und zog einen Schmollmund. Er seufzte und legte noch hundert drauf. »Kauf dir was Schönes zum Anziehen.«

Ich strahlte wie sein persönlicher Liebesengel und küsste ihn auf den Mund.

»Bestell dir ruhig noch ein Abendessen. Ich werde unten an der Rezeption alles erledigen. Du brauchst dann nur noch deinen Schlüssel abzugeben.«

Er beugte sich zu mir hinunter und küsste mich.

»Gott, Denise, es ist immer so schön mit dir.«

»Natürlich ist es das«, gab ich kess zurück.

Er grinste und küsste mich ein letztes Mal, bevor er zur Tür hinausschritt. Regungslos lag ich da und genoss die frische Luft auf meiner nackten Haut. Dann musste ich lachen. Laut und ohne jede Scheu. Ich nahm das Bündel Zwanzigdollarnoten in beide Hände und wirbelte es in die Luft. Betrachtete die herabfallenden Banknoten wie ein kleines Kind, das zum ersten Mal in seinem Leben Schneeflocken beobachtete. Vierhundert Dollar! Das war zehnmal mehr Taschengeld, als ich von meinen Eltern in einem Monat bekam. Ich lachte. Lachte. Lachte ...

Dann sammelte ich die Geldscheine fein säuberlich wieder ein, zählte sie dreimal nach und schwang meine nackten Tatsachen aus dem Bett.

Heftig atmend schlich ich auf Zehenspitzen zum Schrank und öffnete ihn. Das Objektiv der Videokamera meines Vaters linste mir entgegen. Das rote Record-Lämpchen hatte ich mit einem Streifen Isolierband abgedeckt. Ich drückte auf die Stopptaste und beendete die Aufnahme.

Ich hatte alles auf Band. Von der ersten Minute, als ich auf dem Bett saß und Arnaud das Zimmer betrat. Aufgeregt spulte ich zurück und betätigte die Playtaste. Den Ton konnte man ohne Fernseher mit den damaligen VHS-Kameras – oder zumindest bei der meines Vaters – nicht hören. Aber die Bilder sprachen für sich. Nie zuvor hatte ich bemerkt, wie wild meine großen Brüste beim Sex schaukelten.

Schon immer hatte ich meinen eigenen Sex-Film drehen wollen. In diesem Moment hatte ich ihn, Jahre bevor ich meinen ersten Porno in voller Länge sehen sollte, ein Jahrzehnt bevor die ersten Handy-Pornos die Mobilfunkwelt eroberten. Mich erfasste ein ähnlicher Schauer wie bei den Bildern von CNN. Aber diesmal war es ein höchst angenehmer Schauer. Ich war überzeugt, ein zeitloses Kunstwerk erschaffen zu haben. Irgendwann, wenn ich einmal alt und grau war, würde ich das Video hervorholen, in meinen VCR einlegen und mich freuen, dass ich eine sehr schöne junge Frau gewesen war.

Ich nahm die Kassette aus dem Gerät, zückte meinen Edding und beschriftete sie mit »Cheerleadertraining«, Datum und Uhrzeit. Unter den anderen Trainingskassetten würde dieser besondere Film nicht weiter auffallen.

Eine ungeahnte Erregung packte mich. Der Gedanke, dass ich mich und Arnaud wieder und wieder beim Sex beobachten konnte, beschleunigte meinen Atem und meinen Herzschlag. Ich wollte alles von uns sehen. Alles. Und ich war höllisch gespannt, welche Figur ich auf dem Video machte.

Nachdem ich mich angezogen hatte und die Videoausrüstung in meiner Tasche verstaut hatte, nahm ich den Lift in die Lobby, um den Zimmerschlüssel abzugeben. Ich setzte meine Sonnenbrille auf und warf den Schlüssel in die Box. Der Rezeptionist musterte mich interessiert und beobachtete mich den ganzen Weg bis zur doppelflügeligen Eingangstür. Arnauds Samen tropfte in meinen Slip. Ich nahm einen tiefen Atemzug frischer Portlandluft und machte mich auf den Weg zur Bushaltestelle. Damals ahnte ich noch nicht, dass genau jenes Hotel in meinem Leben noch eine wichtige Rolle spielen sollte. Und dass mich einer meiner Kunden unzählige Male hierher bestellen würde. Quentin.

Ostern in Paris 1991

Ostern 1991 verbrachten meine Eltern und ich ein weiteres Mal in Paris. Das Tolle an Europa war, dass man nie nach einem Ausweis gefragt wurde. Wir brauchten keine gefälschte ID, um uns als Teenager bis nach Mitternacht in Discos herumzutreiben. Bestellten wir Wodka-Orange, wurde uns dieser kommentarlos gereicht. Die Türsteher, wenn es sie gab – Ende der Achtziger war das alles noch kein Thema – ließen uns mit einem Lächeln passieren. Denn ihr Hauptaugenmerk galt den betrunkenen Jungs, die auf den Parkplätzen randalierten oder mit einem Totalabsturz unter den Tischen lagen. Kein Abend verging ohne Rettungswageneinsatz.

Bei uns in den Staaten bekamen wir die coolen Clubs nur von außen zu sehen. Meinen ersten Club betrat ich erst, ich glaube, da war ich schon zwei Jahre auf dem College. Deshalb liebte ich Europa. Saturday Night Fever hatte in Paris eine ganz eigene Bedeutung. Dagegen waren die Schulbälle bei uns ungefähr so aufregend wie ein Treffen der Anonymen Alkoholiker. Jedes Mal, wenn meine Cousine und ich Samstagabend die Pariser Discos unsicher machten, wurden wir von den Jungs auf unzählige Drinks eingeladen. Ich war damit das einzige Mädchen meiner Klasse, das bereits mit vierzehn einen gehörigen Schwips mit nach Hause brachte. Mein Dad fand das ziemlich amüsant. Meine Mom eher weniger. Und ja, Gott im Himmel, ich bekam dermaßen viele Angebote, dass ich meine Unschuld dutzendfach hätte verlieren können. Französische Jungs waren herrlich direkt! Vielleicht lag es auch daran, dass ich in ihren Augen Amerikanerin war, trotz der Tatsache, dass ich akzentfrei Französisch sprach. Ich hatte das Gefühl, dass die Welt mir gehörte. In dieser Intensität habe ich das später nie mehr gespürt.

Ja, ich hätte mit einem dieser unzähligen Jungs schlafen

können, aber ich sehnte mich in all dieser Zeit nach dem einen Fremden in meiner Phantasie – Arnaud. Wenn ich allerdings daran denke, wie enttäuschend er und Billy beim Sex letztendlich gewesen waren, wünschte ich mir manchmal, dass ich die Angebote der französischen Jungs angenommen hätte. Jedes einzelne.

Doch damals existierte für mich nur Arnaud. Möglicherweise liebte ich ihn ja doch auf die eine oder andere Art. In jedem Fall war er mein erster Mann im Bett und den vergisst frau nie.

Der Grund unseres Osterbesuchs in Paris war leider kein erfreulicher. Grand-mère Babette war krank und befürchtete, uns nie mehr wiederzusehen. Sie sollte recht behalten. Jenes Osterfest sollte ihr letztes werden.

Das Thema Tod war für mich weit entfernt. Ich sehnte mich nach den Umarmungen meiner Cousine und nach den stürmischen Vereinigungen mit Arnaud. Leider hatte ich meine Cousine kaum für mich allein. Sie und Lucien, ihr ein Jahr älterer Bruder, nahmen an den Tennis-Jugendmeisterschaften teil und verbrachten die meiste Zeit auf dem Centercourt.

Ich begleitete sie zu ihren Spielen. Zusammen mit Arnaud.

Meine Mom war nicht gerade erfreut. Sie nahm mich zur Seite und sprach Englisch mit mir, damit die anderen nicht so leicht verstanden, was sie mir sagen wollte.

»Du lässt die Finger von ihm, klar Denise?«

»Mom«, begehrte ich auf.

»Shht! Vergiss nicht, was du mir versprochen hast! Dein Dad und ich kommen mit Éliane zum Tennisplatz nach.«

Ich biss mir auf die Unterlippe. *Was soll's,* dachte ich. Während der Matches würde Arnaud ohnehin keine Zeit für mich haben. Außerdem war er zwei Wochen zuvor in Portland gewesen. Wir hatten es wie die Tiere getrieben.

Mom ging zu Arnaud hinüber und flüsterte etwas, das ich

nicht verstand. Was immer es war, es verfehlte seine Wirkung nicht. Arnaud wurde kreidebleich.

Meine Cousine sah von mir zu Arnaud und dann zu meiner Mutter. »Was ist mit Tante Aimée los?«

»Nichts.« Ich zuckte mit den Schultern und wagte es nicht, Éliane anzusehen. Sie stand breit lächelnd beim Auto und half Lucien beim Verstauen der Tennistasche.

»Ob sie etwas ahnen?«, fragte meine Cousine.

Ich sah ihr in die Augen. Am liebsten hätte ich sie geküsst und der ganzen Welt verkündet, dass ich sie liebte.

»Keine Bange. Unser kleines Geheimnis ist sicher.«

Wir fuhren zum Tennisklub und fanden mit Mühe einen Parkplatz. Aufgeregt herumstehende Leute starrten auf die Tennisspieler, die sich aufwärmten. Der Geruch von Schweiß und Umkleidekabinen versetzte die Luft und mischte sich mit dem des Roland-Garros-roten Sandes. Jedes Mal ertönte ein dumpfer plopartiger Knall, wenn ein Tennisschläger auf einen Ball traf.

Ich bestellte mir an der Bar eine Cola. Zwei Jungs in Luciens Alter, Möchtegern-Tenniscracks, versuchten, bei mir mit einem Scherz zu landen. Ich ließ sie abblitzen. Feurige Leidenschaft glühte in Arnauds Augen, als sich unsere Blicke kreuzten. Wenn die beiden unreifen Jungs gewusst hätten, wonach mir gerade der Sinn stand!

Mit einem Auge beobachtete ich meine Cousine und ihren Bruder beim Einspielen. Arnaud studierte jede ihrer Bewegungen. Er wirkte sehr konzentriert und etwas nervös. Ich nahm meinen Notizblock zur Hand und notierte eine Stunde lang Ideen, die ich in einen zukünftigen Roman einbauen wollte, dann aber doch nie tat.

Arnaud stand unvermittelt vor mir.

Ich sah auf. »Musst du den beiden nicht zusehen?« Lucien war gerade am Gewinnen.

»Wir haben nicht viel Zeit«, flüsterte er. Ich nickte. Den ganzen Morgen schon sehnte ich mich nach seinen Berührungen.

Arnaud folgte mir zur Damenumkleidekabine. Er küsste mich noch vor der Tür. Er küsste mich wie ein Ertrinkender. Ich gab mich seinem Kuss hin. Er drängte mich in den menschenleeren Umkleideraum. Wir waren allein. Dann hielt er inne. Die Tür fiel von selbst zu, aber man konnte sie nicht abschließen.

»Deine Mutter weiß es, Denise. Sie weiß alles. Wahrscheinlich wusste sie es schon von Anfang an.«

»Natürlich wusste sie es«, erwiderte ich.

»D-Du hast gewusst, dass sie es weiß?«

»Ja«, flüsterte ich.

»Du ... du ...« Er fuhr sich durchs Haar. Wirr stand es ab. »Sie sagte, wenn es noch einmal geschieht, dann würde sie auf Éliane keine Rücksicht mehr nehmen und die Polizei einschalten. Diesen Skandal überlebt die Familie nicht.«

Ich griff in seine Hose. Nach seinem besten Stück.

»Dann sorg dafür, dass niemand von dem Skandal erfährt!«

»Denise, du bist verrückt. Verrückt und zu gierig.« Er warf einen nervösen Blick zurück auf die nicht verschlossene Tür. »Was willst du von mir?«

Ich lächelte und spürte, wie sein Schwanz zwischen meinen Fingern immer härter wurde.

»Na, was wohl? Ich will, dass du mich fickst. Ich will, dass du es mir so richtig besorgst, bis ich vor Lust schreie!«

Ich streifte mir den kurzen Rock herunter. Den Slip. Das T-Shirt, bis ich splitternackt vor ihm stand.

»Du bist mein Tod, Denise.« Er küsste meine Brüste. Nahm die steil aufgerichteten Nippel in den Mund und saugte an ihnen. Ich glaubte, vor Lust zu zerspringen. Jeden Moment konnte jemand in die Umkleide kommen. Jeden Moment konnte uns jemand erwischen.

»Ich sollte dich mal so richtig in den Arsch ficken.« Er hielt mir den Mund zu, damit ich nicht lauthals stöhnte. Die Spitze seines Schwanzes streifte meine feuchte Spalte.

Ich drängte mich gegen ihn. Sein Schwanz flutschte in meine Möse. Die Zeit lief. Ich beschloss, seinem »Quickie« eine letzte Chance zu geben, und er stellte Unaussprechliches mit seinen Fingern und seinen Lippen an. Ich schmolz unter seinen Berührungen dahin. Bis ich wimmernd in seinen Armen lag. Ich war wie immer klitoral gekommen.

»Lieber Himmel, das war so geil«, hauchte ich und gab im selben Moment jede Hoffnung auf, dass der Sex mit ihm jemals besser werden würde.

Arnaud bezahlte mir tausendsiebenhundert Francs und wir taten es noch einmal.

***

Zwanzig Minuten später kam meine Cousine vom Platz gerannt.

»Hast du mich gewinnen gesehen?« Sie fiel mir in die Arme.

»Ja, du warst großartig.« Dabei hatte ich das meiste vom Spiel versäumt. Wir waren allein. Fast. Wir versteckten uns vor den neugierigen Blicken – auf Tennisplätzen gibt es dafür unzählige geeignete Winkel – und ich küsste sie auf den Mund.

»Gott, ich brauche dich so sehr«, flüsterte sie.

»Ich auch.« Arnauds Samen tropfte in meinen Slip. Ich wünschte mir nichts sehnlicher, als mit meiner Cousine zu schlafen. Ich zog ihr die verschwitzte Tennis-Bluse über den Kopf und liebkoste mit der Zunge die Spitzen ihrer Brüste.

»Ich weiß nicht, ob das gut ist.«

»Hmm?«

»Ich habe noch ein Spiel vor mir, Denise. Und wenn ich

das gewinne ...« Ihr Atem war zu einem Hecheln mutiert. Ihre Brüste standen wie reife Äpfel ab.

»Wir Frauen haben einen genetischen Vorteil – je mehr Orgasmen, desto spritziger sind wir!« Ich kniete mich auf den Boden, zog ihr Tennisröckchen und ihr Höschen herunter und küsste ihre empfindsamste Stelle. Ich verlor mich in ihrem mädchenhaften Duft. Sie stöhnte lustvoll auf.

»Ja, Denise, ja ...«

Sex mit ihr war so viel besser. Es gab nichts mehr, was Arnaud mir beibringen konnte. Das große Geheimnis, das ich suchte, würde ich mit ihm nicht finden.

Es wurde Zeit, mich voll und ganz auf Jason zu konzentrieren – den Jungen meiner Träume.

»Manchmal kommt es mir so vor, als hätten wir uns voneinander entfernt«, sagte sie plötzlich und zuckte hilflos mit den Achseln. »Gibt es jemand anderen?«

Ich küsste sie auf die Lippen. »Nein, niemand von Bedeutung. Ich ... ich hab's getan.«

»Nein!« Sie war zutiefst überrascht. »Wann? Mit wem?« Sie hielt mich an den Händen und kaute aufgeregt auf ihrer Unterlippe.

»Mit ... mit Billy.«

»Dem süßen Jungen aus deinem Judokurs? Gott! War es schön? Natürlich war es schön!«

»Es war einfach himmlisch. Es war ...«, ich sah zum Himmel und zuckte in Ermangelung eines passenden Ausdrucks mit den Schultern, »keine Ahnung ... purer Sex!«

Ihre großen Teenageraugen klebten an meinen Lippen. »Sag, liebst du ihn?«

»Wen?«

»Billy!«

»Hmm, nein, ja ... ein bisschen vielleicht.«

»Liebst du ihn mehr als mich?« Sie wirkte mit einem Mal sehr verletzlich.

»Nein.« Ich küsste sie wieder auf die Lippen. »Nein«, flüsterte ich noch einmal. »Ich liebe dich. Nur dich!«

»Du musst mir alles erzählen!«, rief sie fröhlich. »Ich möchte über jede Stellung Bescheid wissen, in denen ihr es getrieben habt.«

Ich lächelte zurückhaltend. »Hast du schon mal was von Doggy-Style gehört? Das ist, wenn ...«

Wir streichelten uns gegenseitig, bis wir uns zuckend in den Armen des anderen wanden. Ihre Hände kamen mit Arnauds Samen in Berührung, aber da sie nicht wusste, was das war, maß sie dem klebrigen Zeug auf ihren Fingerspitzen keine weitere Bedeutung bei.

***

Arnaud und ich trafen uns später zu Hause in den Staaten noch genau dreimal. Beim dritten Mal erschien ich nicht im Hotel. Er und ich waren fertig miteinander. Unsere Affäre beendet.

Er rief bei uns zu Hause an, wahrscheinlich um zu erfahren, was los war. Wir hatten einmal ausgemacht, dass, wenn ich termin- oder krankheitsbedingt nicht erscheinen konnte, eine Nachricht im Hotel deponieren sollte. Er vergewisserte sich vor seinem Abflug jedes Mal telefonisch, dass ich kommen würde, und stieg erst anschließend in den Flieger.

Das letzte Mal hatte ich angedeutet, dass wir uns nicht mehr sehen würden. Er hatte mir fünfhundert statt der üblichen vierhundert Dollar gegeben und gemeint, ich solle mich nicht so anstellen. Natürlich hätte ich das Geld auch weiterhin gut brauchen können, aber ich schlief nicht nur des Geldes wegen mit ihm. Ich war doch keine Hure! Mit ihm zu schlafen, reizte mich einfach nicht mehr. Deshalb war es vorbei.

Außerdem hatte mich Jason geküsst. Jason, der Quarterback

meiner Träume – obwohl er noch mit Marcy zusammen war. Ich hatte ihn durch seine Shorts hindurch gestreichelt. Er wollte mich. Das konnte ich fühlen. Zumindest solange, bis der Coach uns in der Jungenumkleide erwischte. Ich entging um Haaresbreite einem Verweis vom Rektor.

Während ich in meinen Tagträumen schwelgte, klingelte das Telefon erneut. Ich wusste, dass es Arnaud war, obwohl ich schon beim ersten Mal nicht abgehoben hatte. Ich ließ das Telefon klingeln und las ungerührt in meiner Illustrierten weiter.

Als er das dritte Mal anrief, hob meine Mutter ab mit den Worten: »Menschenskind, Denise, kannst du nicht rangehen?!«

Arnaud legte auf.

Mom warf den Hörer auf die Gabel zurück und bedachte mich mit einem seltsamen Blick. »Beiße ich seit Neuestem?«

»Wieso?« Ich blickte von meiner Zeitschrift hoch.

»Weil aufgelegt wird, sobald ich rangehe! Ist es so schwer, sich zu entschuldigen, wenn man sich verwählt hat? Sag deinen Freundinnen, sie sollen nicht so kindisch sein.«

»Wahrscheinlich ist es Billy. Er will nicht einsehen, dass das mit uns vorbei ist ...«

Es läutete von da an nicht mehr. Mom fuhr los, um ein paar Besorgungen zu machen. Dad sollte noch einen ganzen Tag wegbleiben und erst am übernächsten wieder zu Hause sein.

Es wunderte mich nicht, dass es plötzlich an der Tür klopfte. Ich machte nicht auf. Ich wusste ja, dass es Arnaud war. Ich zog mich in mein Zimmer zurück und schlüpfte in das schwarze Minikleid, das ich bei unserer ersten Begegnung getragen hatte. Und ich wählte wieder die schwarzen High Heels.

Als ich aus dem Zimmer ins Wohnzimmer kam, stand er vor der Terrassentür. In seinen Augen funkelte unbändige Wut. Langsam schritt ich auf ihn zu und öffnete.

»Was willst du, Arnaud?«

Der Pazifikwind wehte zur Terrassentür herein. Ich spürte den kühlen Lufthauch auf meinen Armen und Beinen. Arnaud trat wortlos ins Wohnzimmer.

»Ich fliege extra den weiten Weg von New York herüber und du hältst es nicht einmal für notwendig, mir Bescheid zu sagen, dass du nicht kommen wirst.«

Es blitzte verdächtig in seinen Augen. Ihm entging nicht, dass ich total sexy angezogen war. Und er fragte sich sicher warum.

»Ich habe dir schon letztes Mal gesagt, dass es vorbei ist.«

Er sah wie ein Boxer aus, der soeben einen furchtbaren Treffer hatte einstecken müssen.

»Was vorbei? Gar nichts ist vorbei!«

»Doch Arnaud. Es ist vorbei. Das mit uns ist zu Ende!« Ich fühlte mich stark wie eine erfahrene Frau. Aber die war ich nicht. Mir kam meine Stimme ungeheuer mächtig und fest vor – erwachsen – aber wahrscheinlich klang ich wie ein Mädchen.

Er griff nach meinem Handgelenk. »Hör auf, Spielchen mit mir zu spielen, Denise!«

»Das ist kein Spiel. Es ist aus. Schluss. Passé!«

Er starrte mich an. Schluckte.

»Ich treffe mich mit einem Jungen aus meinem Judokurs.« Ich sah ihm tief in die Augen und wagte ein Lächeln. »Wir schlafen miteinander. Schon seit geraumer Zeit.«

Blanke Wut verzerrte sein Gesicht. Er packte mich. Wild. Ich entwand mich seinem Griff und flüchtete in mein Zimmer.

»Du kleine Schlampe«, kreischte er. Seine Finger drückten hart in meine Haut.

»Lass mich los oder ich erzähl alles Mom! Und die ruft todsicher die Cops.«

Er zuckte von mir zurück wie der Teufel vor Weihwasser.

»Das wagst du nicht.«

Ich lächelte böse, ging zum Regal und ließ meinen Zeigefinger über die Cheerleading-Tapes gleiten. Eines davon wählte ich aus. Triumphierend lächelnd quetschte ich mich an ihm vorbei und legte es in den Videorekorder meiner Eltern ein.

»Was ist das?« Er schnaubte.

»Das sind wir!« Ich drückte auf Play und spulte vor. Wir trieben es auf dem Bildschirm. Mein Ich auf dem Bildschirm stöhnte. Verdammt laut. Sein Er spritzte grunzend ab.

»Du miese kleine Schlampe. Du hast uns gefilmt?« Arnauds Hände schnellten zum Videorekorder vor. Er betätigte den Eject-Knopf. Die Kassette sprang ihm entgegen.

»Behalt das Video. Ich habe noch drei Kopien davon.«

Er starrte mich an, als hätte ich die Pest.

»Was willst du von mir? Geld?«

»Ich will, dass du mich nie mehr anfasst. Ich will, dass du mich in Ruhe lässt. Es ist VORBEI. Endgültig vorbei!«

Er betrachtete ungläubig das Band und dann mich. Ich wusste, dass ihn mein Anblick um den Verstand brachte.

»Was soll das, Denise? Ich dachte, das zwischen uns ... wäre etwas ganz Besonderes.« Er berührte mich am Arm. Diesmal zärtlich.

Ich schüttelte seine Hand ab. »Was das soll?«, spottete ich. Ich fühlte mich ihm dermaßen überlegen, dass ich irre lachte. »Hast du etwa geglaubt, du reichst mir? Mom hat dich für Dad verlassen. Und du hast ihre Schwester geheiratet. Tante Éliane.«

Ich hatte sie bis zu jenem Tag nie Tante genannt. Niemals. Sie war für mich immer nur Éliane gewesen.

»Aber nimm es nicht so schwer. Du hast die Mutter, ihre Zwillingsschwester und die Tochter gefickt. Das kann sonst niemand von sich behaupten. Ehrlich«, fügte ich hinzu und lächelte böse. »Du kannst stolz auf dich sein. Wirklich stolz ...«

Ich wusste noch nicht, dass ich Jahre später teuer für alles bezahlen sollte. Ich bezahlte beinahe mit meinem Leben.

»... Onkel Arnaud.«

Wasser hat keine Farbe – Dezember 2003

Die Luft roch scharf nach Desinfektionsmitteln. Intervallartig drang ein Piepsen an mein Ohr. Mein Herzschlag? Ich schlug langsam die Augen auf. Blinzelte.

»Was machst du nur für Sachen, Denise?« Melanie. Sie saß in einem Stuhl neben mir. Mit Tränen in den Augen. Ein blendender Schein umgab sie. Eine Hand vor den Mund haltend, schüttelte sie den Kopf. Mein achtundzwanzigjähriger Körper fühlte sich zerschmettert an. Taub. Meine Erinnerung ließ mich im Stich. Mir wollte nicht einfallen, wie ich hierhergekommen war.

»Wo bin ich?« War das meine Stimme? Ich erkannte sie nicht. Ein übler Geschmack breitete sich in meinem Mund aus.

»Im Providence Memorial Hospital ... Schon wieder.« Mel hielt vergeblich die Tränen zurück.

»Ich bin im Krankenhaus?«, brachte ich mühsam hervor. »Warum?«

»Weißt du es wirklich nicht mehr?« Mel ergriff meine Hand und strich mir eine honigblonde Strähne aus der Stirn. »Du hast mich angerufen. Gott, was machst du nur für Sachen?«

»Wieso hab' ich dich angerufen?« Meine Stimme klang mir selbst fremd. Kraftlos. Ich hatte bohrende Kopfschmerzen. Mel wirkte wie die lebendig gewordene Fee eines »Ed Gedrose«-Bildes. Umgeben von blendender Magie, den magischen Nebeln Avalons entsprungen.

»Was ist passiert?«

»Über fünfundzwanzig Schlaftabletten – das ist passiert.

Was hast du dir nur dabei gedacht? Es gibt Menschen, die dich lieben, Denise. Ich liebe dich.«

Mel küsste meine Hand.

Fünfundzwanzig Schlaftabletten. Ich erinnerte mich noch deutlich an das Glas Wasser, das ich Schluck für Schluck getrunken hatte. Das Wasser war farblos gewesen. Farblos. Rein. Klar. Ich schauderte. *Wasser hat keine Farbe ...*

»Ich war so schrecklich müde, Mel.« Ich war immer noch müde. Es war noch keine drei Wochen her, dass ich mein Baby verloren hatte. Meinen süßen Jungen. Das war Gottes Rache dafür, was ich mit sechzehn getan hatte. Ich schloss verzweifelt die Augen. Etwas kitzelte an der Wange. Tränen. Ich hatte keine Kraft sie wegzuwischen. »Wo ist Steven?«

»Wo Steven ist?« Sie presste ihre großen Eulenaugen gegen meine Hand. »Du hast versucht, dich umzubringen, Denise. Und du fragst nach dem besten Freund deines Mannes?« Mit Mühe hielt sie weitere Tränen zurück. »Ich konnte Ronald nicht erreichen. Ich habe versucht, ihn anzurufen.«

»Nein«, stieß ich matt hervor. Himmel, wir sind pleite, dachte ich panisch. Sie werden uns das Haus wegnehmen. »Erzähl ihm nichts! Ich möchte es ihm selbst sagen.«

»Du ...«

»Versprich's mir, Mel!«

»Ja ... okay, aber ...«

»Er hat mich vergewaltigt«, flüsterte ich schwach.

»Wer? Ronald?«

Ich schüttelte hilflos den Kopf.

»Doch nicht etwa Steven?«

»Nein ...«

Die Schwester kam herein. Sie sah zwischen mir und Mel hin und her. Sie bemerkte die Tränen in unseren Augen.

»Ich denke, Mrs Harris wird etwas Ruhe brauchen.«

Mel verstand und erhob sich vom Besuchersessel. Sie räusperte sich und starrte mich an. Es gab keine Worte, die in dieser Situation angebracht gewesen wären. »Mach's gut«, hätte in Anbetracht der Umstände zynisch geklungen. Sie nickte lediglich aufmunternd.

»Sag Ron nichts«, rief ich Mel nach.

Sie drehte sich in der Tür noch einmal um. »Einverstanden. Wenn du es tust, Denise.«

»Abgemacht«, brachte ich leise hervor und wusste im selben Moment, dass das eine glatte Lüge war. Ich würde Ron nichts von meinem missglückten Selbstmordversuch erzählen, nichts von den Schlaftabletten. Nicht so lange er seine ständige On-Off-Beziehung mit Ellen führte. Und eher wollte ich sterben, als ihm den wahren Grund für meine Verzweiflungstat zu nennen.

Welt aus den Fugen - November 2003

Vier Wochen vorher, an einem wunderschönen Morgen Anfang November 2003, geriet meine Welt aus den Fugen. Als würde man auf einer Jacht übernachten und gegen zwei Uhr morgens feststellen, dass sich der Anker verselbstständigt hatte.

Ich hatte noch geschlafen und von Ron geträumt, als ein Kreischen die Luft erfüllte. Es dauerte ewig, bis ich es als Läuten meines Festnetzanschlusses identifizierte. Schlaftrunken tastete ich nach dem Hörer.

In meinem Traum hatte ich einen flachen Bauch gehabt und Ron hatte mich geliebt. Seine Faust um seinen achteinhalb Zoll langen Schwanz geschlossen, spritzte er eine komplette Ladung auf meinen nackten, sich in den Laken windenden Körper.

Ich sah verschlafen an mir herunter. Ich hatte keinen flachen Bauch wie eben noch in meinem Traum. Um die zwanzigste Schwangerschaftswoche hatte keine Frau einen flachen Bauch.

Und Ron lag auch nicht neben mir – mein Traum entsprang einem Wunsch –, sondern schlief bei Ellen, dieser Schlampe, um sie wie jede Nacht zu vögeln.

Ich nahm das Gespräch an.

»Hallo?« Das angenehme Ziehen in meinem Schoß machte es mir schwer, zu erfassen, was der Anrufer von mir wollte. »Bitte, wer spricht da noch mal?« Ich sah auf die Uhr. Ich hatte hoffnungslos verschlafen. Aber das durfte ich wohl. Schließlich war ich schwanger. Titouan freute sich schon unsagbar auf sein kleines Brüderchen.

»Mrs Harris, der Grund, warum ich anrufe, ist, dass Sie mit der Rückzahlung für Ihr Haus drei Monate im Rückstand sind.« Mr Murdock, unser Betreuer bei der First Interstate Bank of Oregon klang fordernd. Impulsiv. Kaltschnäuzig. »Ich kann Ron leider nicht erreichen. Weder in seinem Büro, noch auf seiner Mobilnummer.«

»Im Rückstand?«, echote ich und griff mir an den gewölbten Bauch. »Das kann doch nur ein Irrtum sein.«

»Ich fürchte nein.« Er klang kompromisslos. »Drei Monate, das bedeutet fünfzehntausend Dollar. Daneben haben Sie ja auch noch den Kredit für Ihren Wagen und den Ihres Mannes.«

»Können Sie den Betrag denn nicht von einem anderen Konto umbuchen?«, seufzte ich.

»Würde ich gern«, gab er sich mitfühlend. »Aber eines davon hat Ron schließen lassen und das andere ist schon überzogen.«

»Ich schicke Ihnen mit der Post Anfang nächsten Monats einen Scheck.«

»Anfang nächsten Monats mit der Post«, wiederholte er hart. »Wenn Sie ihn gleich vorbeibrächten, ginge es schneller.«

»Dann werde ich das veranlassen. Keine Sorge, Mr Murdock. Ich werde nachprüfen, was da schiefgelaufen ist.«

»Ich bitte darum, Mrs Harris. Es wäre schade ... wirklich

schade, wenn ich die Angelegenheit unserer Rechtsabteilung übergeben müsste.«

Der Rechtsabteilung? Um was zu tun? Mir das Haus zu pfänden? Ich schauderte. Wo sollte ich mit Titouan dann hin?

»Schicken Sie mir bitte eine Mail mit einer Auflistung aller Konten und Beträge, die noch offen sind. Und ich kümmere mich darum.«

Keine zwanzig Minuten später hatte ich die gewünschte Mail in meinem Posteingang. Es sah verheerend aus. Ich wählte die Nummer meines Mannes. Vier Tage hatte ich ihn nicht mehr gesehen. Dementsprechend nervös war ich, als er nach dem dritten Läuten noch immer nicht abhob. Und dann endlich ein finsteres, dunkles: »Ja?«

»Ron, du hast alle unsere Konten überzogen. Nicht nur die bei der First Interstate, auch die bei der U.S. Bank – ich habe es nachgeprüft. Was zum Teufel ist hier los?«

»Ja, Denise ...« Er klang nicht gut. Seine Stimme hatte nichts mehr von der Stärke des Mannes, den ich damals geheiratet hatte. »Ich glaube, es wird Zeit, dass du dich nach einem Job umsiehst und dir eine günstige Wohnung suchst. Ich bin am Boden.«

»Nach einem Job? Ich habe einen Job.« Ich hatte drei Romane veröffentlicht. Auch wenn keiner von ihnen ein Bestseller wurde, so war das Honorar ganz ordentlich.

»Ich rede von einem richtigen Job.«

»Natürlich«, erwiderte ich säuerlich. Schreiben war ja keine Arbeit. Schreiben musste nebenbei gehen. Schreiben war ein Hobby – wenn man nicht King oder Rowling hieß.

»Einem Job, der regelmäßig Geld bringt.«

»Jetzt werde ich dir mal was sagen, mein Lieber«, bellte ich. »Du bringst dein Leben wieder in Ordnung. Ich werde nicht zulassen, dass unser Haus samt deiner Firma untergeht. Du ziehst das Haus nicht mit hinein, hast du verstanden? Ich werde die offenen fünfzehntausend fürs Haus jetzt bezahlen.« Damit war mein Konto bis auf den letzten Dollar leer. »Verkauf dein Appartement. Du kannst es mit Ellen auch in ihrer Wohnung treiben!«

Er räusperte sich. »Ich habe das Appartement vor drei Monaten verkauft, Schatz.«

»Oh«, entfuhr es mir.

»Ist dir nicht aufgefallen, dass der dritte Wagen weg ist? Herbie hat mir einen guten Preis gemacht.«

Ich hatte gedacht, er stünde vor Ellens Schlafzimmer.

»Oh Ron«, weinte ich. »Wie konnte es nur so weit mit uns kommen?«

»Ich weiß es nicht, Liebling. Ich weiß es nicht.«

Damit war es offiziell. Mein Mann und ich waren pleite.

***

Mitte November sah ich die Post durch, einen Berg von Rechnungen. Darunter war auch ein Brief meines Verlags. Schnell riss ich das Kuvert auf.

»Sehr geehrte Mrs Harris,

wir geben Ihnen bekannt, dass der Vertrag für Ihr Buch mit dem Arbeitstitel ›Brennende Leidenschaft – Die Geliebte des Zenturio‹ seitens des Verlags gekündigt wird. Sie haben trotz dreimaliger Nachfrist versäumt, unserem Lektorat ein fertiges Manuskript zuzusenden.

Wie im Vertrag vom 14.04.2003 unter Punkt 2 §8 vereinbart, wird hiermit die Rückzahlung aller bereits geleisteten Vorauszahlungen gefordert.

Wir bedauern, die Zusammenarbeit mit Ihnen einstellen zu müssen und wünschen Ihnen auf Ihrem weiteren Lebensweg alles Gute ...«

Der Zettel glitt mir aus der Hand. Ich sank auf der Wohnzimmercouch zusammen. Jetzt war alles aus. Wie sollte ich nur zu Geld kommen? Viel Geld? Atemlos blickte ich auf meinen Bauch, und es war das allerletzte Mal, dass ich bewusst an mein Baby dachte – für sehr, sehr lange Zeit.

***

Nicht ganz zwei Monate später, Dezember 2003, saß ich in einem schummrigen, verrauchten Büro. Ich brauchte Geld. Unheimlich viel Geld. Und das schnell. Und ich durfte meine Hoffnungen nicht darauf verschwenden, dass bei der Oregon Lottery meine Losnummer gezogen wurde. Mr Murdock, dieser verwünschte Bankmensch, rief mich mittlerweile täglich an.

»Ich bin keine Nutte.« Meine Stimme klang mir in den Ohren fremd. Ich sagte die Worte zwar, aber mir war, als spräche jemand anders. Ich war ein Geist. Ich konnte mich kaum noch an Einzelheiten der vergangenen sechs Wochen erinnern. Nicht daran, wie ich mein Baby verlor, nicht daran, wie ich zwei Wochen danach versucht hatte, mir mit Schlaftabletten das Leben zu nehmen.

Bruce griff zu seinem Whiskeyglas und spielte damit rum. Darin war Wasser. Kein Alkohol. *Wasser hat keine Farbe*, dachte ich panisch. Mein Blick streifte sprunghaft durch Bruce' Büro. Es war schäbig. Daran änderte auch die Weihnachtsdekoration und der Adventskranz nichts. Hässliche Büromöbel. Keine Pflanzen. Es stank nach kaltem Zigarettenrauch und generell war es zu dunkel. Wie die Spelunke eines Mafia-Bosses, dic in keinem schlechten Gangsterfilm fehlen durfte.

»Und ich stelle normalerweise keine Freunde oder Bekannte von mir ein!« Bruce beobachtete mich.

»Aber ...«, setzte ich an. Er hatte mir doch schon einmal einen Job in Aussicht gestellt. Wie lange war das her? War es eine gute Idee gewesen, ihn um Hilfe zu bitten? Wir kannten uns verdammt lange. Aber wann kannte man jemanden wirklich? Und warum richtete er sich kein eleganteres Büro ein, wenn er so viel Geld mit seinen Stripteaselokalen verdiente? Das kam mir seltsam vor.

»Ich bin trotzdem keine Nutte.«

»Du sollst auch keine Nutte sein, Denise. Wenn ich dich für eines dieser Mädchen hielte, dann hätte ich dir einen Job in meinem Klub oder in einem meiner drei Strip-Lokale angeboten. Und was du meintest – als Bardame verdienst du nicht genug. Nicht bei den finanziellen Problemen, in denen du und dein Mann gerade stecken.«

Fast tat es mir leid, ihm davon erzählt zu haben. Doch dann wiederum ... Für mich war er in der Junior High ein Held wie Batman gewesen – der große Bruder, den ich niemals hatte. Und mehr als einen großen Bruder hatte ich nie in ihm gesehen.

Er schüttelte sich eine Pall Mall aus dem Päckchen und steckte sie an. Langsam blies er den Rauch aus.

»Mir schwebt etwas anderes mit dir vor, Denise.« Er starrte auf einen imaginären Punkt an der Decke, den nur er zu sehen imstande war.

»Und was?« Ich bemerkte, dass ich ungeduldig klang.

»Du sprichst wie viele Sprachen?«

Wenn man Spanisch, Italienisch und Deutsch dazuzählte – die ich soweit beherrschte, um mir ein Bier und eventuell Brötchen zu kaufen – waren es ...

»Fünf«, nahm Bruce meinen Gedankengang vorweg. »Du warst auf dem College und kannst am Tisch essen, als würdest du ›zu denen da oben‹ dazugehören. Und du kannst tanzen, das weiß ich noch von früher. Wie weit hast du die Kurse gemacht? Bis Bronze? Silber?«

Bis Gold, aber das spielte jetzt wohl keine Rolle. Ich konnte tanzen. Foxtrott, Walzer, Samba, Cha Cha Cha, Jive ... aber nichts Exotisches. Nichts, was ein Mann an einer chromüberzogenen Stange sehen wollte oder das, was Go-go-Girls so boten.

Obwohl ... ich hatte mich schon für Burlesque interessiert, da hatte noch niemand etwas von Dita Von Teese gehört.

»Du hörst mir nicht zu, Denise.«

»Was?« Ich räusperte mich.

»Ich sagte, ich suche das Besondere für einen sehr exklusiven Kundenkreis. Und du kannst mir glauben, diesen exklusiven Kundenkreis habe ich.«

»Also ... Edelcallgirl?« Wenn das mal nicht besser klang als Nutte!

»Ach Menschenskind, Denise – es geht nicht um Sex. Zumindest nicht primär. Ich will dich für meinen Escort-Service.«

»Escort – du meinst Begleitung? Begleitung wohin?«

»Überall hin«, rief er quietschfröhlich und entblößte zwei Reihen gelblich verfärbter Zähne. »Firmenweihnachtsfeiern, Geschäftsessen, Opernbesuche, Gala-Diners, Empfänge – es geht um Sehen und Gesehenwerden.«

Ich lachte auf. »Das wäre genau mein Ding. Aber kein Mann bezahlt eine Frau, um mit ihr in die Oper zu gehen – umgekehrt scheint es mir eher wahrscheinlich.« Ich lachte wieder.

»Du würdest dich wundern.« Er zog an seiner Zigarette und büßte dafür mit einem Hustenanfall. »Bei den Festivals, egal ob Mount Hood Jazz oder Waterfront Blues – sind wir permanent ausgebucht. Dito gilt für die Aufführungen des Oregon Ballet Theatres.« Er schnaufte außer Atem. »Premierenabend in der Portland Opera – mir fehlt das Personal. Gala Konzert – ich hänge nur noch am Telefon und versuche, weibliche Gesellschafterinnen aufzutreiben.« Er zuckte mit den Schultern. »Du hast keine Ahnung, wie viele aufstrebende Abteilungsleiter bei mir eine schöne, intelligente Frau buchen, um bei der Weihnachtsfeier ihren Chef zu beeindrucken. Oder wie viele Männer mit einem Engel an der Hand auf einer Party aufkreuzen – nur um das vor Zorn grüne Gesicht ihrer

Ex-Partnerin zu erleben.«

»Nein, habe ich nicht«, bestätigte ich.

»Da geht es um Neid, Denise. ›Wieso hat der so ein heißes Teil an seinem Arm und ich nicht?‹«, imitierte er einen Totalversager.

Ich musste grinsen. Nein, ich lachte.

»Da geht's um ›Selber schuld, liebste Ex, dass du mich in den Wind geschossen hast – schau mal, was für eine Zuckerstange ich statt deiner an meiner Seite habe.‹ Und in dieser Tonart geht es weiter. Die wollen ihre Leute eifersüchtig machen. Und manch einer kann es sich gar nicht leisten, ohne schöne Frau gesehen zu werden – denn dann heißt es gleich, er hätte seinen ›Charme verloren, seine Ausstrahlung, seinen Sex-Appeal‹. Neid, Missgunst, Eifersucht ... etwas darstellen wollen – das sind die Zutaten.« Seufzend hielt Bruce inne. »Es tut gut, dich lächeln zu sehen, Denise. Ich muss mir um dich doch keine Sorgen machen, oder?«

Ich tat seine Bedenken mit einer Handbewegung ab und kaute auf meiner Unterlippe herum. Konnte tatsächlich etwas an der Sache dran sein? Es kam mir zu einfach vor. Wo war der Haken?

»Mit wie viel könnte ich pro Abend rechnen?«

»Das kommt auf die Stundenanzahl an. Minimum sind drei Stunden à dreihundert Dollar. Ich bekomme dreiunddreißig Prozent.« Langsam blies er die Luft aus. »Manche meiner Damen sind die ganze Nacht ausgebucht.« Er sah mir tief in die Augen. »Denise, du bist hübsch und du hast Manieren – du erfüllst die Kriterien.«

»Die buchen die Frauen nicht nur, um gesehen zu werden«, entgegnete ich hustend. Meine Nase brannte vom Zigarettenqualm.

Er zog teuflisch grinsend an seiner Pall Mall. Die Glut glomm bis kurz vor den Filter, dann drückte er den sterbenden Rest im Aschenbecher aus.

»Ob ein Kunde mit einer meiner Escort-Damen im Bett landet oder nicht ...« Er zuckte mit den Schultern. »Das geht mich nichts an. Das muss der Herr mit der jeweiligen Dame selbst ausmachen und ist – wie es so schön heißt – Sache unter Erwachsenen. Ich bekomme nur für die Zeit bezahlt, die er mit der Dame verbracht hat. Wie die beiden die gemeinsame Zeit verbringen – ob sie nun ›La Traviata‹ in der Oper schauen oder im Schlafgemach spielen, interessiert mich nicht. Mich interessiert nur die Stundenanzahl.«

Ich sah ihm an, dass er es ernst meinte. Ich glaubte ihm – andererseits ... Es gab kein Andererseits. Ich hatte keine Wahl. Mir stand das Wasser bis zum Hals. Vielleicht ertrank ich auch schon, wusste es nur noch nicht.

»Ich kann es mir also aussuchen, mit wem ich ins Bett gehe?«

Er grinste wieder dieses diabolische Lächeln und steckte sich eine neue Zigarette an. Verdammter Kettenraucher.

»Das Ganze unterliegt den Gesetzmäßigkeiten von Angebot und Nachfrage. Ist der Service der Dame gut, dann wird sie auch wieder gebucht. Ist der Service schlecht ...«, er hob vielsagend die Augenbrauen, »wird die Dame als Karteileiche in meinem Adressbuch enden.« Er zwinkerte.

»Ich verstehe.« Verstand ich wirklich? Oh ja, ich verstand. Ich war nicht gezwungen, mit jemandem zu schlafen. Wollte ich aber an das Geld – an das große Geld – dann führte kein Weg am Schlafzimmer vorbei.

»Also wie viel?«, bohrte ich leise nach. Ich musste wissen, womit ich im Monat rechnen durfte.

Er wog den Kopf. »Das kommt auf dich an. Dreitausendfünfhundert Dollar, vielleicht viertausend.«

»Nur viertausend?« Mein Mut sank.

»Portland ist nicht New York, Schätzchen. An der Wall Street, da ist die Kohle zu Hause.«

»Ja, aber ... nur viertausend im Monat ...« Allein die Rate für unser Haus betrug fünftausend.

»Monat?« Er lachte amüsiert. »Nein, Denise. Pro Woche.«

»Das sind ... Das sind ...« In meinem Kopf überschlugen sich die Zahlen.

»Ein Menge Geld«, bestätigte er mir. »Und vergiss nicht – du bist nicht verpflichtet, mit jemandem Sex zu haben.«

Ich stand auf. »Setz mich auf deine Liste, Bruce!«

»Du bist einverstanden?« Er erhob sich mit einem breiten Zahnpasta-Grinsen – wären die schlechten Zähne nicht gewesen – und reichte mir die Hand.

»Ja«, antwortete ich knapp und bahnte mir einen Weg durch das verqualmte Büro. Versagen war keine Option – nicht in Amerika! Und bereits als ich den Fuß durch die Tür nach draußen setzte, wusste ich, dass er mich bezüglich des Sex angelogen hatte. Aber so oder so hatte ich keine andere Wahl.

***

»Du musst dir einen Modelnamen überlegen, Denise«, sagte Bruce am nächsten Morgen. Er rief an, um mir den Fototermin für unsere Website durchzugeben.

»Modelname?«, fragte ich begriffsstutzig.

»Na ja«, er lachte rau, »wir können auch ›Denise Harris‹ in großen Lettern über dein Profil schreiben. Aber ich wage zu bezweifeln, dass das deinem Mann recht wäre.«

»Natürlich.« Meine Stimme klang lahm. Noch konnte ich einen Rückzieher machen und das Ganze als dumme Laune abtun. Aber die Rechnungen, die sich auf meinem Schreibtisch stapelten, sagten etwas anderes. Strom und Wasser konnten sie mir meinetwegen abschalten, aber die Rate für das Haus musste bezahlt werden.

Mein Blick fiel auf unser Hochzeitsfoto neben meinem Laptop. Es war das mit dem Haystack Rock im Hintergrund. Ron lächelte mich aus dem goldenen Rahmen heraus an.

»Was meint denn Ronald eigentlich zu der ganzen Geschichte?« Bruce erwischte mich auf dem falschen Fuß.

»Was meinst du?«

»Ich habe ihn ja nur einmal getroffen. Aber ich habe ihn nicht als Mann in Erinnerung, der sein Eigentum teilt. Er ist ein Alpha-Männchen. Mehr als das.«

»Eigentum?«, echote ich. »Ich bin niemandes Eigentum!«

»Ich will nur sichergehen, dass du keine Eheprobleme bekommst.«

»Ich komme zurecht«, gab ich eisig zurück. Das war ich immer. Ich drehte das Foto so, dass Ron mir nicht mehr in die Augen sah. »Außerdem soll ich deine Kunden ja nur in die Oper begleiten, oder?« Der triefend beißende Spott in meiner Stimme war nicht zu überhören.

»Also, der Modelname«, kam Bruce auf das ursprüngliche Thema zurück. »Wie wäre es mit Michelle?«

»Klingt zu sehr nach dem einen Beatles-Song.«

»Shandra?«

Ich schmunzelte. »Seit wann stehst du auf niveaulose Pornos?« So hießen im Allgemeinen Stevens Freundinnen. Das heißt ... wenn sie nicht gerade Jennifer, Vanessa oder Irina hießen.

»Du machst es mir nicht leicht, Denise ... Wie wäre es mit Diandra?«

»Diandra ...« Ich prüfte, wie der Name über meine Zunge glitt. Der Name hatte etwas. »Ist ganz gut, aber ... Hieß nicht die erste Frau von Michael Douglas so?«

Diandra klang fast zu verführerisch. Eine Spur zu flatterhaft. Ich griff zum Namenslexikon. Wozu war ich Schriftstellerin?

Ich blätterte zum Buchstaben D und überflog die einzelnen Einträge.

»Danielle«, entfuhr es mir. Danielle klang reiner als Diandra. Echter. Die Melodie der Silben beinhaltete den Hauch einer Möglichkeit, dass ich tatsächlich so hieß.

»Danielle?« Er räusperte sich. »Mit einem oder mit zwei L?«

»Mit zwei L und einem E hinten.«

»Okay ... noch etwas, Denise. Ich sage das nur, damit es keinerlei Missverständnisse gibt. Solltest du anfangen, Drogen zu nehmen, bist du raus aus dem Spiel ...«

»Ich habe in meinem ganzen Leben noch keine Drogen genommen«, brauste ich auf.

»Gut. Sei trotzdem vorsichtig. In dieser Branche kommt das eine mit dem anderen. Ach ja, dasselbe gilt übrigens auch, wenn du mir einen Kunden stiehlst.«

»Das würde ich nie tun. Nie und nimmer!«

Er lächelte schwach. »Du wärest nicht die Erste, Denise. Du wärest nicht die Erste ... Also, falls dir ein Kunde vorschlägt, dass er gleich bei dir anruft, blockst du ab. Das dient auch zu deiner Sicherheit. Vor allem bei Neukunden. Und gerade dort. Jeder neue Kunde, auch die, die du selber klarmachst, sind über die Agentur abzurechnen. Wenn nicht ... dann siehst du keinen müden Cent mehr von mir. Verstanden?«

Ich hatte bis jetzt überhaupt noch keinen müden Cent von ihm gesehen. Aber daran musste ich ihn wohl nicht erinnern.

»Sei pünktlich«, sagte er zum Abschied. »Der Fotograf kostet fast so viel wie du die Stunde.«

Ich betrachtete eine Zeit lang das ausgeschaltete Telefon. Nervös schielte ich zu meinem begehbaren Wandschrank. Es gab ein paar Kleidungsstücke, in denen ich einfach umwerfend aussah. Dennoch wollte ich eine Bestandsaufnahme meiner Garderobe machen und eine Liste möglicher Dinge erstellen, die mir fehlten.

Ich warf einen flüchtigen Blick in den Schrank und bewegte mich ins Bad, wo ich mich ganz langsam vor dem Spiegel auszog. Blaue ausdrucksstarke Augen. Große Brüste. Endlos lange Beine.

Ich hatte mit meinem Körper Glück gehabt. Die Schwangerschaften sah man mir nicht an. Fast. Trotzdem, ich musste einiges tun, um so megaheiß auszusehen, wie die Callgirls in meiner Vorstellung.

»Ab morgen gehst du laufen!« Ich sah mir tief in die sturmblauen Augen. »Du startest mit einer halben Meile, bis du bei fünf angelangt bist.« Schon immer hatte ich den Wunsch gehegt, den Forest Park zu Fuß zu erkunden. »Und dreimal die Woche Fitnessstudio – sobald du dir die Mitgliedschaft leisten kannst.« Ich streichelte meine großen Brüste.

Und was war danach? Angenommen ich schaffte es, uns mit dem Geld über Wasser zu halten. Würde mich nicht irgendwann die Vergangenheit einholen? Würden sie mich nicht als Hure brandmarken?

Ich musste jemand anderer werden. Ich musste …

»Isch bin Danielle. Enchanté. Isch bin von Pari' 'ier'ergezogen, um im 'auptfach Englisch und im Nebenfach Politikwissenschaften zu studieren.«

Das klang nach meiner Cousine. Ihren französischen Akzent hatten alle Jungs in den Staaten toll gefunden. Als Halbfranzösin durfte ich mich fraglos dieses Tricks bedienen und meinen Pass wollte hoffentlich niemand sehen. »Oui – wir in Fronkreisch 'aben einen eigenen Zugang zu Lust und Sexualité.« Meine Lippen formten sich zu einem perfekten Schmollmund. »Mon chéri …«

Ich betastete mein Haar.

»Mon ché…«

Die blonden Strähnen passten nicht. Das war nicht Danielle. Das war ich.

Mein Handy klingelte. Nackt schlich ich zurück ins Arbeitszimmer und hob ab. Ron.

»Kleines, wir müssen das Haus verkaufen. Sonst gehen wir unter. Ich komme am Nachmittag mit einem Makler vorbei.«

Ein dunkles Loch tat sich vor mir auf. Kraftlos sank ich in meinen Sessel und fühlte mich plötzlich wirklich nackt. Ich versuchte, nicht auf meinen Venushügel oder meine Brüste zu glotzen. Das Haus verkaufen? Nur über meine Leiche!

»Ron, das geht nicht ...« Ich musste höllisch aufpassen, nicht dummes Zeug daherzureden. Sentimentalitäten hätte Ron niemals gelten gelassen. »Es besteht ein gegenseitiges Veräußerungsverbot«, erinnerte ich ihn. »Du kannst ohne mein Einverständnis gar nichts verkaufen. Und nicht nur das. Allein der Versuch, auf das Haus ein Darlehen aufzunehmen, ist gesetzeswidrig.«

»Denise«, ich konnte den mühsam beherrschten Ton in seiner Stimme spüren, »das Haus habe *ich* bezahlt. Es gehört *mir* und du weißt das. Scheiß auf das Gesetz! Ich brauche fünfhunderttausend. Ganz schnell.« Das war weit unter dem Wert des Hauses. Allein der Pool hatte hundertfünfzigtausend Dollar gekostet.

»Und die Hypothek?«

Er schwieg.

»Du willst das Haus verkaufen und die Raten weiterzahlen? Bist du des Wahnsinns? Nie und nimmer werde ich dem zustimmen.«

»Sei nicht dumm, Denise. Jetzt ist es noch Geld wert. Wenn sie es uns pfänden, dann verlieren wir eine der letzten Trumpfkarten in diesem Spiel.«

»Es ist kein Spiel«, explodierte ich. »Du redest von unserem Heim. Unserem Zuhause.«

»Das Haus oder ich, Denise.«

»Stell mich nicht vor die Wahl, Ron«, keifte ich streitsüchtig. Ich funkelte Ron auf dem Hochzeitsfoto wütend an. Es ging doch gar nicht mehr um das Haus oder das Geld, nicht wahr? Sondern darum, worum es immer ging. Darum, dass er nicht hier bei mir war, sondern bei ihr. Ellen.

»Du brauchst gar nicht nach Hause zu kommen«, schrie ich. »Nicht, bevor du dein Leben neu geregelt hast.«

Ich knallte den Hörer auf das Bett, ohne darauf zu achten, ob ich den Anruf beendet hatte. Vor Zorn bebend, nackt, stampfte ich ins Bad zurück.

Mit Tränen in den Augen starrte ich in den Spiegel. Ja, ich würde zu einer anderen werden müssen, wenn ich es schaffen wollte, das Haus ... unser Leben zu retten.

Noch am selben Tag kaufte ich mir zig Flaschen Haarkoloration und färbte mein ährengoldblondes Haar schwarz. Denise gab es ab diesem Tag nicht mehr. Drei verfluchte Jahre lang.

***

»Danielle, 23, Maße: 91-60-90 – willige Austauschstudentin aus Paris – sucht nette Männer, die ihr die Schönheit Oregons zeigen.« Die Worte flimmerten über den Galeriefotos auf meiner Internetseite. Bruce hatte mich fünf Jahre jünger gemacht, und meine Maße etwas verändert, denn Männer glaubten alles, wenn es erst einmal auf der Website stand. Verdammt nahe an unerreichbarer Perfektion zu sein, klang glaubwürdiger als Perfektion selbst. Letztendlich verkauften wir mit unserem Körper eine Illusion.

Damals hatte ich allerdings geglaubt, dass es mehr um Escort ging als um Sex. Wie sich herausstellte, war das ein und dasselbe.

»Du hast dir die Haare schwarz gefärbt«, bemerkte Bruce.

»Oh«, entfuhr es mir. »Ich hoffte, man merkt es nicht.«

Die Fotos waren zwei Tage nach meinem Treffen mit Bruce

geschossen worden. Seine Sekretärin hatte mich gebeten, mich nackt auszuziehen und machte sich Notizen. Bis auf eine kleine Blinddarmnarbe und kaum sichtbare Schwangerschaftsstreifen präsentierte sich mein Körper makellos. Glück musste man haben. Ich betrieb bis gestern nicht einmal regelmäßig Sport. Meine Besuche im Fitnessstudio zeigten mir jedoch in den kommenden Wochen ganz deutlich: Den eigenen Körper konnte man nicht belügen.

Meine Profilbilder waren nicht einmal zweieinhalb Stunden online, da hatte ich auch schon meine erste Verabredung. Sie führte mich zu einem Weihnachtsdinner in ein exklusives Restaurant in Downtown und dann in das teuerste Hotel der Stadt. Ich blieb die ganze Nacht. Und richtig – der ältere Gentleman buchte mich nicht nur, um mit mir im Restaurant gesehen zu werden. Ob Oper, Jazz Festival oder Eishockeyspiel – nie bezahlte mich ein Mann nur dafür, mit ihm gesehen zu werden. Kein einziges Mal.

***

Vier Wochen später sah ich heftig atmend zu, wie die Haut eines schwarzen Schwanzes Zoll für Zoll in meiner rosa Muschi verschwand. Mike besaß den größten Penis, den ich jemals in mir gespürt hatte. Er war weit länger als der meines Mannes. Und auch dicker. Ein Traum von einem Schwanz. Und er füllte mich komplett aus. Dabei hatte ich Rons achteinhalb Zoll schon für gewaltig gehalten.

Man konnte natürlich nicht immer dieses Glück haben. Seit meiner ersten Verabredung vor einem Monat hatte ich mit knapp zwanzig verschiedenen Männern geschlafen. Kein Einziger von ihnen war ähnlich gut bestückt gewesen wie Mike.

Selbstverständlich kam es – und Männer glauben uns Frauen in der Hinsicht selten – gar nicht auf die Größe an. Sondern darauf, wie *Mann* mit seinem besten Stück umzugehen wusste.

Ich hielt mich an Mikes ebenholzschwarzen »Army Ranger«-Schultern fest und wischte mir die Schweißtropfen von der Stirn. Oh ja, er wusste definitiv, was er tat!

»Ihr weißen Fotzen werdet also wirklich geil, wenn ein schwarzer Schwanz euch fickt?!« Sein starker Louisiana Südstaaten-Slang klang in meinen Ohren ebenso fremd wie mein vorgetäuschter französischer Akzent.

»Mit deiner Hautfarbe hat das nichts zu tun, chéri«, schnurrte ich, »ich liebe einfach große Schwänze. Das ist alles.« Eindeutig ein Vorteil in der Branche.

»Viele weiße Frauen hätten sich geweigert, mit einem Schwarzen zu vögeln.«

»Dann entgeht ihnen aber ... Mon dieu!« Gott, ich musste mich zusammennehmen, nicht sofort zu kommen. Dass man überhaupt Kondome für diese Größe kaufen konnte, grenzte an ein göttliches Wunder.

»Die letzte weiße Schlampe meinte, mein schwarzer Schwanz wäre zu groß für ihre enge weiße Muschi. Aber das war nur vorgeschoben.«

Meine großen Brüste baumelten vor seinem Gesicht. Noch nie war mir das blasse Rot der Sommersprossen auf meinen Schultern so kräftig erschienen.

»Süßer, willst du mich vögeln oder mit mir über Rassismus diskutieren? Mir ist es egal. Ich koste immer gleich viel.« Schweiß glänzte matt auf meiner zart duftenden Haut.

Er grinste. Seine Zähne strahlten unheimlich weiß. »Vögeln!« Fest packte er meine Pobacken und bewegte mich hart auf seinem langen Häuptlingszepter auf und ab. Jeder seiner Muskeln trat hervor.

Warum hätte ich nicht zugeben sollen, dass mich schwarzes Fleisch antörnte? Deshalb musste ich mich ja nicht gleich in die feurige Virgilia aus »Fackeln im Sturm« verwandeln, oder?

Obwohl die Phantasie vom schwarzen Sklaven und der weißen Herrin durchaus etwas für sich hatte. Oder die Phantasie der geraubten weißen Sklavin, die der Stammeshäuptling gerade für ein paar Glasperlen gekauft hatte ...

»Glaubst du etwa, dass du mein erster schwarzer Schwanz bist, chéri?«

Das war er allerdings!

»Oder, dass dein Schwanz wirklich der größte ist, den ich jemals in mir hatte?«

Und ob es so war!

»Er ist der größte«, meinte er selbstsicher.

Oh ja, das war er wirklich. Ich fand, jeder Frau auf Mutter Erde stand ein so gut bestückter schwarzer Lover zu. Das wäre nur fair gewesen!

Mein Atem verwandelte sich von einem Stöhnen in ein Hecheln. Schon der Anblick seines XXXL-Lustspenders und seiner starken schwarzen Muskeln hatte ein himmlisches Feuerwerk in meinem Schoß gezündet. Es war, als würde ich zu unser aller Wurzeln zurückkehren, zum Anbeginn der Zeit, als wir noch in kleinen Gruppen durch die zerklüfteten Täler Afrikas wanderten.

Ich drängte mich gegen ihn, wollte ihn so tief aufnehmen, wie es mir möglich war. Meine Pussy schmatzte vor Erregung. Meine Perle rieb an seinem stahlharten Körper, während er seine Gier nach meiner weißen Haut mit harten Stößen stillte.

Ich kam mit einem Schrei. Laut. Zügellos. Ich war seine willige Schlampe. »Oh ja, mein schwarzer Hengst! Fick mich! Benutz mich!«

Und das tat er. Gründlich.

Am Ende der drei Stunden stand es 6:3.

Für Mike.

Ganze sechs Mal brachte er mich zum Kommen. Ich hatte

vergessen – es kam mir wie Jahre vor – wann ich das letzte Mal so durchgevögelt worden war.

»Ich sehe schon, das Land ist bei euch ›Army Ranger‹-Jungs in besten Händen«, scherzte ich, setzte meine Sonnenbrille auf – die so gar nicht zum Winterwetter passen wollte – und verließ die Wohnung. Normalerweise machte ich keine Hausbesuche. In einem Hotel fühlte ich mich bedeutend sicherer.

Die Luft auf den Straßen schnitt beißend kalt in meine Jacke. Es war Januar 2004. Ich liebte Portland um diese Jahreszeit. Den Schnee. Die frisch winterliche Pazifikluft. Ich mochte auch Chicago, New York, Miami oder L.A. Aber Portland würde immer mein Herz gehören. Vielleicht, weil diese Stadt nicht so perfekt wie die anderen war. Außerdem war ich hier geboren.

Ich fuhr zu dem kleinen All-u-can-eat-Chinesen gegenüber des Eishockeystadions. Es musste Wochen her sein, dass ich Mel, Lauren und Jacky das letzte Mal gesehen hatte. Seitdem ich wegen Ellen, dieser Schlampe, die meinen Mann vögelte, kaum noch das Training der »Portland Pirates« besuchte, sahen wir uns überhaupt nicht mehr.

Ich trat ins Restaurant und warf einen flüchtigen Blick auf das Stadion. Wahrscheinlich legte sich Steven, der verdammte Mistkerl, für unsere »Pirates« wieder einmal voll ins Zeug. Ob Ron auch gerade auf dem Eis war? Ich vermisste die beiden unsagbar.

Der Geruch von gebratenem Fleisch, Morcheln und Bambussprossen schlug mir entgegen. Von unserem Stammplatz aus winkte mir Mel zu. Ich nahm die Sonnenbrille ab. Jacky und Lauren schienen heftigst miteinander zu debattieren. Ich fühlte mich großartig. Kein Wunder. Nach sechs Megaorgasmen mit Mikes Riesenschwanz musste *frau* sich großartig fühlen. Gut, dass man *frau* nicht ansah, wenn sie eben mal vom Vögeln kam.

»Denise, du glühst ja richtig«, entfuhr es Jacky. Sie musterte mich. »Bist du vorhin ordentlich flachgelegt worden?«

Das dazu, dass man es *frau* nicht ansah ... Mel stieß Jacky den Ellenbogen in die Seite und schenkte ihr einen entrüsteten Blick aus ihren großen Eulenaugen. Ihre unmodische Brille ließ diese noch größer erscheinen, als sie ohnehin schon waren.

»Danke der Nachfrage«, lachte ich und setzte mich an den Tisch. »Und ihr?«

»Also, wenn ich ehrlich bin ...« Jacky zog räuspernd eine Schnute, schielte sehnsüchtig zum Buffet und schüttelte frustriert den Kopf. »Flachgelegt werden – was ist das?«

»Wie geht es dir, Denise?« Mel wirkte aufgesetzt fröhlich.

»Es ist alles in Ordnung.« Ich zwang mich zu einem Lächeln. »Wirklich!« Die Skepsis war den anderen anzusehen. Ich schlug die Kapuze meines Wintermantels zurück und legte ihn ab.

»Hey, du hast dir die Haare schwarz gefärbt!«

»Tatsächlich?«, tat ich überrascht. »Ich dachte schon, das Zeug wirkt nicht.«

Mel, Lauren und Jacky tauschten nervöse Blicke aus.

»Irgendetwas an dir ist anders«, murmelte Mel. »Und es ist nicht nur die neue Frisur.«

Ich zuckte mit den Achseln und lachte wieder. Offenbar sah man mir wirklich an, dass ich vorhin gefickt worden war. Auch, dass es gegen ein fürstliches Entgelt geschah? Meine Freundinnen betrachteten mich, als wäre ich ein Laborobjekt. Sie verhielten sich total merkwürdig.

»Okay Mädels«, ich klappte die Bügel meiner Sonnenbrille ein, »was wird hier gespielt?«

Und wieder warfen sie sich diesen Blick zu.

»Mel hat es uns erzählt«, fand Jacky als Erste den Mut, es auszusprechen.

»Was hat euch Mel erzählt?« Ich fasste Mel scharf ins Auge. Sie wand sich wie ein Regenwurm am Angelhaken. »Das vom Krankenhaus. Vor Weihnachten.«

Jacky nickte. »Wegen deines Babys ...«

Wasser hat keine Farbe ...

»Mel!«, rief ich.

Sie rang flehentlich die Hände. »Ich musste einfach, Denise!«

»Du hattest es versprochen, Mel.«

»Wir sind deine Freunde, Denise«, schaltete sich Lauren ein. »Wir machen uns Sorgen um dich!«

»Ja«, setzte Jacky hinzu. »Du musst das nicht allein durchstehen.«

»Verzeih mir, Denise«, flüsterte Mel.

Die drei standen auf, um zum All-u-can-eat-Buffet zu gehen. In Trance folgte ich ihnen. Klatschte mir den Teller mit Essen voll. Eigentlich verspürte ich gar keinen Hunger mehr. Mel sah besorgt zu mir auf.

»Wer weiß von der Sache im Krankenhaus sonst noch, Mel? Hast du es Ron gesagt?«

Mel nahm mich zur Seite, um Platz für die anderen Restaurantgäste zu machen. »Nein, natürlich nicht«, flüsterte sie. »Das habe ich dir doch versprochen. Du hast es ihm doch selbst gesagt, oder?«

»Ich ... ja. Im Moment ...« ... war alles so schwierig.

Mel nickte. »Ich ... Ich habe mit Herbie gesprochen. Ich will, dass du das von uns annimmst.« Sie drückte mir einen Scheck in die Hand. Eine Eins mit vier Nullen.

»Das kann ich nicht annehmen, Mel.« Ich reichte ihr den Scheck zurück.

»Es sind doch nur zehntausend Dollar, Denise. Und ich weiß ja, dass du sie mir zurückzahlst, sobald Ron aus dem Gröbsten heraus ist.«

Nicht, dass ich das Geld nicht hätte brauchen können. Aber es war mir unangenehm. »Tut mir leid, Melly. Ich weiß es wirklich zu schätzen, aber ...«

Sie sah zu mir auf.

»Vielleicht kann ich mir zwischendurch einen Wagen von euch ausborgen?«, fragte ich hoffnungsvoll. Herbie besaß die größte Gebrauchtwagenkette in Portland.

»Sicher.« Mel nahm den Scheck ohne Widerworte entgegen und ließ ihn in ihrer Handtasche verschwinden. Ich konnte ihr unmöglich sagen, dass ich gerade tausend Dollar verdient hatte. Gut, über dreihundert davon gehörten Bruce, aber mit dem Rest vermochte ich noch immer, eine oder zwei Rechnungen zu bezahlen und mir dieses Sparmenü für $ 8,95 zu leisten.

Ich spürte eine verräterische Feuchte aus meinem Schoß in meinen Slip tropfen. Ich biss mir auf die Unterlippe. Himmel, der Sex mit meinem Army Ranger hatte es wirklich in sich gehabt. Während der sechs Orgasmen in seinen kräftigen Armen hatte ich einen Moment lang alles vergessen können. Das gelang mir nicht bei jedem Kunden. Mit Männern, die mich bezahlten, kam ich eher selten.

»Diesen Blick kenne ich seit der Highschool«, grinste Mel. »Da ist doch ein neuer Mann im Spiel, oder?«

»Kein bestimmter, nein.«

Mels riesige Eulenaugen wurden noch größer. »Mehrere Männer?!«

***

Den ganzen weiteren Nachmittag überlegte ich, ob ich Mel davon hätte erzählen sollen. Alles über meinen neuen Job. Wenn man das, was ich machte, überhaupt einen Job nennen konnte. Dann wiederum, wem außer ihr hätte ich davon erzählen können?

Und genau das war das Problem. Ich wusste nicht, ob ich lachen oder weinen sollte, dass mich Männer bezahlten, einen Orgasmus zu haben. Bis jetzt hatte ich mit meinen Kunden Glück gehabt. Manche von ihnen waren durchaus als attraktiv zu bezeichnen. Aber ich zweifelte keine Sekunde daran, dass es auch einmal anders kommen konnte. Dass mich die meisten Männer immer wieder buchten, bewies mir jedenfalls eines: dass ich irgendetwas richtig machte. Was vielleicht dazu führte, dass ich nie ein wirklich schlechtes Date haben sollte …

Ich glaube, das Schwierigste war für mich, meiner Mutter später an jenem Nachmittag in die Augen sehen und ihr erklären zu müssen, warum Titouan so häufig bei ihr und Dad übernachten musste. Die Arbeit eines Escortgirls hielt sich nicht an Bürozeiten.

»Das hängt mit meinem Job zusammen.«

»Mit deinem Job. Was ist das für ein Job?« Sie hatte ihren französischen Akzent nie ganz abgelegt. Sie klang meiner Cousine nicht unähnlich. Oder Danielle.

»Ein Job eben.«

»Ein Job«, wiederholte sie. »Welcher Job findet stundenweise in der Nacht statt?«

»Mom«, brauste ich auf, »Titou braucht Stabilität. Ich brauche Stabilität. Und dieser Job hilft mir dabei. Er hilft mir, unser Haus zu erhalten.«

»Wenn euer Haus diesen Job nur wert ist …«, murmelte sie. Doch sie ließ es auf sich beruhen. Ich glaube, sie ahnte als Erste etwas. Sie ahnte immer als Erste etwas. So wie damals während der Highschool.

***

Ich fand mich schnell in meinem neuen »Job« zurecht. Und mit jedem Tag wurde der Stapel an Rechnungen auf meinem Schreibtisch ein wenig kleiner. Endlich sah ich einen winzigen Lichtblick am dunkelgrauen Horizont.

Als Bruce mich eines Tages fragte, ob ich noch etwas mit SM machte, sagte ich sofort Ja – obwohl ich keine Expertin für SM war. Doch wenn man das Geld so dringend brauchte wie ich, fiel es einem oft leicht Ja zu sagen. Vor allem, wenn ein beharrlicher Bankmensch wie Mr Murdock einem im Nacken saß.

»Das heißt ... Ich bin keine Sklavin, Zofe oder was auch immer. Ich bestimme, wo es lang geht. Okay?«

In seinem Husten ging die Antwort unter. Ich wertete sein anschließendes Schweigen als Zustimmung.

»Ich bin auch noch immer kein Fan von Fäkalerotik.«

»Nein?«

»Nein! Keine Golden Shower. Kein Kaviar.«

»Und wie sieht's aus mit Tampon- und Kotzespielchen?«

»Was???« Für eine Sekunde blieb mir die Luft weg. »Himmel! Wenn deine Kunden so was suchen, sollen sie zu einem Profi gehen.«

»Ich dachte, ich hab's mit einem Profi zu tun.«

»Mein lieber Freund!« Am liebsten hätte ich aufgelegt. Nein, am liebsten hätte ich meine Faust durch die Telefonverbindung gejagt und ihn erwürgt.

»Also gut, beruhig dich, Kleines. Ich mache ja nur Spaß. Erinnerst du dich an Quentin? Er war damals öfter im Klub.«

Der Name sagte mir nichts. »Weiß er, wer ich bin? Ich will nicht, dass er mich als ›Denise‹ wiedererkennt.«

»Das wirst du an dich herankommen lassen müssen.« Er hustete. »In dem Job besteht leider immer die Gefahr, erkannt zu werden.«

***

Ich betrat das Hotel und fand mich beim Pult der Rezeption wider. Der Portier war mit anderen Gästen beschäftigt. Touristen. Ganz in Gedanken an die bevorstehende Aufgabe verloren, setzte ich die Sonnenbrille ab und sah mich um.

Natürlich hatte ich noch nie eine richtige Session inszeniert. Ein paar Sachen mit meinem Mann vielleicht. Und ich wusste, was ich darüber gelesen hatte. BDSM war ein Spiel mit der Gefahr. Ein Kick. Thrill. Ich liebte Bondage. Ich liebte es, meine neunschwänzige Katze in erotische Spiele einzubauen. Aber ich war weiß Gott keine Expertin.

»Sagen Sie, kennen wir uns nicht?« Der Portier musterte mich.

Ich sah hoch. »Ich wüsste nicht woher.«

Er zwinkerte mir zu, als müsste ich mich an ihn erinnern.

Ich schüttelte den Kopf. »Das ist Ihres.« Ich schob das Kuvert über den Tisch. »Bruce sagte etwas davon, dass das Mädchen letztes Mal vergessen hätte ...«

»Stimmt schon.« Und wieder schenkte er mir diesen Blick. »Ich vergesse nie ein Gesicht. Nie. Sie hatten früher blonde Haare. Wir kennen uns.«

»Unmöglich.« Meiner Stimme war das Unbehagen anzuhören.

»Dann versuchen wir einmal, uns zu erinnern«, erwiderte er überheblich. »Es muss gut zehn Jahre oder so her sein. Da waren Sie doch in Begleitung eines ...«

»Hören Sie«, schnappte ich, »ich bin nicht interessiert.« Ich machte auf dem Absatz kehrt und stöckelte in Richtung Aufzüge. Es dauerte ewig lange, bis der Aufzug kam. Vor zehn Jahren! Der Mann spinnt ja! Da war ich noch ein halbes Kind gewesen.

Das fing ja gut an. Nicht nur, dass mein Kunde mich eventuell von früher kannte. Nein, sogar der Portier glaubte, mich zu kennen. Das passte mir nicht. Doch das war im Moment egal. Ich musste mich zusammenreißen.

Geladen fuhr ich hinauf. Siebter Stock. Zimmer 7023. Ich musste mich beruhigen. BDSM, dachte ich atemlos. Wenn ich das durchziehen wollte, musste ich es auf meine Art machen. Sonst war ich verloren.

Ich stürmte zur Tür hinein, ohne den Kunden anzusehen. Die Sonnenbrille behielt ich auf. »Eines wollen wir gleich mal klarstellen, du Wurm.« Ich benutzte einen sehr starken französischen Akzent. »Es gibt keine Widerworte. Wenn du das Safeword gebrauchst, bin ich weg und komme nie wieder. Von jetzt an bis in alle Zeit hast du mich mit Lady oder Herrin Danielle anzusprechen. Ist das klar?«

Er glotzte mich versteinert an.

»Ist das klar?«, brüllte ich. Ron hatte mir von seinem Drill-Sergeant bei den Marines erzählt. Obwohl ich mit den Armed Services nichts anfangen konnte, war ich plötzlich froh, so viele Geschichten vom Corps gehört zu haben. Drill Sergeants stellten Fallen, denen die Rekruten nicht ausweichen konnten. Fragen, auf die es keine richtigen Antworten gab.

»Ja, Herrin«, kam es zurück.

Gott, hatte ich einen Hunger. Mir schwindelte. Aber wofür zum Teufel war ich hierher als Herrin gekommen?

»Als Erstes bestellst du mir einen Imbiss und lässt mir ein Bad ein, verstanden?«

Ich schlug ihm mit der Hand auf seine Pobacken. Das war die wahre Bedeutung von der in der Bibel zitierten anderen Wange ... Himmel, ich war zu oft mit Reverend O'Malley zusammen.

Ich würdigte ihn keines Blickes. Denn er musste nicht wissen, dass er mich anwiderte. Und verdammt wollte ich sein, wenn ich die Sonnenbrille abnahm und er mich wiedererkannte.

***

Quentin hielt flach seine Hände hoch. Milchig weiß klebten die Spermatropfen auf den Handflächen. Zu beobachten, wie er die Faust auf seinem kleinen erigierten Penis auf und niederfahren ließ, war verstörend und faszinierend zugleich gewesen.

Und ich hatte nur dagestanden, nachdem ich ihn über zwei Stunden lang für seine Vergehen bestraft hatte. Die ganze Zeit glotzte er mich dabei an. Zog mich mit seinen gierigen Blicken aus. Benutzte mich wie andere Männer Pornomagazine. Und es gefiel mir, Auslöser seiner sexuellen Phantasien zu sein. Ziel seiner Begierden.

Ohne ihn zu berühren, ohne ihm dabei zu helfen, entlockte ich ihm Laute, die tief aus seinem Inneren kamen. Von tief unter der Oberfläche, wo seine Wünsche unerfüllt ihr Schattendasein fristeten.

Ich stand da – unberührbar wie eine Statue. Wiegte mich langsam zu den Stimmen eines Engelchors, den nur ich hören konnte. Und als ich mit meinen Handschuhen meinen bekleideten Körper entlangfuhr, über meine Brüste hinunter zu meinem Bauch und zu den Hüften, glaubte ich, einen Blick auf all jene unnahbaren Göttinnen zu erhaschen, die unsere Phantasien beflügelten.

Der Schrei, den er beim Orgasmus ausstieß, zeigte mir, dass ich mich nicht getäuscht hatte. Berauscht von der magischen Erregung, nahm ich wahr, wie er sich Tropfen für Tropfen in seine Hand ergoss.

»Sie waren gut, Herrin. Wirklich gut.« Quentin richtete sich zu seiner vollen Größe auf und die Magie erlosch. Mit einem Schlag sah er gar nicht mehr wehrlos aus. Er hatte wie ich eine Rolle gespielt. Aber warum? Was ging in diesem Kunden vor?

Ich fühlte mich plötzlich schutzlos. Er hätte mich leicht überwältigen können. Meine Selbstsicherheit schwand. Ich gab vor, etwas zu sein, das ich nicht war – das war meine Lüge.

»Natürlich war ich das«, rief ich schrill und schritt zur Tür hinaus.

Um mich drehte sich alles. Angst gewann die Oberhand. Die Angst, über die Erregung die Vorsicht zu vergessen. Und diese Angst war es auch, die an den Mauern schmerzhafter Erinnerungen kratzte, Erinnerungen, die wie Dämonen danach hungerten, sich aus ihrem Gefängnis zu befreien.

Ich entsinne mich nicht mehr, wie ich es hinunter in die Lobby schaffte, oder dem Portier sein Trinkgeld gab. Der Portier sah mir nach und mein Blick wurde gespenstisch klar. Ich wusste wieder, warum er mich kannte. Ich wusste es, und er hatte sich nicht geirrt. Vor zwölf Jahren war ich einige Male in diesem Hotel gewesen – mit Arnaud.

Ich verließ die Hotellobby und nahm einen tiefen Atemzug Portlandluft. Am Flughafen landete eine kleine Passagiermaschine. Noch immer drehte sich alles um mich. Die Vergangenheit holte unerbittlich nach mir aus. Sie holte aus und ich war verdammt. Verloren.

Ich griff nach dem Telefon, kaum dass ich wieder in meinem Wagen saß. Tränen füllten meine Augen. Ich musste meinen kleinen Sohn anrufen. Er war die nächsten Tage bei Ron und Ellen. Ich versuchte, mich zusammenzureißen. Es gelang mir nicht.

»Mommy, weinst du?« Titou klang mit seinen fünf Jahren so unschuldig und rein.

»Mami holt dich bald nach Hause, Liebling.« Meine Stimme brach. »Mami holt dich bald nach Hause.«

Ich legte auf und weinte bitterlich, während ich auf der Interstate 5 auf dem Weg nach Nirgendwo war – zweieinhalb Stunden südlich von Portland. Nirgendwo – ein idyllischer Ort westlich von Eugene, an einem malerischen See namens Fern Ridge Reservoir.

***

Ich stellte den Wagen neben den beiden anderen vor dem Stacheldrahtzaun ab, etwa dreihundert Yards vom Blockhaus entfernt. In der Hütte brannte Licht. Stevens Singleschleuder,

der Nissan ZX 500, parkte vor dem Zaun. Er war da und er war nicht allein. Er war nie allein.

Vor fünf Monaten war ich geflüchtet. Als sich der Herbstmond in den Wellen des Sees spiegelte, und er eine andere Frau in seinen Armen hielt. Doch heute Nacht nicht. Das Leben war zu kurz, um sich an Regeln zu halten. Ich rannte über den Schotterweg und dann die Stufen hinauf. Ich klingelte nicht, ich klopfte nicht an, ich trat einfach ein.

Sie war jung, viel zu jung. Eisblaue Augen. Nordischer Typ. Langes blondes Haar. Eine seiner typischen Vanessas, Jennifers oder Irinas.

Steven stand mit nacktem Oberkörper vor ihr und küsste sie. Hielt sie gegen den Küchenblock gedrückt. Ihr mädchenhaftes Parfum schlug mir entgegen. Der Spaghettiträger ihres rosa Leibchens war über die Schulter heruntergerutscht. Eine ihrer Brüste lag frei. Fast. Ihre Nippelchen reckten sich keck nach oben. Ob ihr Möschen auch so mädchenhaft perfekt war?

»Wer zum Geier ...«, kreischte sie mir entgegen und zog das dünne Leibchen hinauf.

»Tut mir leid, Kleines.« Ich warf die Tür hinter mir zu. »Deine Mutter hat angerufen.«

»Meine Mutter??? Was zum Geier ...«

Ich sah demonstrativ auf meine Armbanduhr. »Du hättest schon um zehn Uhr zu Hause sein sollen.«

»Zehn Uhr? Zum Geier noch mal, ich bin einundzwanzig!«

Jede Wette! Alt genug, um Alkohol zu trinken. Ich musste schmunzeln.

»Ist sie nicht etwas jung, Liebling?« Ich warf Steven einen vorwurfsvollen Blick zu. »Selbst für dich? Wie kannst du uns das nur antun?«

»Du Arsch!« Sie stieß Steven von sich. Ihre eisblauen Augen funkelten vor Wut. »Kannst du mir nicht sagen, dass du verheiratet bist?! Zum Geier noch mal!« Sie schoss zum Bett, sammelte ihre Handtasche und zwei, drei andere Kleinigkeiten ein und stürmte zur Tür hinaus. Wir konnten den Motor starten und ihren Wagen wegfahren hören.

»Was zur Hölle ist in dich gefahren, Denise?« Steven verschränkte die starken Arme vor seiner Brust. Mein guter, böser Cop. Mein Marine. Der beste Freund meines Mannes. Er war wütend. Und ich verloren, wenn er mich zurückwies.

Ich küsste ihn. Verschlang ihn. Ich gehörte ihm diese Nacht. Nur ihm – so wie damals an jenem Wochenende im Spätsommer, das wir hier verbracht hatten. Die Magie jener beiden Nächte war noch nicht versiegt. Sie steckte tief in uns.

»Willst du ... Willst du darüber reden?«, fragte er.

Ja, wir hätten viel zu besprechen gehabt. Sehr viel. Wir hätten über das reden müssen, was vor knapp einem Jahr mit uns passiert war. Über das, was wir miteinander geteilt hatten. Und auch über das, was uns verloren ging.

»Nein, heute nicht!« Der Dämon, der mich seit Verlassen des Hotels verfolgte, ruhte nicht. Er lauerte da draußen. Meine Hand suchte und fand Stevens bestes Stück. Eine pralle Erektion füllte meine Finger aus. Ich liebte diesen Penis. Ich liebte ihn, als wäre er ein Teil von mir. Ich musste ihn halten. Lecken. Streicheln.

Er hob mich hoch und trug mich zu seinem Doppelbett. Zu dem Doppelbett, das eigentlich für eisblaue Augen reserviert gewesen war – zum Geier noch mal! Meine Hände glitten über seine Schultern. Seine Muskeln. Ich verzehrte mich nach ihm. Meine Sehnsucht fand keine Linderung, bis er endlich in mich eindrang. Ich stöhnte und schloss die Augen, um ihn nicht ansehen zu müssen und zu weinen. Erst in seinen Armen wusste ich, dass ich einsam war. Einsam und ganz allein. Und dass ich von geborgtem Glück lebte. Glück auf Zeit. Verdammt, Ron, warum warst du so oft fort?

***

»Du solltest die Uniform öfter anziehen. Dir steht sie wesentlich besser als mir!« Steven beobachtete mich verschlafen vom Bett aus.

Ich stand nur mit seinem Diensthemd und der Polizeimütze vor dem Spiegel und spielte mit seinem Schlagstock – dem echten.

»Natürlich tut sie das«, hauchte ich frech und näherte mich ihm. Es war spät, verdammt spät. Ich hätte nach Hause fahren sollen, aber ich konnte nicht. Nicht bevor wir uns ein letztes Mal geliebt hatten. Die Orgasmen jener Nacht vernebelten meinen Verstand. Betäubten jeden Schmerz.

»Ich muss Sie verhaften, Mister.« Ich stieß ihn sanft mit seinem Schlagstock an. Niemals hätte ich es über mich gebracht, ihn zu schlagen. Dafür war ich viel zu verschossen in ihn. »Alles, was Sie im Bett getan haben – und noch tun werden – kann vor Gericht gegen Sie verwendet werden.«

»Und ...«, er grinste breit, »was genau habe ich getan?«

»Oh«, ich hob bedeutungsvoll die Augenbrauen und zückte seine Handschellen, »dein Strafregister ist sehr, sehr lang, Freundchen. Allein für heute Nacht solltest du lebenslänglich bekommen ...«

Mit einer schnellen Drehung seiner Hand entwaffnete er mich, und ich lag auf dem Bauch, einen Arm auf meinen Rücken gebogen.

»Du Krimineller«, fauchte ich zuckerschnutig. Er schob schwer atmend meine Beine auseinander. Sein Penis fand von allein den Weg und ich spürte ihn ein weiteres Mal in dieser Nacht. Ich stöhnte laut.

»Ich eigne mich nicht für lebenslänglich, Denise.« Er küsste mich hart. Seine Stimme klang fast traurig.

»Warum musst du nur so verdammt ehrlich sein?«

Er vereinigte sich wild mit mir. Animalisch. Das Bett protestierte quietschend. Mein Verstand setzte aus und was im Zentrum meines Körpers seinen Anfang nahm, knallte bis unter die Schädeldecke. Meine Zehen zuckten. Waren taub. Elektrisiert. Ich schrie.

Doch er war noch lange nicht am Ziel. Er drehte mich herum und drückte mich fest in die Kissen. Er spießte mich mit seinem Prachtschwanz auf, und ich glaubte, noch einmal kommen zu müssen.

Ich krallte mich an ihn. An die Muskeln seiner Arme. Seiner Brust. Er war so stark. So mächtig. Ich betrachtete sein wunderschönes Gesicht. Seine dunklen indianischen Augen. Er war mir so vertraut. So nahe. Diese sinnlichen Lippen – es waren dieselben, die mich auf der Party nach einem Eishockeyspiel geküsst hatten. Ich spürte seine Zunge, die meine Spalte unter der St. John's-Brücke erkundet hatte. Seine Hände, die mich im Inneren eines M1A1-Kampfpanzers in Ekstase getrieben hatten. Ich versank in seinem Blick. In seinem Lächeln, das er mir früher so oft geschenkt hatte. Und dieses Lächeln war es auch, das mich in jeder Erinnerung an ihn begleitete.

Ich wollte eins mit ihm sein. Ein Teil von ihm. Doch die Geborgenheit war nur geliehen – auf Zeit. Die Angst, ihn nie wieder so nahe zu spüren, ließ mich erschaudern. Meine Krallen schnitten in seine Haut. Dass es das letzte Mal sein könnte, ließ mich verzweifeln. Und da fühlte ich es wieder. Langsam. Tief. Ein kleines warmes Pochen, das sich in alle Richtungen ausbreitete. Und jeder seiner Stöße verzehnfachte das Hämmern in meinem Schoß.

Ich schrie wieder. Ich schrie seinen Namen. Tränen sammelten sich in meinen Augen.

Ich spürte nicht, wie der Orgasmus abebbte. Zu stark trommelte mein Herz gegen die Rippen. Stevens Atem drang laut an mein Ohr. Er kam. Spritzte ab. Pulsierend. Sein Gesicht verzerrte sich. Und es war nicht vorbei. Unzählige Augenblicke verharrte er auf mir, bis er schließlich von mir herunterrollte und mich zärtlich küsste. Minutenlang lagen wir so da. Lauschten dem Atem und dem Herzschlag des anderen. Irgendwann strich er sich die Müdigkeit aus dem Gesicht und stützte sich auf den Arm. Seine Hand tastete nach meiner, während er mich ansah.

»Denise ...« Er zögerte. »Ron hat ziemlichen Stress, oder? Ist alles in Ordnung? Ich meine, ist mit dir alles in Ordnung?«

»Ja«, log ich. Diese Lüge fiel mir leicht. Von einer Frau, die gerade von einem Orgasmus überrollt worden war, durfte man ohnehin keine ehrliche Antwort erwarten. Und in diesem Moment war alles in Ordnung.

»Wie unschuldig du aussiehst, wenn du lügst.«

»Steven, ich ...«

Vielleicht war es an der Zeit, über alles zu sprechen. Über all das, was wir uns nie gesagt hatten. Ich presste die Lippen aufeinander. »Ach nichts.« Ich schloss die Augen. Der Moment war schlichtweg zu kurz, um ihn mit unserer Vergangenheit zu verschwenden. Zu kostbar, um ihn mit meinen Problemen zu vergeuden. Zu flüchtig, um einen Streit zu riskieren. Wieso reden? Wieso reden, wenn wir beide beim Sex so viel besser waren?

Ich küsste ihn anstatt einer Antwort. Anstatt einer Erklärung, die nichts verbessert, sondern alles nur verdorben hätte.

»Denise, ich liebe dich«, hauchte er.

Am liebsten hätte ich geweint.

»Ja, Steven«, flüsterte ich, »ich weiß.« Und ich liebe dich auch.

***

Jeder Tag war ein Kampf. Jeden Tag zwang ich mich aufs Neue, nicht heulend an die Männer zu denken, die ich liebte. Und jeden Tag stellte ich mich erneut meinen finanziellen

Problemen, um nicht von ihnen erdrückt zu werden. Nur die Besuche im Fitnessstudio dreimal die Woche bewahrten mich davor, in der Klapse zu landen. Dann konzentrierte ich mich ausschließlich auf meinen Atem und darauf, nicht vor Schweiß zu zerfließen. Die restliche Welt klammerte ich aus.

»Du hast einen geilen Arsch. Den würde ich zu gern mal verwöhnen.«

»Wie war das?« Ich war zu überrascht, als dass ich meine Worte hätte bremsen können. Dabei hatte ich mir geschworen, möglichst nicht aufzufallen. Hier war ich für mich. Und nur für mich. Hier war ich privat. Und ich wollte wenigstens ein paar Orte in meiner Stadt kennen, an denen ich privat sein durfte. Orte, die nichts mit meinem Doppelleben zu tun hatten. Ich wandte mich um und wischte mir den Schweiß aus dem Gesicht. Die Luft war erfüllt vom Schnaufen der Trainierenden. Ohne meine Sonnenbrille fühlte ich mich plötzlich sehr, sehr nackt.

Der Typ grinste mich selbstsicher an. Zu sicher. Natürlich war er groß. Natürlich war er dunkel und gut aussehend. Das sind sie doch immer, oder?

»Kommst du öfters hierher? Ein Engel wie du hätte mir sofort auffallen müssen.«

Ich musterte ihn. Seine Augen sprühten vor Willenskraft. Beharrlichkeit. Er würde sich nie von seinem Ziel abbringen lassen. Und er machte auf mich nicht den Eindruck, dass er auch nur eine Sekunde an seinem unwiderstehlichen Charme zweifelte. Von der Sorte gab es bereits zwei Männer in meinem Leben. Und für einen dritten hatte ich keine Verwendung.

Indem ich auf seine freche Bemerkung über meinen »Arsch« reagiert hatte, hatte ich einen schweren Fehler begangen. Ich hätte ihn ignorieren müssen.

»Oui«, flötete ich.

»War das eben Französisch?« Er hob erstaunt die Augenbrauen.

Fabelhaft, Denise! Somit hast du einen der letzten privaten Orte, die dir noch verblieben waren in die Sache mit Bruce' Escort-Service hineingezogen.

»Was möchtest du trinken, D? Ich lade dich ein.«

D? Der Mistkerl hatte sich nach meinem Namen erkundigt. »Qu'est-ce que vous voulez?«

»Mein Französisch ist leider nicht so gut.« Er zwinkerte mir zu.

»Was wollen Sie von mir?« Akzent oder nicht Akzent, das war hier die Frage. Ich entschied mich für Akzent.

Er beugte sich verschwörerisch zu mir vor und lächelte überheblich. »Das findest du noch früh genug heraus.«

»Lassen Sie mich zufrieden, ja?«

»Hey, wieso so kratzbürstig, bella ragazza?« Er tat verletzt.

»Sie sollen mich zufriedenlassen, klar?«

»Ich will doch nur mit dir reden.«

»Ich warne Sie, Monsieur. Wenn Sie nicht verschwinden, schreie ich!«

»Tu's doch.« Er lachte.

»Freddy!«, brüllte ich. Die Trainierenden um uns herum starrten uns entrüstet an. Fred, der junge Assistenztrainer warf uns einen fragenden Blick zu.

»Zwei von diesen Mango-Smoothies, Freddy«, rief der Widerling mit zwei erhobenen Fingern.

»Geht klar, Tom«, kam es prompt zurück.

Widerling Tom grinste mich mit einem Siegerlächeln an. »Sieht so aus, als würden wir doch noch zu unseren Drinks kommen.«

Freddy näherte sich mit den Smoothies, stellte alles auf einen der Tische und kratzte sich am Kinn. »Bitte ... das nächste Mal, wenn deine Freundin was zu trinken will, Tom, kommt nach vorn an die Bar. Bei den Geräten soll nichts getrunken werden.«

»Bitte?« Mir blieben die Worte im Hals stecken. Jetzt war ich also schon die Freundin von diesem Widerling.

Fred zwinkerte mir zu. »Das Management sieht es nicht gern, wenn die Assistenztrainer als Kellner herumlaufen.«

Der Widerling steckte Fred zwanzig Dollar zu. »Kommt nicht wieder vor, Freddy-boy, versprochen. Nicht wahr, Schatz?«

»Scher dich zum Teufel!« Ich kochte vor Wut. Mein Training war für heute beendet. Ich ließ die beiden stehen, schnappte mir meine Sporttasche und ging in Richtung Umkleidekabinen davon. Es gab noch andere Fitnessstudios in der Stadt. Ich musste nicht hier trainieren.

Die Wärme des Wassers, das aus dem Duschkopf prasselte, und der fruchtige Duft meines Shampoos vertrieben alle Gedanken an diesen Idioten. Jeder Muskel in meinem Körper war erfüllt von angenehmer Müdigkeit. Meine Brüste hoben und senkten sich freudig, während ich mich streckte. Das Wasser lief in meinem teilrasierten Schoß zusammen. Ich streichelte mich. Ich fühlte mich großartig in meinem fast neunundzwanzigjährigen Körper. Märchenhaft.

Mein Blick fiel auf den Spiegel über dem Waschbecken. Ich wischte den kondensierten Dampf weg und betrachtete mein Gesicht. Manchmal wirkten die dunklen, fast schwarzen Haare noch immer fremd.

Ich schlüpfte in mein Frühlingskleid und die hochhackigen Korksandaletten und verließ die Damenumkleide. Und dort stand er. Der Widerling.

»Ich werde Anzeige gegen Sie erstatten.«

»Hey«, bat er sanft. »Ich bin hier, um mich zu entschuldigen. Bekomme ich noch eine zweite Chance?«

»Nein«, versetzte ich eisig. »Es gibt nichts, was eine zweite Chance rechtfertigen würde. Es gab nicht einmal eine erste

Chance. Ich will nur mein Training absolvieren und nicht dabei gestört werden. Also bitte, verschwinden Sie!«

»Ich würde dich gern zum Essen ausführen, D. Und vielleicht eine Spritztour zur Küste machen.«

»Non!« War dieser Mann so schwer von Begriff?

»Ich will dich, D!«

Macho! Gut, ich war zu jung, um mitbekommen zu haben, wie die Männer in den Achtzigern gewesen waren. Und die Neunziger waren definitiv auch vorbei. Aber man hätte meinen können, dass sich im neuen Jahrtausend herumgesprochen hatte, welche Sprüche bei Frauen ankamen und welche nicht.

Er umrundete mich geschmeidig wie ein Salsatänzer. Sein Atem strich mir über die Wange. Ich hasste meinen Körper dafür, dass er darauf reagierte.

»Ich will dich und ich werde dich in den Arsch ficken.«

Ich drückte ihn weg. »Und ich will, dass die ›Portland Pirates‹ endlich die ›Predators‹ besiegen. Lassen Sie mich zufrieden, ja? Sonst rufe ich die Polizei.« Ich schlängelte mich an ihm vorbei. Er ließ mich ungehindert gehen.

»Ich weiß, wo du wohnst, ragazza«, triumphierte er.

Ich blieb stehen und drehte mich zu ihm um.

»Glaubst du, das findet man in einem Laden wie diesem nicht heraus?«

»Dann wird mein Lover Ihnen ja genüsslich die Rübe zu Brei schlagen.«

Er konnte nichts über mein Zuhause wissen. Im Anmeldeformular hatte ich nichts angegeben mit der Begründung, dass ich noch keinen festen Wohnsitz hätte. Zu sehr hatte ich mich vor den ehemaligen Geschäftspartnern meines Mannes gefürchtet.

»Lover.« Er lächelte spöttisch. »Vergiss ihn. Der kann dir doch nichts bieten.«

»Das Gespräch ist beendet. Endgültig!«

»Vorerst.« Er zwinkerte mir vielsagend zu und schlenderte gemächlich neben mir her in Richtung Ausgang. Ich beeilte mich, ihm zu entkommen. Und endlich trennten sich unsere Wege. Bei den VIP-Parkplätzen stieg er in seinen Wagen – in einen grellorangen Lamborghini. *Tolles Auto,* dachte ich. *Verdammt tolles Auto!*

»Wir sehen uns bei dir!«, rief er.

Ich schickte ein Stoßgebet zum Himmel. Gut, dass niemand im Studio meinen richtigen Namen kannte. Alle nannten mich nur »D«. Und meine Adresse wusste auch niemand. Als hätte ich es von Anfang an geahnt ...

Als ich mich entschieden hatte, bei Bruce mitzumachen, war mir klar gewesen, dass es genug Psychopathen gab, die ein Nein nicht akzeptieren würden. Psychopathen, die mir sogar zu Hause nachstellen würden.

Ich startete meinen klapprigen Ford, bog vom Parkplatz auf die Straße und fuhr in Richtung Stadtzentrum. Der Lamborghini folgte mir.

Verfluchter Arsch, dachte ich. *Nein, Psychopath. Stalker.* Dabei war er nicht einmal ein Kunde. Das war schon fast Ironie des Schicksals. Gut, dass ich meinen Citroën SUV verkauft hatte und in dem kleinen Ford saß, den mir Herbie umsonst zur Verfügung stellte. Sollte der Widerling doch versuchen, über die Autonummer meinen Namen und meine Adresse zu erfahren!

Ich musste schmunzeln. Langsam gefiel mir, dass er mich so beharrlich verfolgte. Wenn der eigene Mann eine andere vögelt, dann freut man sich eindeutig über etwas Aufmerksamkeit.

Ein Blick in den Rückspiegel zeigte mir, dass er immer noch an mir dranklebte. Ich beschloss, mir einen kleinen Spaß mit ihm zu erlauben. Der Uni-Campus war um diese Jahreszeit besonders hinreißend. Zwei Straßen vor dem PSU-Bookstore fuhr ich rechts ran und stieg aus. Vis-à-vis befand sich das Studentenwohnheim, in dem ich drei Semester lang gewohnt hatte. Gegen meine Autotür gelehnt, wartete ich auf ihn. Der laue Frühlingswind umschmeichelte meine glatten Beine.

Grinsend hielt der widerliche Kerl neben mir auf den Straßenbahngleisen und stellte den Motor ab. Als ich hier noch studiert hatte, hatte es keine Straßenbahn gegeben.

»Sagen Sie, verfolgen Sie mich?« Ich war so in meiner Rolle, dass ich in dem Moment fast selbst glaubte, Französin zu sein.

»Ich will dich doch nur zum Essen ausführen.«

»Non.«

»Verrate mir wenigstens deinen Namen, D.«

»Muss ich erst die Campus-Polizei rufen?«

Er stieg aus. Die Selbstsicherheit, die er ausstrahlte, war geradezu unheimlich. Er erinnerte mich an einen anderen Mann, den ich manchmal am liebsten zum Mond geschossen hätte. Verdammt, ich wollte nicht an ihn denken!

»Gehen Sie endlich!«, rief ich.

Er grinste unwiderstehlich. »Du hast keine Ahnung, wer ich bin, Kleines? Nicht wahr?«

»Sie sind ein Niemand.« Ein Niemand mit einem Lamborghini, wie mir im selben Augenblick bewusst wurde. Er öffnete die Beifahrertür und angelte eine Visitenkarte aus dem Handschuhfach. Ich warf seufzend einen Blick darauf.

»Digital Dreams – wo Träume wahr werden. Talentagentur. Thomas Langdon«

»Eines meiner Geschäftsfelder unten in San Fernando Valley«, erklärte er. »Ich kenne einige einflussreiche Studiobosse in der *Erwachsenenindustrie.* Interessiert?«

Die Straße hinunter näherte sich klingelnd eine Straßenbahn der Linie Gelb. Ich reichte ihm die Visitenkarte zurück.

»Lassen Sie mich zufrieden, Tom. Und belästigen Sie mich

nicht mehr.«

Er grinste und schüttelte leicht den Kopf. »Schade, das hätte ein vielversprechender Nachmittag und eine noch bessere Nacht werden können.«

Er zwinkerte mir zu, startete den Motor und fuhr los. Ich stand da und sah ihm nach. Er sah zu gut aus, als dass ich ihn als Kunden hätte gewinnen können, und er hatte offensichtlich genug Geld, dass er sich um weibliche Gesellschaft nicht sorgen musste. Da draußen waren Hunderttausende junger Mädchen aus irgendwelchen Provinznestern, die ihn angefleht hätten, zu ihm ins Auto steigen zu dürfen.

Erwachsenenindustrie, dachte ich. Was für eine schöne Umschreibung für Pornoindustrie. Wahrscheinlich beutete er junge, naive Mädchen aus, die mit Schmuddelfilmchen ihr Leben verpfuschten. Ich beschloss, nicht weiter darüber nachzudenken.

***

Drei Tage danach rief mich Mel an und sagte mir, dass sich ein gewisser Mr Langdon nach der dunkelhaarigen Frau erkundigt hätte, die einen Ford mit meinem Kennzeichen fuhr. Sie lachte verschwörerisch. »Von mir hat er aber nichts herausbekommen!« Ich erinnere mich gut an Mels Lachen. Denn das war der Frühling, in dem sie herausfand, dass ihr Mann Herbie sich mit einer anderen Frau traf. So lachen hatte ich sie in den darauffolgenden zwei, drei Jahren nicht mehr gehört.

***

Wochen später, ich hatte nie mehr an diesen Widerling gedacht, begegneten wir uns im Restaurant des Hotels beim Flughafen wieder. An der Bar. Leider entdeckte er mich, bevor ich ihn gesehen hatte.

»Was wünschen Sie, Sir?«, fragte der Barkeeper.

»Ich nehme das Gleiche wie die Dame hier.«

Ich sah hoch. Er.

»Mir bleibt auch nichts erspart«, flüsterte ich.

»Man begegnet sich immer mindestens zweimal im Leben, ragazza.«

»Mein Begleiter ist ziemlich eifersüchtig. Sie riskieren ein blaues Auge.«

»Begleiter? Der ominöse Lover, der mir das Gesicht zu Brei schlagen wird?« Er lachte. »Wo ist er denn? Gerade auf der Toilette?«

»Er kommt schon noch«, gab ich mich sicher. Obwohl genau das Gegenteil der Fall war. Quentin wartete oben im Zimmer. Als Strafe. Ich hatte ihn erniedrigt, indem ich gesagt hatte, dass ich hinunter an die Bar gehen würde, um mit dem erstbesten Mann zu schlafen, der mich anlächelte.

Und ausgerechnet dieser widerliche Lamborghinifahrer musste hier stehen und mich anlächeln. Das mit dem Sex war natürlich Erfindung – eine Geschichte, die ich Quentin nachher auftischen würde.

»Ich habe mich am Uni-Campus erkundigt. Niemand kennt eine schwarzhaarige, Französisch sprechende Studentin namens ›D‹.«

»Weil ich nicht auf Partys gehe. Ich gehöre auch keiner Studentenverbindung an. Außerdem lerne ich prinzipiell allein.« Ich nickte oberschlau, nahm einen Schluck meines Drinks und warf einen raschen Blick auf die Uhr. Noch zehn Minuten. Dann musste ich mich wieder bei Quentin einfinden und ihm seine Belohnung geben. Vielleicht erlaubte ich ihm sogar einen Blick auf meine Brüste.

»Du bist nicht aus den Staaten, nicht wahr?«

»Mon dieu, Monsieur, Sie müssen einen IQ von über 150 haben.« Ich lachte amüsiert.

»Aus welchem Teil Frankreichs stammst du, D?«

»Paris.«

Er schüttelte den Kopf. »Und da kommst du nach Portland? Du gehörst nach L.A. In diesem Nest ist doch nichts los.«

»Mir gefällt Portland.« Wenn ihm Portland nicht zusagte, was machte *er* dann hier?

Er zog mich mit seinen Blicken aus. Ich trug das pinkfarbene Minikleid, das so herrlich zu dem natürlichen Rosa meiner Lippen passte. Und dazu High Heels in gleicher Farbe. Sogar meine Fingernägel waren in demselben Farbton lackiert. Er war nicht der einzige Mann in der Lounge, der seinen Blick über meine Rundungen schweifen ließ.

»Ich werde jetzt ein Zimmer reservieren lassen. Mit einer Flasche Champagner. Und du wirst mich begleiten, D.«

»Naturellement, Monsieur Langdon«, flüsterte ich. »Und ich werde ewig vor Glück heulen, Sie getroffen zu haben. Dafür, dass Sie sich einer armen, unerfahrenen Französin wie mir annehmen, um ihr ein kleines Stück der großen weiten Welt zu schenken.«

Er griff nach meiner Hand. Er tat mir weh.

»Ich meine es ernst, D. Ich bekomme, was ich will. Immer!«

»Lassen Sie meine Hand los, oder ich schreie.«

Er verringerte den Druck, gab mich aber nicht frei. »Das hatten wir doch schon mal, D. Ich bezweifle allerdings, dass der gute Freddy heute mit zwei Vitamin-Smoothies aufkreuzen wird – Geschmacksrichtung Mango ...«

»Hören Sie«, flüsterte ich, sah mich um und senkte den Blick, »wenn Sie mir ein kleines Stück der großen weiten Welt schenken wollen – nur zu. Die Studiengebühren fressen mein ganzes Erspartes auf. Ein kleines Taschengeld – im Voraus – könnte mir helfen.«

Er lachte auf und sah mich lange an. Alle seine Einschätzungen über mich erwiesen sich mit einem Schlag als überholt.

»Sehe ich so aus, als müsste ich für eine Frau bezahlen?«

»Sehe ich so aus, als müsste ich mit jedem Mann mitgehen?!«

Ich lächelte ihm provozierend zu und ging in Richtung Lobby. Ohne mich umzudrehen, wusste ich, dass er mir den ganzen Weg nachsah.

***

Quentin glaubte mir, dass ich an der Bar jemanden kennengelernt hatte, der mich hatte vögeln dürfen. Als Belohnung durfte er sich unter meinen wachsamen Blicken selbst befriedigen. Voller Stolz zeigte er mir die Spermatropfen in seinen Händen, und ich lobte ihn gebührend.

Ich verließ anschließend das Zimmer und nahm den Lift nach unten. Die Aufzugstür glitt summend auf und eine Hand packte mich. Ich wurde herumgewirbelt und gegen die Wand gedrückt. Tom.

Mein Minikleid rutschte hoch. Er fasste mir in den Schritt und küsste mich. Fingerte meine Spalte. Wir waren allein. Keine Hotelgäste. Der Portier war nicht an seinem Platz. Ich holte aus, und es setzte eine schallende Ohrfeige.

»Du gehörst heute Nacht mir, D! Capisci?«

Er küsste mich erneut. Ich ließ es geschehen.

»Wir fahren zu mir und dort werde ich dich durchficken – die ganze Nacht.«

Ich nickte. »Das macht fünftausend Dollar.«

Er sah mir tief in die Augen. In seinem Gesicht arbeitete es. Er kämpfte. Es missfiel ihm.

Schließlich sagte er: »Abgemacht.«

***

Wir ließen meinen Wagen stehen und fuhren mit dem Lamborghini los.

»2001 wurde der letzte Diablo GT hergestellt. Ich habe ihn vorletzten Monat mit einem Tachostand von fünfundfünfzig

Meilen bekommen. Cool, oder?«

Er fuhr zu schnell. Nicht nur nach meinem Gefühl, sondern auch nach der Gesetzeslage der Oregonian Straßenverkehrsordnung.

»Mir wäre es recht, wenn wir das mit dem Geld im Voraus regeln könnten.«

»Natürlich«, erwiderte er fest.

»Ich meine jetzt gleich!«

»Glaubst du im Ernst, ich habe fünftausend Dollar in bar eingesteckt?«

»Lass mich aussteigen!« Ich öffnete die Beifahrertür. Der Fahrtwind drückte dagegen.

Er hielt meine Hand zurück. »Jetzt gedulde dich mal. Sind alle in Frankreich so stressig?«

Ich sagte nichts darauf. Meine Finger ertasteten in meiner Handtasche das Pfefferspray. Ich wünschte, es wäre die Glock, die Pistole, meines Mannes gewesen.

»Du bekommst die Kröten. Bei mir zu Hause. So viel Bargeld bewahre ich natürlich im Safe auf.«

»Wo wohnst du?«

»In der besten Adresse der Stadt. Arlington Heights.«

»Straße? Hausnummer?«

»Auf Überraschungen stehst du nicht besonders, was?«

»Nein.« Ich tippte eine SMS an Mel. Ich kam mir nackt vor, wenn Bruce nicht seine schützende Hand über mich hielt. Jetzt, wo meine beste Freundin wusste, wohin ich unterwegs war, fühlte ich mich sicherer.

Er griff mir auf den Oberschenkel und streifte das Minikleid hoch, bis der Slip zum Vorschein kam. Weiße Seidenspitze. Ich versuchte, mich zu entspannen. Der Lamborghini lag auf der Fahrbahn, als führe er auf Schienen. Der Wagen hätte besser in die Straßen L.A.s gepasst – nach Malibu. Nicht in die verregneten Straßenschluchten Portlands.

Die Arlington Heights ragten nördlich des Sunset Highways inmitten der Tualatin Mountains, keine sechs Meilen von meinem Haus entfernt, auf. Saftig grüne Douglas-Tannen so weit das Auge reichte. Ich fragte mich, ob ich sein Grundstück von mir zu Hause aus hätte sehen können, wenn dazwischen nicht die endlosen Wälder gewesen wären.

Wir bogen in eine Zufahrtsstraße ein und dann sah ich endlich das Anwesen.

»Wow«, war alles, was ich sagen konnte.

»Na, ragazza?«, lachte er. »Habe ich dir zu viel versprochen?«

Ich wandte den Kopf. Er hatte mir gar nichts versprochen – bis auf das Geld – aber daran musste ich ihn wohl nicht erinnern. Der Mount Hood thronte majestätisch über der Szenerie. Es war dieselbe Aussicht, die ich vom Schreibtisch meines Arbeitszimmers aus hatte. Doch mit diesem Haus konnte sich unseres nicht messen. Es war ein Palast mit viel massivem Holz, funkelndem Glas und soliden Steinmauern.

»Was hat das gekostet?«

»Schnäppchen. Eineinhalb Millionen Dollar.« Er grinste gelassen. »Schon gespannt, wie es von innen aussieht?«

Natürlich wollte ich es von innen sehen. Aber dann wiederum – diese Genugtuung wollte ich ihm nicht geben. Mein Blick schweifte über den flaschengrünen Naturbadeteich. Glitzernd spiegelte sich die Abendsonne darin. Ich verspürte große Lust, nackt in den sanften Wellen zu schwimmen. So wie damals mit Steven, als ... Schmerzhafte Erinnerungen zuckten durch meinen Schoß. Ich verdrängte die Bilder. Ich wollte nicht an die Zeit im Krankenhaus erinnert werden.

»Wohnst du hier ganz allein?«

»Meine Frau wohnt unten in L.A. Malibu.«

Verheiratet. Natürlich. Die Männer, die mich bezahlten,

waren immer entweder verheiratet oder hatten jobbedingt zu wenig Zeit für eine Frau. Er gehörte zu Ersteren.

Der riesige Balkon über dem Hauseingang zog meine Aufmerksamkeit auf sich. Dort konnte man sicher tolle Sommerpartys für bis zu fünfzehn Personen feiern. Mein Blick streifte ein letztes Mal vom Willamette River über das Stadtzentrum zum schneebedeckten Vulkankegel des Mount Hood. Auch wenn ich es nie zugegeben hätte – ich hätte mich in das Haus verlieben können.

Tom betätigte den Garagentüröffner und wir parkten ein. Selbst die Garage war luxuriöser als das Wohnzimmer meiner Eltern. Nicht immer hatte ich in einem siebenhundertfünfzigtausend Dollar Haus gewohnt. Erst durch Ron hatte ich eine Ahnung von Luxus vermittelt bekommen.

Tom öffnete mir galant die Autotür.

»Wie wäre es mit einem Drink? Und danach zeige ich dir das Haus.«

Ich nickte und schüttelte das Haar aus der Stirn. Ich fühlte mich wie bei meinem ersten Date. Ich hatte nie ein erstes Date gehabt. Arnaud konnte man kaum als mein erstes Date bezeichnen und bei Billy und Jason hatte ich genau gewusst, auf was ich mich einließ. Na ja, fast.

Tom führte mich am hauseigenen Swimmingpool vorbei. Der hygienisch reine Geruch nach Chlor hing schwer in der Luft. Das plätschernde Wasser schimmerte türkisgrün, während die Poolbeleuchtung surreale Aquariumschatten an die Decke warf. Am Beckenrand standen ein halbes Dutzend Liegestühle und kleine Tische, um Drinks abzustellen. Ich blieb stehen. Tom tastete mein Gesäß ab. Schob mein pinkfarbenes Minikleid hoch.

»Wenn du willst, können wir nachher eine Runde schwimmen gehen. Und anschließend vielleicht in die Sauna?«

»Ich habe doch gar keine Schwimmsachen dabei«, gab ich mich mädchenhaft.

»Du wirst keine brauchen.« Er knabberte an meinem Ohrläppchen. Ich reagierte auf diese Liebkosung, obwohl ich es gar nicht wollte.

»Komm.«

Wir gelangten über eine Treppe ins Wohnzimmer. Mein Blick fiel auf den wuchtigen Billardtisch gegenüber einer bequemen Sitzecke. Tom stellte sich hinter die Bar und mixte zwei Rum-Cocktails mit viel Orangensaft. Extra stark. An den Geschmack hätte ich mich gewöhnen können. Normalerweise trank ich Martinis.

Er musterte mich aus der Tiefe seiner ausdrucksstarken Augen. »So also finanzierst du dir dein Studium?«

Ich nickte. »Wo wir gerade davon sprechen.« Er hatte mir das Geld noch immer nicht gegeben.

»Du traust mir nicht über den Weg, was?«

»Nein.« Ich schüttelte bekräftigend den Kopf und nahm einen großen Schluck von meinem Drink. Der Alkohol enthemmte mich. Ich fühlte mich federleicht.

Er lächelte und ging in sein Arbeitszimmer. Ich hörte, wie er einen Schrank öffnete und dann das charakteristische Surren eines Safe-Kombinationsschlosses. Er knallte mir das Geld vor den Drink und zückte eine goldene Dose. Mit einem ebenfalls goldenen Röhrchen zog er sich den Inhalt rein.

»Ist das Koks?«

Er nickte schniefend und hielt mir das Teufelszeug hin. »Willst du auch was?«

Ich schüttelte wieder den Kopf – diesmal nicht ganz so entschlossen. Ronald hasste Drogen. Er hatte nie welche genommen. Auch keine Partydrogen. In der Hinsicht waren er und Steven immer einer Meinung gewesen. Die einzige Droge, die ich mir genehmigte und mit der ich sicher umgehen konnte, war Alkohol.

»Tut gut. Solltest du mal probieren. Das ist ›Raketentreibstoff für Champions‹. Also, D.« Er sah mich erwartungsvoll an und blickte dann zu dem Geld, das unangerührt vor mir lag. »Ich habe noch nie so viel für eine Frau bezahlt. Normalerweise hüpfen die Frauen mit mir ins Bett, damit ich ihnen eine Rolle in einem Film verschaffe. Ich will stark hoffen, dass du jeden Cent wert bist.«

»Wieso willst du es nur hoffen, chéri? Warum findest du es nicht einfach heraus?«

Er grinste siegessicher und deutete hinüber zum Billardtisch. »Ich mach dir einen Vorschlag. Wir spielen eine Runde. Wenn du gewinnst, lege ich noch mal fünftausend drauf. Wenn ich allerdings gewinne, dann bleibst du heute Nacht bei mir, ohne dass ich dafür bezahle.«

»Wir können gern spielen«, erwiderte ich, »aber ich verlasse dich morgen mit fünftausend Dollar in der Tasche.«

Eine ähnlich dumme Wette hatte mich schon einmal in ernste Schwierigkeiten gebracht und endete mit einem romantischen Wochenende mit Steven in seiner Blockhütte am See. Auf so etwas ließ ich mich nicht noch mal ein.

Wir gingen hinüber zu dem wuchtigen Billardtisch. Tom positionierte die Kugeln und reichte mir einen Queue. Pool-Billard hatte mir mein Mann beigebracht. Darin war er fast noch besser als beim Eishockey.

Ich stellte mich beim Spiel gut an, aber nicht zu gut. Denn bereits bei seinem zweiten Stoß – einem misslungenen Stoß – wurde mir klar, dass Tom ein verdammt schlechter Verlierer war. Und keine Ahnung von der Bedeutung des Wortes »Effet« hatte. Peng! Er schleuderte seinen Queue in eine Ecke. Offenbar war er es gewohnt, zu gewinnen. Immer. Also spielte ich nur mit.

Mit einem Knall versenkte er die »Achter«-Kugel in einer der Seitentaschen.

»Jetzt würdest du mir schon zwei Nächte schulden, D.« Er positionierte die Kugeln für ein neues Spiel.

»Wenn wir gewettet hätten …«

»Ach? Haben wir das nicht.«

»Nein!«

Genug der Kinderspiele, entschied ich und nahm ihm das Dreieck aus der Hand. Es war Zeit für ein Spiel für Erwachsene. Ich stellte das Cocktailglas ab und zog mir den Slip herunter. Achtlos ließ ich ihn auf den Billardtisch fallen. Die weiße Spitze kontrastierte mit dem grünen Filz des Tisches. Ich spielte mit der blauen Kugel und rollte sie gegen die orangene, die der Farbe seines Lamborghinis ziemlich ähnlich war. Beide fanden den Weg ins Loch. Meine Füße glitten aus den High Heels und ich schob eine Pobacke auf die Bande des Tisches.

Tom legte den Queue ab. Ich hatte ihn richtig eingeschätzt. Er wollte lieber mit meinen Kugeln und seinem Billardstock spielen. Besitzergreifend fasste er mir unter den Saum meines Kleides. Es rutschte bis zu den Hüften hoch. Ich legte mich auf den Tisch. Meine teilrasierte Pussy blitzte ihm entgegen wie ein geöffneter Mund.

Seine Finger strichen zärtlich über die teilrasierten Haare meiner Scham und arbeiteten sich quälend langsam zu meinem Lustzentrum vor. Er wusste eindeutig, was er tat. Und ich hatte schon so lange keinen Mann mehr gehabt, der ein Gespür dafür hatte, wie eine Frau berührt werden wollte. Er fuhr mit dem Daumen über meinen Damm. Ich glaubte, vor Lust vergehen zu müssen. Mein Atem verwandelte sich in ein Hecheln. Wie viel tiefer würde er es wagen zu gehen?

Und tatsächlich, die Spitze seines Daumens kreiste auf meiner Rosette. Ich zuckte erstickt atmend.

»Nanu. Ist da jemand im Hintereingang noch Jungfrau?«

»Natürlich nicht!«, log ich und entwand mich seinen Liebkosungen. »Anal lass ich nur nicht jeden X-beliebigen ran.«

»Ich bin aber kein X-beliebiger. Ich bin Thomas Langdon, capisci? Und irgendwann kriege ich deinen Arsch, Kleines.« Er schnaubte wie ein Wolfsrüde, öffnete den Gürtel seiner Hose und entließ seinen halbsteifen Schwanz ins Freie. »Blas ihn!«

Tom war durchschnittlich groß. Der Hoden fest. Ich griff ordentlich zu. Und ich nutzte all mein Wissen, das ich mir in meinem neunundzwanzigjährigen Leben erworben hatte, um ihm Lust zu bereiten. Ich lag auf dem Bauch, unter mir nur grüner Filz, und saugte an seiner fleischig fruchtigen Eichel. An seinem Stöhnen hörte ich, dass ich definitiv auf dem richtigen Weg war. Seit meinen ersten Versuchen mit Arnaud war viel Zeit vergangen. Ich wusste, wann ich aufhören musste, um einen Fehlstart zu vermeiden.

Rons Penis war größer. Dicker. Länger. Analsex war für uns beide nie ein Thema gewesen. Ich hätte auch gar nicht gewusst, wo Rons achteinhalb Zoll in mir hätten Platz finden sollen.

Tom packte mich an den Beinen und zog mich zu sich heran. Seine Lippen vergruben sich in meiner Spalte. Im Nu war ich feucht.

»Wusst' ich's doch!« Er grinste dreckig.

Ich hatte nie ein Geheimnis daraus gemacht, dass Sex eine Leidenschaft von mir war. Es gab durchaus Jobs, die wirklich Spaß machten. Er fasste sich an den harten Schwanz und führte ihn in mich ein. Zoll für Zoll verschwand er in meiner Spalte. Ich wünschte mir, dass es Rons Schwanz wäre, der sich rhythmisch in mir vor- und zurückbewegte. Ich atmete heftig. Es gefiel mir. Es gefiel mir, dass ich Tom fünftausend Dollar wert war. Es gefiel mir, dass er mich dafür bezahlte, um mir so nahe sein zu können, wie nur Männer, die ich wollte, es durften. Eine Welle der Selbstbestätigung durchflutete meinen Körper. Mit jedem Stoß sagte er mir, dass er mich begehrte und ich näher an mein Ziel herankam, der unerbittlichen Schuldenfalle zu entkommen. An alles andere wollte ich jetzt nicht denken.

»Ja, du bist eine scheißgeile Schlampe!« Er kam mit einem spitzen Knurren.

***

Zwei Stunden später lag ich splitternackt, mit leicht gespreizten Beinen auf einer Luftmatratze und ließ mich mit geschlossenen Augen in seinem Pool treiben. Das Wasser klatschte. Tom.

Unter seinem Gewicht sank die Luftmatratze unter Wasser. Ohne Vorspiel drang er in mich ein und ich stöhnte lustvoll. Meine von seinem Samen noch feuchte Scheide nahm seinen Schwanz bereitwillig auf. Tom wusste beim Vögeln, was er tat.

»Du bist besser als die ganzen jungen Küken, die mich um einen Job anhauen.« Seine glasigen Augen glänzten fiebrig. Kokain.

»Was verdient man denn in der Branche?«

»Ein Vermögen!« Er lachte vielsagend. »Wenn man's drauf hat. Und wenn man beim richtigen Label unterschreibt.«

Ob ich genug verdienen hätte können, um meine Geldsorgen loszuwerden?

Er bewegte sich in mir. Vor und zurück. Er grinste. »Soll ich versuchen, Probeaufnahmen für dich klarzumachen?«

»Vielleicht.« Konnte es denn schaden? Ja, wenn alle Welt erfuhr, dass ich in Pornos mitspielte. Das konnte ich meinem kleinen Sohn unmöglich antun. »Es wäre nicht das erste Mal, dass man mir eine Rolle in einem Porno anbietet.« Das war zur Abwechslung sogar einmal wahr.

»Was tust du eigentlich hier in Portland?«, wollte ich wissen. »Solltest du nicht geschäftlich in L.A. sein?«

»Wer sagt, dass ich nicht geschäftlich unterwegs bin?« Er lächelte. »Meinem Vetter gehört eines der Pornostudios in San Fernando Valley ... San *Pornando* Valley«, fügte er mit einem Zwinkern hinzu. »An dem bin ich beteiligt. Aber ich bin auch noch in anderen Branchen tätig.«

»Und die wären?«

»Du bist wirklich scharf auf einen Job, was?« Er hätte auch sagen können, dass sich Los Angeles, San Francisco und Portland um die höchste Dichte an Strip Clubs stritten und er hier auf Talentsuche war. Unter anderem. Aber das erfuhr ich erst im Laufe der Zeit.

Er rollte uns von der Luftmatratze. Körperlich miteinander vereint, tauchten wir unter Wasser, und er dirigierte mich an den Beckenrand, wo er mich von hinten vögelte.

»Ich bin vor allem an Geld interessiert«, hauchte ich müde.

Er ließ von mir ab, obwohl er noch gar nicht gekommen war, und zog sich am Beckenrand hoch. Sein Penis ragte steil und hart nach oben. Er reichte mir die Hand.

»Vielleicht habe ich mal Arbeit für dich. Komm, ich geb' dir was, damit du wieder munter wirst.«

Ich folgte ihm zu dem Tisch bei den Liegestühlen. Er schüttete ein bisschen Koks auf ein Tablett und hielt mir das goldene Röhrchen hin.

»Hier, versuch mal! Dann bist du gleich wieder voll da.«

Ich zögerte. Das hatte ich noch nie gemacht. Zitternd nahm ich das Röhrchen entgegen und schniefte das Pulver auf. Wow ... Wow! Wow!!! So fühlte sich also »Raketentreibstoff für Champions« an. Das Zeug schlug bis unter die Schädeldecke!

Ich erinnere mich nur noch bruchstückhaft daran, dass ich ihm später in der Sauna einen geblasen hatte. Dass er mich nach einer Flasche kalifornischen Weins durch das ganze Haus schob – mit seinem harten dicken Schwanz in meiner Scheide.

Jedes der fünf Schlafzimmer sollten wir in dieser Nacht auf seine Tauglichkeit prüfen.

Aber deutlich erinnere ich mich an sein Lachen, als er in mich eindrang – und an seine Worte: »So ist es brav, meine kleine Schlampe.«

***

Hundemüde wog ich im Morgengrauen das Geldbündel in meiner Hand, setzte mich in meinen Ford und drückte Bruce' Handynummer. Ich war komplett erledigt. Sollte ich ihn anrufen? Fünftausend Dollar. Wenn ich ihm von dem Geld erzählte, war ich ein Drittel sofort wieder los. Und ich wollte Tom, diesen verdammten Kokser, gar nicht als Kunden. Er war verrückt. Verrückter noch als Ron und Steven zusammen. Und er machte mir Angst. Seine Sucht machte mir Angst. Aber er schien ein Vermögen in der Erwachsenenindustrie zu verdienen.

Ich zögerte. Mein Finger glitt auf die Anruftaste.

Ein schrilles Summen. Mein Handy klingelte. Bruce! Ich zuckte zusammen.

»Denise, was ist los mit dir?« Der unweigerliche Hustenanfall lähmte seine Stimme mit einem abscheulichen Krächzen. »Wie oft soll ich dir noch sagen, dass du das Handy eingeschaltet lassen sollst? Ein Kunde hat nach dir verlangt. Ich musste ihm ein anderes Mädchen zuteilen, und er war nicht begeistert.«

»Das soll vorkommen«, erwiderte ich eisig.

»Was hast du eigentlich die ganze Nacht getrieben?«

»Getrieben? Was ich getrieben habe?« Mir lief es heiß und kalt den Rücken hinunter. Schweißperlen schossen wie Nadelspitzen aus jeder Pore meiner Stirn. »Vielleicht habe ich mal Schlaf gebraucht!? Ich bin auch noch Mutter. Und nicht nur Betthäschen auf Abruf.« Ich hoffte, dass sich meine Stimme fest anhörte. Von den fünftausend Dollar würde er keinen müden Cent sehen – so viel war sicher.

»Wir hatten ausgemacht, dass du nach deiner Session mit Quentin anrufst. Manchmal denke ich, es war ein Fehler dich einzustellen.« Bruce klang schwer enttäuscht. Am liebsten hätte ich ihn zum Teufel gejagt. Aber ohne ihn überlebte ich keinen weiteren Monat.

»Ich war müde, Bruce. Quentin strengt mich furchtbar an. Er führt mich an meine Grenzen.«

»Okay.« Bruce schwieg kurz. »Gut. Nächstes Mal ruf an, damit ich disponieren kann. Ich kann euch keine Kunden zuteilen, wenn ihr nicht erreichbar seid. Und keiner von uns will, dass sie zu einer anderen Agentur wechseln, oder?«

»Nein.« Ich kam mir wieder wie die kleine Cheerleaderin vor, die beim Knutschen in der Jungenumkleide erwischt worden war.

»Willst du mir noch irgendwas sagen, Denise?«

»Sagen?« Natürlich. Das Geld. Die fünftausend Dollar! Ich atmete kräftig durch.

»Also ...« Es war ja nicht das erste Mal, dass ich etwas tat, obwohl ich versprochen hatte es nicht zu tun. Und es würde nicht das letzte Mal sein. »Nein.«

Tom - Sommer 2006

»Wie sieht's aus, D? Begleitest du mich übers Wochenende nach Malibu? Ich gebe eine kleine Party in meinem Strandhaus. Außerdem wollte ich dich schon immer im ›The Sunset‹ zum Abendessen ausführen.«

Diese paar Sätze von Tom hatten im Sommer zwei Jahre nach unserem ersten Treffen ausgereicht, dass ich mich plötzlich in einem Flieger nach Los Angeles wiederfand, obwohl ich dringend Zeit mit meinem siebenjährigen Sohn hätte verbringen sollen. Die Aussicht auf ein Abendessen am Strand, während wir in den Sonnenuntergang schauten, hatte mich schnell überzeugt – abgesehen von den üblichen fünftausend Dollar pro Tag. Toueys Schulgeld musste spätestens im Herbst bezahlt werden.

»Was wird deine Frau davon halten?«, erkundigte ich mich.

»Die muss es ja nicht wissen.«

Sie war zu ihren Verwandten nach Boston geflogen. Toms Frau entstammte einer reichen Familie, deren Vorfahren sich mindestens bis zur Mayflower zurückverfolgen ließen. Altes Geld, hätte man abfällig gesagt. Doch wer kein Geld besaß, so wie ich, hielt besser den Mund.

Tom wartete schon am Flughafen auf mich. Mit einem feuerroten Ferrari F-430. Ich stieg zu ihm in den Wagen. Natürlich hatte die Karre noch keine tausend Meilen auf dem Tacho.

»Du stehst auf schnelle Autos, was?«

Er trat aufs Gas und riskierte Dutzende Strafzettel. Verdammter Speed Junkie! Und er war wie immer auf Koks. Nach der drückenden Hitze, kaum dass ich das Terminal von LAX verlassen hatte, war mir dank Toms Klimaanlage binnen Sekunden eiskalt.

In der Marina del Rey, dem Bootshafen, reihten sich Hunderte blendend weißer Jachten aneinander. Segel bis an den glitzernden Horizont. Das war L.A.

»Kannst du segeln, D?«

Oh ja, das konnte ich. Ron hatte mich unzählige Male mit hinausgenommen.

»Wenn mal Zeit ist, machen wir einen Törn hinüber nach Santa Catalina. Aber nicht dieses Wochenende. Diesmal habe ich etwas anderes mit dir vor.« Seine Hand wanderte vom Schalthebel auf meinen nackten Oberschenkel. Mit zwei Fingern drang er in mein Höschen und massierte meine Spalte.

»Und was?« Er würde doch nicht schon wieder mit dieser Analsexgeschichte anfangen, oder?

»Ich möchte, dass du mit einem meiner Geschäftspartner schläfst.«

***

Toms Strandhausparty war ein voller Erfolg. Die Bediensteten der Cateringfirma versorgten uns bestens mit Drinks und Kanapees. Unter den Gästen befanden sich Schauspieler, Drehbuchautoren, Musiker – und vor allem solche, die sich dafür hielten. Auch drei Starlets aus dem Porno-Biz. Man erkannte sie auf den ersten Blick an ihren Silikonbrüsten. Eine der Damen war sogar für den AVN-Award als beste Newcomerin nominiert gewesen.

Ich ließ Tom wissen, dass er mich extra bezahlen musste, wenn ich mit einem anderen Mann schlafen sollte. Und ich fragte ihn, warum er nicht einem seiner drei Mädchen auftrug, den Job zu erledigen.

»Du bist Französin, nicht wahr? Er ist Franzose – capisci? Außerdem haben die drei nicht genug Grips in der Birne.«

Damit hatte ich kein Problem. Ich musste nur mehr denn je so tun, als wäre ich meine Cousine. Er reichte mir seine goldene Dose mit dem »Raketentreibstoff«, und ich nahm dankend an.

Es dauerte keine halbe Stunde, bis mir Pierre vorgestellt wurde. Er war aus Paris – welch ein Zufall. Genau wie ich!

»Aus welchem Arrondissement?«, fragte er interessiert.

»Ist das denn von Bedeutung?« Ich lachte und nippte an meinem Champagner. »Palais Bourbon. Meiner Familie gehört ein Hôtel Particulier mit Blick auf das Musée Rodin und das Hôtel des Invalides. Den Eiffelturm sieht man jedoch nur vom Dach aus.« Wert: über zehn Millionen Euro.

Pierre blinzelte nervös und räusperte sich. Ich hatte geahnt, dass ihn eine der besten Adressen von Paris beeindrucken würde.

»Diese langweiligen Amerikaner«, kam es mir nonchalant über die Zunge. »Feiern die tollsten Partys und verderben sie gleich wieder mit ihrer widerlichen Prüderie und dieser scheinheiligen Moral.«

Ich erntete ein Grinsen. In Pierres Augen loderten Höllenfeuer. »Amerikaner eben. Aber wir sind keine, nicht wahr?«

»Das erste vernünftige Wort, das ich heute Abend höre.« Ich stellte das Glas ab, und wir verließen die Terrasse in Richtung eines abgeschiedeneren Ortes. Kaum waren wir in den Schatten verschwunden, küsste er mich. Das leise Rauschen der Pazifikwellen drang an mein Ohr. Pierre war kein Mann unnötiger Worte. Er war Franzose.

Ich trug das weiße ärmellose Minikleid mit dem zartgrauen Pythonprint. Dazu die goldenen hochhackigen Sandaletten mit den Schnürriemchen, die wie Fußkettchen meine Sprunggelenke umschmeichelten. Anmutig warf ich meine schwarze Mähne zurück.

»Du bist eine scheißgeile Nummer«, stöhnte er mir ins Ohr. Er schob mein Kleid über die runden Pobacken und den weißen Slip zur Seite, um mit meiner Perle zu flirten. Er hatte eine angebrochene Flasche Champagner mitgehen lassen und schüttete die kostbare Flüssigkeit über die getrimmten Härchen meiner Scham. Sie floss prickelnd auf meinen Schamlippen zusammen. Schon spürte ich seine Zunge in meiner Spalte, die begierig jeden Tropfen aufleckte.

»Natürlich haben wir Franzosen den Champagner erfunden!«, triumphierte er.

»Wein des Teufels«, flüsterte ich und revanchierte mich, indem ich seine Hose herunterzog und einen tüchtigen Schwall aus der Flasche über seinen Penis goss. »Es leben die Benediktinermönche.« Ich beugte mich zu ihm hinab und schlabberte das schaumige Nass von seinem Schwanz. Champagner am

Stiel. Gierig ließ ich meine Fingernägel über seinen Bauch zu den Brustmuskeln gleiten.

»Eine scheißgeile Nummer«, wiederholte er.

»Ich bin noch viel mehr, chéri«, hauchte ich. Mit der Spitze meines Daumens streichelte ich seine glitschig nasse Eichel. Das brachte ihn fast um den Verstand.

Seine Koseworte auf Französisch zu hören, jagte mir angenehme Schauer über den Rücken. Und gleichzeitig machten sie mir Angst. Sie erinnerten mich an jemanden, den ich hatte vergessen wollen. *Hallo Chérie …* Und dagegen half auch Toms »Raketentreibstoff« nichts.

»Fick mich hart, hörst du? Nimm mich hart!«

Er wirbelte mich herum und streifte sich blitzschnell ein Kondom über. Von hinten drang er in mich ein. Ich musste mich an der Wand abstützen, um nicht mit dem Kopf dagegenzuprallen. Sein heißer Atem brannte an meinem Ohr.

Es erregte mich, dass Pierre sich nach mir verzehrte. Dass er fast wahnsinnig vor Verlangen nach mir war. Noch mehr erregten mich jedoch die eintausend Dollar, die Tom springen ließ, damit ich mit Pierre fickte. Jeder Stoß, den der Franzose in mich hineintrieb, war bares Geld wert.

»Fick mich härter, du Schwanz!«, rief ich. Die kalte Luft der kalifornischen Nacht strich über meine nackten Schultern. Pierre ließ seine Hand auf meine Pobacke klatschen.

»Ist das schon alles, was du drauf hast?« Ich lachte spöttisch.

Ein Brennen durchzuckte mein Gesäß. Das erlösende Glühen überstrahlte alle üblen Gedanken. Dann kam es über mich. Ein Grollen aus der Tiefe. Ein dumpfes Pochen, das sich in ein Kribbeln verwandelte. Ein heißes Ziehen, das bis in die Zehen- und Haarspitzen explodierte.

Der Orgasmus erschlug mich. Ich wand mich in Pierres zitternden Armen, als wäre ich der Sandstrand Malibus und er die sich überschlagenden Wellen des Pazifiks. Sein Unterleib zuckte spastisch. Ich biss ihm in die Lippen. Dankbar dafür, dass die Lust den alten Schmerz verschleierte, ihn mit Ekstase überdeckte und zum Verschwinden brachte. Die lodernden Höllenfeuer seiner Augen starrten mich an.

»Was bezahlt dir Thomas Langdon, damit du mich fickst?«

***

Am nächsten Abend saßen Tom und ich auf der Terrasse im »The Sunset«, einem der angesagtesten Restaurants von Malibu. Auf meinem Teller tummelten sich gegrillte Hummer für mindestens einhundert Dollar, und über allem schwebte der Geruch von Olivenöl, Weißbrot und einer hauchzarten Prise Knoblauch. Die warmen Strahlen der untergehenden Pazifiksonne küssten meine Schultern und ich lauschte dem Rauschen der Wellen.

Tom griff mir zwischen die Beine und tauchte tief in meine Spalte ein. Natürlich hatte ich kein Höschen an. Gut, dass die Tischdecken bis zu unserem Schoß hinunterreichten.

»Das hast du dir verdient, D.« Er lehnte sich mit einem verschwörerischen Lächeln zu mir herüber. »Pierre hat dämlich wie Goofy gegrinst, als er den Vertrag unterschrieb. Was hast du zu ihm gesagt?«

»Die Wahrheit.« Toms kreisende Hand fühlte sich gut an. Ich seufzte leise.

»Und die wäre?«

»Dass du ein ganz übler Hurensohn bist.«

Tom musterte mich scharf.

»Und dass er nicht unterschreiben soll, wenn er sich dir nicht gewachsen sieht. Ich vermute, das hat ihn an seiner Eitelkeit gepackt.«

Toms Hand hielt überrascht inne.

»Du bist besser, als ich dachte, D. Hättest du Lust, mich

auch noch zu anderen Geschäftsessen zu begleiten? Oben in Portland gibt's jemanden, mit dem ich ins Geschäft kommen will.«

»Wieso nicht?«

Er lächelte. »Du bringst mir Glück. Allerdings ...«

»Allerdings?« Der Mistkerl drang noch tiefer in meine Spalte ein – mit drei Fingern.

»Du müsstest in Zukunft für mich arbeiten – ausschließlich für mich. Und wenn ich dich für mich selbst brauche, dann selbstverständlich ohne Rechnung.«

»Du meinst ... als deine Geliebte?«

»So was in der Art.«

Ich überlegte, ein Stöhnen niederkämpfend. Ich spielte schon länger mit dem Gedanken, den Job in der jetzigen Form an den Nagel zu hängen. Langsam wurde mir alles zu gefährlich. Und Tom war ein Liebhaber, der mir geben konnte, was ich brauchte, um meinen Schmerz wegzuschalten. Abgesehen von Ron ... Ja, Ron. Er hatte ja doch nie Zeit für mich ...

Ich kam nicht dazu, weiter darüber nachzudenken. Ein Mann Ende fünfzig mit reichlich angegrauten Schläfen trat an unseren Tisch.

»Hallo, Tom.«

»Zeke.« Tom nickte ihm zu, stand aber nicht auf. Er reichte ihm auch nicht die Hand. Es wäre auch kaum möglich gewesen. Seine Rechte streichelte mir noch immer über meine klatschnasse Spalte. Mir fiel es schwer, mich auf den Fremden zu konzentrieren.

»Tut mir leid, dass ich gestern nicht zu deiner Party kommen konnte. Ich hatte etwas Besseres zu tun.«

Tom lachte auf. »Zeke, Zeke, Zeke. Du hast einiges verpasst. Unser Franzose hat endlich den Vertrag unterschrieben. Meinen Vertrag. Wie wäre es, wenn wir uns morgen um neun in deinem Büro treffen, um die Details zu besprechen? Billig wird das nicht für dich, aber ich komme dir entgegen.«

»Tatsächlich?« Im Gesicht des Mittfünfzigers arbeitete es, doch er hielt sich nicht weiter damit auf. Er hatte die ganze Zeit mich angestarrt. Ob er ahnte, dass ich gerade Toms Finger in mir spürte? Und dass der verdammte Mistkerl mich damit in den Wahnsinn trieb?

»Und wer ist dieses bezaubernde Ding an deiner Seite?« Er reichte mir die Hand und sah wieder zu Tom wie jemand, der den neuesten Erwerb eines Gemäldes lobte – einen Monet, einen Van Gogh oder einen Picasso. »Eine Neuentdeckung?«

Tom quittierte das Lob mit einem wohleinstudierten Lächeln – einem Siegerlächeln. Sieger mussten ihren Erfolg nicht erklären. Verlierer dagegen wurden ob ihrer Erfolglosigkeit gar nicht erst gefragt.

»Es sind immer bezaubernde Damen an deiner Seite«, fuhr der Kerl fort, »aber diesmal sehe ich zur Abwechslung einmal Intelligenz in ihren Augen.« Er begutachtete mich wie ein Kunstexperte, der den Pinselstrich eines Malers beurteilte. »Eine natürliche Schönheit. Volle, ausdrucksstarke Lippen. Aristokratische Wangenknochen ... und diese Entschlossenheit! Eine Mischung aus Stärke, Willenskraft und einem nicht zu verachtenden Schuss ... Arroganz.«

Arroganz? Ich starrte ihn an. Nur mit Mühe schaffte ich es zu verhindern, dass mein Kinn herunterklappte. Die Rolle, die ich spielte, erlaubte keine verbalen Entgleisungen. Für diesen Mann waren Frauen nichts weiter als Gegenstände auf einem Regal. Gebrauchsgegenstände, die man nach Gutdünken benutzte. Ich unterdrückte ein wütendes Stöhnen. Toms Finger leisteten ganze Arbeit!

»Wo findest du nur immer solche Frauen?«

Tom ließ sich zu einem kleinen verträumten Grinser hinreißen. Sein Daumen spielte mit meiner Klitoris. Ich seufzte laut. Meine Lippen, mein Mund – alles war trocken. Meine Hände verkrampften sich um das Essbesteck.

»Das ist wohl das kleine Geheimnis meines Erfolges.«

»Glauben Sie ihm kein Wort, Teuerste.« Der Widerling zwinkerte mir zu. »Tom lügt, wenn er den Mund aufmacht.« Wortlos empfahl er sich.

Ich nippte zitternd an meinem Martini und versuchte, die Erregung hinunterzuschlucken. »Wer war der Kotzbrocken?«

Tom ließ den Blick vom Sonnenuntergang zu mir schweifen. »Ein Studioboss aus dem Fernando Valley.« Er verstärkte den Druck seiner Finger auf meiner Spalte. Nachdenklich hielt er den Stiel seines Sektglases in seiner Linken und betrachtete die prickelnde Flüssigkeit. »Abgesehen davon ist er mein Stiefcousin. Ich hab' gehofft, dass wir uns begegnen. Wenn wir unsere Karten richtig ausspielen, engagiert er dich für sein nächstes Filmprojekt.«

»Wenn er mich gut bezahlt ...« Ich zuckte mit den Achseln. Zitternd. Ein wohliger Schauer jagte meinen Rücken hinab. Tom und dieser Zeke waren keine Freunde – so viel stand für mich mittlerweile fest. Vielleicht war Tom nichts weiter als ein Schwätzer, was seine guten Verbindungen zur Branche betraf. Er war ebenso wenig Teilhaber bei Zeke, wie ich Französin war.

Ich rutschte heftig atmend auf meinem Sessel herum.

»Die Branche ist hart, Kleines.« Tom lächelte zurückhaltend und fingerte wie besessen meine zum Platzen erregte Klitoris. »Versau's nicht! Ich warne dich. Schaukelnde Silikonbrüste und Megaschwänze sind nur der sichtbare Teil des Eisbergs, der an der Oberfläche des Zuckergusses kratzt.«

Ich erwiderte seinen Blick, ohne mit der Wimper zu zucken. »Eisberge kratzen nicht an Zuckergüssen!« Ich presste stöhnend die Schenkel zusammen. Ich würde doch nicht etwa hier im Restaurant kommen? Vor allen Leuten?

Eine Sekunde später kam ich. Lief aus. Meine Schenkel zuckten. Mein Cocktailglas fiel um und sein Inhalt schwappte hellgelb über die weiße Tischdecke. Das Besteck entglitt meinen Fingern.

Ich schloss die Augen. Versuchte, mich zusammenzureißen und verschluckte mit zusammengepressten Lippen ein lautes Stöhnen. Im Nebel der Empfindungen erspähte ich eine überlebensgroße Gestalt, die an unserem Tisch vorbei schritt. Er und Tom lieferten sich ein kurzes Blickduell, aus dem niemand als Sieger hervorging.

»W-War das nicht gerade der Gouverneur von Kalifornien?« Ich schluckte. Noch immer angeheizt von dem Orgasmus.

Tom lächelte selbstverständlich und steckte mir zum Ablecken einen seiner Finger in den Mund. Ich schmeckte meinen Mösensaft. »Das ist eben Hollywood, Kleines.«

***

Einen Tag später sollte ich mich mit einem Kunden im üblichen Hotel am Portlander Flughafen treffen. Mit einem Neukunden. Zuvor musste ich jedoch Titouan bei meiner Mutter abliefern. Sie klang nicht gerade begeistert. Touey dagegen schien es nichts auszumachen, wieder einmal bei seinen Großeltern übernachten zu müssen. Er saß bestens gelaunt auf dem Rücksitz meines Wagens und spielte mit einem Roboter, der sich in einen Kampfjet verwandeln konnte. Ron hatte ihm das Spielzeug gekauft.

»Für wen hast du dich so chic gemacht, Mommy?«

»Chic?« Ich sah in den Rückspiegel. »Du findest, ich sehe chic aus?«

»Ja.« Titou nickte bestimmt, ohne den Blick von seinem Roboter-Flugzeug abzuwenden. »Dad hat mal gesagt, in dem Kleid siehst du ›rattenscharf‹ aus. Was heißt ›rattenscharf‹?«

Ich musste mich zurückhalten, um nicht lauthals loszulachen.

»Hübsch, denke ich. Nichts weiter.«

»Und was bedeutet ›heißer Feger‹, Mommy?«

»Das solltest du vielleicht deinen Vater fragen.« *Bloß nicht*, kam es mir in den Sinn. Titouan war noch so unschuldig und rein. Manchmal wünschte ich mir, dass er immer so klein und unschuldig blieb. Und nie groß wurde, um sich zu einer Gefahr für sensible Mädchenherzen zu entwickeln.

»Also, wohin?«

»Wohin was?«

»Wo gehst du hin, während ich bei Grandma bin?«

»Och«, sagte ich, zuckte mit den Achseln und tat, als müsste ich mich auf die Straße konzentrieren. »Nichts Besonderes. Du weißt doch, dass der Elternbeirat eine Veranstaltung plant, damit wieder Anschaffungen für deine Schule getätigt werden können. Und da helfe ich etwas aus.«

Ich sah ihm an, dass er gedanklich schon wieder in seine unschuldige Kinderwelt abgedriftet war. Mir wurde erst drei Sekunden später bewusst, dass ich ihn angelogen hatte. Und wie leicht diese Lügen mir mittlerweile von der Zunge glitten. Aber hatte ich eine andere Wahl? Ich konnte ihm doch schlecht sagen, dass ich für Geld mit fremden Männern schlief.

***

Bereits als ich das Hotel betrat, überkam mich das Gefühl, beobachtet zu werden. Irgendetwas stimmte nicht. Ich nahm den kürzesten Weg zum Aufzug, ohne einen Blick an die anderen Hotelgäste zu verschwenden. Ich hasste Neukunden. Man wusste nie, welche Macken sie hatten. Der Portier eilte mir zur Lifttür nach.

»Entschuldigen Sie, Miss. Das hier haben Sie das letzte Mal verloren.« Er reichte mir ein Kuvert. Verdutzt sah ich ihn an. Das Kuvert war leer. Was wollte er von mir?

»Der Typ im Zimmer. Den habt ihr nicht von mir«, quetschte er zwischen zusammengebissenen Zähnen hervor. »Das ist ein Cop. Hundertprozentig!«

»Was?«

»Ein Cop – da gehe ich jede Wette ein«, zischte er. »Immer, wenn der da ist, gibt es anschließend eine Verhaftung. Und keines der Mädchen sehe ich je wieder.«

»Ich ... Kann ich mal telefonieren?« Ich wollte vom Aufzug weg, so schnell wie möglich.

»Ja, natürlich.« Er wies mir den Weg. Ich brauchte sein Telefon nicht, ich verwendete meins. Am linken äußersten Ende des Tresens verbarg ich mich hinter einer drei Meter hohen Zimmerpflanze. Es klingelte mindestens zehnmal, bevor Bruce abhob.

»Bruce, wir haben ein Problem. Im Zimmer wartet ein Bulle auf mich. Ich hab dir tausend Mal gesagt, dass ich keine unbekannten Kunden will.«

»Jetzt beruhig dich mal, Kleines«, schnarrte es aus meinem Hörer, begleitet von dem unausweichlichen Hustenanfall. »Wer behauptet denn, dass es ein Bulle ist?«

»Der Portier.« Mein Herz klopfte. Ich starrte zum Aufzug. Die Tür ging auf und heraustrat ...

Ein Cop, den ich kannte.

Er sah sich in der Lobby um. Am liebsten hätte ich mich unsichtbar gemacht. Jedes Haar in meinem Nacken sträubte sich.

»Ist das der Gentleman?«, flüsterte ich in Richtung Portier und wandte mich ab.

Der Portier nickte unmerklich.

»Bruce – du hast die Bullen am Arsch. Ich kenne diesen Cop. Er ist der beste Freund meines Mannes ...« Und für mich war er noch viel mehr.

Steven ...

***

In jenem Sommer hörte man, dass sich die Verhaftungen in der Escort-Szene häuften – Prostitution war in fast allen Bundesstaaten illegal. So auch in unserem wunderschönen Biberstaat Oregon. Ich mied das verdammte Hotel so gut ich konnte. Und ich war nervös. Sehr nervös. Vielleicht war es an der Zeit aufzuhören.

Darüber dachte ich an meinem folgenden freien Tag nach, als ich in Marcs Bett lag und mit den Fingerspitzen seinen hübschen Penis entlangfuhr. Ich überschlug die Zahlen. Es würde noch mindestens zwei Jahre dauern, bis ich aus dem Gröbsten heraus war. Wenn es mir erst einmal gelang, das Haus abzuzahlen und die Zukunft meines Sohnes zu sichern, konnte ich mir einen richtigen Job suchen. Einen Job, in dem ich zwar nur ein Zehntel verdiente, aber trotzdem über die Runden kam. Vielleicht schaffte ich es dann auch endlich wieder, eines meiner Romanprojekte zu vollenden. Oder ich nahm Tom Langdons Angebot an und drehte in Zukunft Pornos – gesetzt den Fall, dass der gute Tom mehr als nur ein Schwätzer war.

Marc hielt genussvoll die Augen geschlossen und lächelte. Ich betrachtete ihn, während sein Jungschwanz zwischen meinen Fingern an Umfang und Länge gewann. Er sah keinen Tag älter als dreißig aus. Attraktiv. Jung. Eindeutig zu jung. Genau das, was ich brauchte!

Ich nahm seinen Penis in den Mund und leckte behutsam über die purpurne Spitze. Seine Eichel erinnerte mich an eine Herzkirsche und ebenso süß schmeckte sie auch. Marc stöhnte. Es war dasselbe Stöhnen, das ich ein knappes halbes Jahr zuvor auf dem Flug nach Chicago kennen und lieben gelernt hatte.

»L'amour fou«, flüsterte ich. Unsere Affäre verdiente diese Bezeichnung, denn sie war wie ein Buschfeuer, das sich irgendwann selbst verzehren würde.

»Verrückte Liebe?«

»Du bist mein Mann für gewisse Stunden«, hauchte ich und schleckte quälend langsam weiter über seine empfindsame Penisspitze. Man hätte meinen können, dass eine Frau, die so viel Sex wie ich hatte, nichts mehr davon wissen wollte. Aber Marc war anders. Marc war Medizin für mich. Und er war vor allem eins: kein Kunde. Ein kleiner, tröstlicher Lichtblick. Vor allem dann, wenn der eigene Ehemann nie Zeit für einen hatte und lieber eine andere Frau vögelte. In Marcs Armen konnte ich ein unschuldiges Mädchen sein – das unschuldige Mädchen, das ich niemals war.

»Hast du dich eigentlich jemals mit Lorie getroffen?«

»Wem? Meinst du die süße Kleine von der Flugschule?«, tat er unwissend.

»Ich glaube, Lorie ist verrückt nach dir.«

»Ich hab sie mal mit einem Mädchen gesehen ...«, stöhnte er.

Ich war so verdammt froh, dass Marc nichts mit meinem Job als Escort-Girl zu tun hatte. Er zeigte mir wieder, dass es auch noch eine andere, eine wirkliche Welt gab. Und durch ihn begann ich wieder mit dem Schreiben ... Mehr oder weniger.

Meine Hände klammerten sich um seinen Penis. Ich küsste seinen strammen Hodensack. Ein Tropfen drang aus dem Spalt und rann funkelnd sein Frenulum entlang. Ich war so in das Farbenspiel vertieft, dass ich alles um mich herum vergaß.

»Dein Handy«, flüsterte Marc lustvoll. Es war auf Lautlos gestellt gewesen. Ich hob ab und wünschte noch in derselben Sekunde, ich hätte es nicht getan.

»Ich musste Euch anrufen, Herrin. Ich musste Eure Stimme hören.«

»Quentin!!!« Ich sah zu Marc und stand vom Bett auf. Marc wusste nichts von meinem Job. Nicht wirklich. Splitternackt, wie ich war, verließ ich Marcs Schlafzimmer in Richtung Küche.

»Du sollst mich doch nicht anrufen«, zischte ich leise. »Das habe ich dir doch verboten. Du weißt, dass ich dich dafür bestrafen muss.«

»Ich konnte nicht anders, Herrin«, quengelte er.

Gott, ich hasste es, Herrin genannt zu werden. Ich war keine Herrin. Ich wollte einfach nur mal ich sein. Ich wollte einfach meinen freien Nachmittag genießen und abschalten.

»Meine Stimme zu hören, kostet extra.« Ich klang so streng, wie ich übellaunig war.

»Das weiß ich, Herrin, und ich werde Euch auch dafür Tribut zollen.«

»Trotzdem habe ich keine Zeit heute. Ich ...«

»Seid Ihr mit einem Mann zusammen?«

»Wie kannst du es wagen, mich zu unterbrechen!«

»Herrin, ich ...«

»Schweig!« Ich überlegte. Warum hatte er mich das gefragt? Mein Privatleben ging ihn nicht das Geringste an. Ich lachte böse. »Würde es dir denn gefallen, wenn ich mit einem Mann zusammen wäre?«

Er atmete erregt. Ich konnte es im Handy hören. Verblüfft lauschte ich seinen Atemzügen.

»Wenn ich mich von einem Schwanz verwöhnen lasse? Einem ... großen Schwanz?«

»Herrin«, flüsterte er heiser.

»Würdest du uns zusehen wollen?«

Sein Atem verwandelte sich in ein Stöhnen. Ich sprach sehr langsam. Damit er auch ja alles verstand.

»Möchtest du sehen, wie er es mir besorgt? Mit einem Schwanz, der so viel größer als deiner ist?« Das war nicht schwer – jeder Schwanz war größer als seiner.

Er schluckte hörbar. Volltreffer.

»Und möchtest du sehen, wie dieser Mann seinen ganzen

Samen in mir abspritzt? Wie ich bereitwillig alles – wirklich alles – von ihm aufnehme und du lediglich zusehen darfst?«

Er stieß einen erstickten Laut aus.

»Wenn ich dich zusehen lasse, dann wird das nicht billig«, hauchte ich.

»Was verlangt Ihr?«

»Das Doppelte!«

»In Ordnung!«

Ich starrte den Hörer an. Hatte ich mich gerade verhört? Welcher Mann bezahlte tatsächlich dafür, dass er einem Escort-Girl beim Sex zusehen konnte?

Ein *Cuckold,* schoss es mir durch den Kopf. Ein Mann, den es erregte, gedemütigt zu werden, wenn seine Frau Sex mit anderen Männern hatte. Oder wie in seinem Fall – ein *Cuckold,* der eben keine eigene Frau hatte, sondern eine Frau bezahlen musste. Wie hatte ich nur so blind sein können?

»Ja, Herrin«, schnaubte er erregt. »Ich will Euch zusehen, wie Ihr von einem anderen Mann genommen werdet. Kommt Ihr ins Hotel?«

»Nein«, höhnte ich. »Ganz sicher nicht. Da du es gewagt hast, mich in meiner Freizeit zu stören, wirst du dort hinkommen, wo ich es sage. Du hörst von mir!«

»Ja, Herrin«, hechelte er. »Ich werde auf Eure Nachricht warten.«

Ich klappte das verdammte Handy zu und kuschelte mich zu Marc ins Bett. Seine Erektion war im Abflauen begriffen. Glücklicherweise wusste meine Zunge ein Mittel dagegen. Ich richtete ihn wieder auf, bis er stand wie eine Eins.

»Wer ist Quentin? Doch nicht etwa dein Mann?«

»Nein«, lachte ich und leckte den riesigen Lusttropfen von seiner Eichel. »Nur so ein Kerl, den ich kenne. Komm jetzt, Tiger, fick mich!«

Er bettete mich lächelnd auf den Rücken und schob meine Beine auseinander. Bis zum Ansatz drang er in mich ein. Ich stöhnte lustvoll.

Nie würde ich vergessen, wie wir uns kennengelernt hatten. Natürlich liebte ich ihn nicht wie Ronnie. Aber er konnte unheimlich lange küssen.

Er bewegte sich langsam in mir. Sein Schambein drückte gegen meine Klitoris. Ein Schauer der Lust erfasste mich. Ich gab mich seinen Stößen hin. Zentimeter für Zentimeter schenkte er mir, wonach mein Körper verlangte. Machte mich untertan. Nahm mit seinem Jungschwanz Besitz von einer fünf Jahre älteren Frau.

Und dann kam ich mit einer Plötzlichkeit, die mich wimmernd in seinen Armen zittern ließ. Ungestüm zog ich sein hübsches jugendliches Gesicht zu mir herunter. Küsste ihn, während die Lust in Wellen meinen Körper durchströmte.

Ich sah ihm an, dass er noch nicht gekommen war – ein Kunststück, das er nicht jedes Mal schaffte, wenn wir miteinander schliefen. Und ich wollte ihm etwas von der Lust zurückgeben. Ihn ebenfalls dieses Feuerwerk spüren lassen, das er gerade in meinem Schoß gezündet hatte.

»Dreh dich auf den Rücken, Tiger«, hauchte ich. Seine starken Arme, sein drahtiger Körper rollte uns herum. Ich setzte mich von seinem Bauch auf, stützte mich auf seiner Brust ab und genoss jeden Zentimeter von ihm. Ich hob mein Becken an, bis die Spitze seines Penis nahezu aus meiner klatschnassen Möse flutschte, um dann wieder Zentimeter für Zentimeter auf ihn zu sinken. Der Schweiß perlte von meiner Haut. Unsere Bauchmuskeln berührten sich. Seine Finger krallten sich in meine Pobacken.

»Oh nein, Tiger«, hauchte ich böse lächelnd. »Noch erlöse ich dich nicht!«

Sein Atem verwandelte sich in ein ersticktes Hecheln. Ich fuhr mit dem Gesäß hoch, bis nur noch seine Eichel meine inneren Schamlippen streichelte. Sein Gesicht verzerrte sich. Er hielt die Augen fest geschlossen. Ich ließ ihn warten. Warten. Warten.

Er japste. Fletschte die Zähne wie ein Tiger. Urplötzlich riss er mich an den Hüften zu sich hinunter. Er schrie. Sein Sperma ergoss sich warm in mich. Ich spürte den Druck. Schwall für Schwall.

Seine Augen funkelten vor Liebe und Zuneigung. Ich küsste ihn, sank gegen seine Brust und kuschelte mich an ihn. Minutenlang verharrten wir in dieser inniglichen Umarmung. Ob Quentin unsere Vereinigung gefallen hätte?

»Denise, ich weiß es«, sagte er unvermittelt.

Ich stützte mich auf meinem Arm ab und betrachtete ihn. Er kämpfte mit sich selbst. Ein paar Wochen zuvor hatte ich ihn mit demselben Gesichtsausdruck in einem Flugzeughangar in Hillsboro gesehen. Als er mir die Trainingsmaschine zeigte, mit der er verunglückt war. Glücklicherweise war bei dem Flugunfall niemand zu Schaden gekommen. Doch der Traum von einer Karriere in der Fliegerei war damit geplatzt. War er überzeugt – ich jedoch nicht.

»Was weißt du?«, wollte ich wissen. Er steckte noch immer in mir. Sein Samen rann kitzelnd aus meiner Scheide.

»Womit du dein Geld verdienst.«

»Ach?« Mir lief es heiß den Rücken hinunter. »Und womit verdiene ich mein Geld?«

»Du hast gesagt, du wärest in der Buchhaltung tätig.«

»Das habe ich nie gesagt«, brauste ich auf. »Das hast du lediglich vermutet. Und ich habe nicht widersprochen.«

»Du hast mich also in dem Glauben gelassen«, schloss er. »Wenn das mal nicht besser klingt als ›angelogen‹.«

Er reichte mir mein Handy. Eine SMS war geöffnet. Die eines Kunden. Quentin. Dieser kleine Mistkerl hatte es nicht erwarten können, dass ich zurückrief.

»Du liest meine SMS-Nachrichten? Bravo!« Barsch klappte ich mein Handy zu und rollte mich von Marc herunter. Sein Schwanz flutschte aus meiner Möse. Ich fand es plötzlich grotesk, dass er bis jetzt in mir gesteckt hatte. Grotesk und unpassend.

»Ich werde nicht fragen, warum dir dieser Quentin Geld anbietet, damit du Zeit mit ihm verbringst.«

»Obwohl es das ist, was du fragen möchtest.« Ich biss mir auf die Unterlippe »Aber wieso solltest du auch fragen, wenn du die Antwort bereits kennst, nicht wahr, Marc?«

»Weiß dein Sohn, was du tust?« Er sah verloren aus. Traurig.

»Das war jetzt nicht nett ...« Meine Stimme brach.

»Wieso hast du es mir nicht erzählt, Denise? Von Anfang an, meine ich.«

»Was hätte es für einen Unterschied gemacht? Außerdem hattest du die Wahrheit ohnehin im Flugzeug erraten.«

Er schien sich zu erinnern.

»Du schläfst also mit fremden Männern. Für Geld.« Was wie eine gefasste Feststellung klang, sollte ihm helfen, die Sachlage begreifbar zu machen. Doch die Tragweite nahm immer schwindelerregendere Ausmaße an. Ich fand, er schlug sich ganz gut. Ich hatte Wochen gebraucht, um mir selbst meine Situation zu erklären.

»Ich fühle mich ... Ich weiß nicht, wie ich mich fühlen soll.« Er starrte hilflos zur Decke. »Ich meine, ich wusste immer, dass du mir nie gehören würdest. Aber ... all diese Männer, mit denen du im Bett warst ... Wie viele Männer waren es eigentlich?«

»Ist das denn wichtig?« Es waren über zweihundert.

»Wichtig ... Ich werde immer nur einer von mehreren sein. Nur ein Schwanz unter wer weiß wie vielen.«

»Nein.« Ich nahm seine Hand. »Ich habe mit dir geschlafen, weil ich es wollte – da ging es nicht ums Geld. Aber wenn du damit nicht umgehen kannst, dürfen wir uns eben nicht mehr sehen.« Meine Stimme klang sicherer als ich mich fühlte. Ich hatte immer gewusst, dass das mit uns ein Ablaufdatum hatte. Aber ich hätte es schade gefunden, Marc nicht mehr in meinem Leben zu haben. Ihn nie mehr in mir spüren zu dürfen.

»Ich fühle mich so austauschbar. Wie viele Männer kennen dich als ›Denise‹?«

»Nicht sehr viele. Nur die Männer, die mir etwas bedeuten. Die anderen wissen nur meinen Escort-Namen – Danielle.«

»Danielle ...« Er starrte auf meine Brüste und schüttelte den Kopf. Kaute nervös an seiner Oberlippe. »Und wie viele Männer nennen dich Réjane?«

»Niemand.« Ich schmunzelte. Nur meine Mutter nannte mich Réjane. Vor allem dann, wenn sie stocksauer auf mich war. Dann war ich plötzlich nur noch Denise Réjane Martens.

»Ich finde das nicht gut, was du machst, Denise. Ich möchte nicht, dass du als ... als Callgirl arbeiten musst.«

»Escort«, berichtigte ich ihn. »Ich bin nur Begleitung.«

»Denise, ich liebe dich. Verkauf mich bitte nicht für dumm.«

»Marc, du sollst mich doch nicht lieben. Ich dachte, wir hätten das geklärt.«

»Was soll ich gegen meine Gefühle machen?«

»Dann dürfen wir uns nicht mehr sehen. Ich kann nicht mehr als eine Affäre für dich sein. Eine Geliebte. Verdammt, ich bin verheiratet. Du weißt das.«

»Dein Mann ist ein Idiot«, platzte er heraus. »Wäre *ich* dein Ehemann, ich würde nicht zulassen, dass du dich verkaufen musst.«

Ich strich ihm über die Wange. Er sah wie ein unschuldiger Junge aus, der er im Grunde seines Herzens auch war.

»Ich weiß.« Zärtlich küsste ich ihn und sog tief seinen jungen Geruch ein. »Deswegen mag ich dich so.«

Er entspannte sich etwas und griff zu seiner Brieftasche, die auf dem Nachtschränkchen lag.

»Was wird denn das?«, verlangte ich zu wissen.

»Ich gebe dir jetzt Geld«, bestimmte er gefasst. Er schüttete sein ganzes Bargeld auf das Laken. Einundachtzig Dollar und sechsundsiebzig Cent. »Damit du dich nicht mehr mit diesem ... diesem Quentin treffen musst.«

Gerührt sah ich ihm in die Augen. »Das finde ich sehr ritterlich von dir, Marc. Aber so viel hast du doch gar nicht.«

»Wieso? Wie viel kostest du denn?«

Ich lächelte amüsiert. »Neunhundert Dollar.«

Marc blinzelte ungläubig. Seine Lippen zitterten. »Was?«

»Minimum.«

Er fluchte leise und musterte mich. Sein Blick fiel auf das Geld. Er griff sich an den Kopf und atmete schwer. »Da habe ich mich ja voll zum Narren gemacht.«

Ich küsste ihn, konnte aber nicht verhindern, weiter amüsiert zu grinsen.

»Wohl auch eines deiner Talente«, flüsterte ich.

»Eines von denen ich wünschte, ich hätte es nicht«, entschied er. »Neunhundert Dollar!!! Neunhundert???«

»Du bist eben sehr vielseitig, Tiger.«

»Mach dich nur lustig.« Er erwiderte schüchtern meinen Kuss. Ich konnte seine wachsende Erregung in meiner Hand spüren. Trotzdem würde mein Job von jetzt an zwischen uns stehen. Für immer. Es sei denn ...

»Tiger ...« hauchte ich. »Hättest du Lust, mich zu begleiten? Es würde sich auch für dich lohnen.«

»Begleiten? Wohin?« Er zog die Augenbrauen hoch.

»An den Strand.«

»Um was zu tun?«

»Arbeit«, blieb ich vage.

»Arbeit? Du meinst ... Du meinst ... Wie soll das gehen?«

Ich grinste anstatt einer Antwort. Er zuckte mit den Schultern.

»Ich brauch dich für eine ganz spezielle Sache!«

»Was müsste ich denn tun?«

»Das, was du am besten kannst.«

»Und das wäre?«

»Mich durchvögeln, Tiger! Ganz einfach!«

***

An den Ufern des Columbia River gingen hinter Büschen und Bäumen verborgen oft seltsame Spiele vonstatten. Man las davon selten in den Zeitungen. Eigentlich nur, wenn unglückliche Zufälle während dieser exzessiven Ausschweifungen zum Tod eines Teilnehmers führten. Meist waren dann große Mengen Alkohol im Spiel, die sich in den seltensten Fällen mit der starken Strömung des Flusses vertrugen.

Das Fernsehen zeigte zwar in reißerischen Bildern die Folgen des überhöhten Alkohol- und Drogenkonsums, vermied es aber, darüber zu berichten, was in den Stunden zuvor geschehen war.

Die wahren Informationen über diese »Uferspiele« fand man nur mit viel Glück in einschlägigen Internetforen, wo Geheimtipps ausschließlich unter der Hand im Schutze der Anonymität gehandelt wurden.

Offiziell gab es nur zwei Strände, wo Nacktbaden erlaubt war: »Sauvie Island« und »Rooster Rock State Park«. Dass es in unserer Landessprache »Kleidung optional« hieß und nicht »Nacktbaden«, lässt tief in unsere scheinheilige Moralanschauungen blicken – und oh wie groß war jedes Mal die Entrüstung, wenn Singlemänner sich erdreisteten, einer nackten Frau hinterherzugaffen. Also, wirklich!!

Zu keinem dieser Strände zog es mich und Marc hin. Ich kannte da ein anderes Plätzchen.

Wir hatten den Wagen auf einem der unzähligen Schotterpisten stehen lassen und schlenderten am Ufer entlang. Vor Jahren war etwas den Strand hinunter eine aufstrebende FKK-Szene am Erblühen gewesen, doch diese war den Moralisten zum Opfer gefallen. Warntafeln und gelegentlichen Patrouillen von Polizei und Sheriff-Büro hatten die Nacktbadenden zu den offiziellen »Kleidung optional«-Badestränden vertrieben – oder in den Untergrund ...

Marc sah sich um und fasste sich an seinen Cowboyhut. Der charakteristische Geruch von Cotton Woods, Pinien und Zedern schwängerte die Luft. Zwischen den Büschen blitzten nackte Pobacken hervor. Gegenüber, inmitten von Weidenröschen, huschte das dunkle Dreieck zwischen den schlanken Beinen einer Frau vorbei. Und fünfzig Meter den Strand hinunter, hinter einem Baum, schaukelten große Brüste, und ein männlich strammer Hintern bewegte sich in einem schnellen Rhythmus vor und zurück.

Marcs Mundwinkel formten sich zu einem faszinierten Grinsen. Einem fast unanständigen Grinsen.

»Unglaublich.«

Ich zuckte mit den Achseln. Man gewöhnte sich an den Anblick, wenn man ihn oft genug zu Gesicht bekam. Mich zog es zu der Lichtung zwischen den drei Bäumen am Waldrand, wo kaum Gras wuchs. Anderswo reichte es in Büscheln bis zu den Knien. Ich legte die Tasche ab, holte die Decke hervor und schüttelte meine Sneakers ab. Meine Socken folgten.

»Und jetzt?« Unruhig warf Marc seinen Hut zurück. Drei nackte Schatten verschwanden unter den Pinien im hohen Gras.

Zwei Männer und eine Frau. Vier Hände auf ihren Brüsten, je eine kleine Frauenhand um einen Schwanz.

»Und jetzt? Jetzt ziehen wir uns aus«, flötete ich und schälte mich aus meinen Jeans-Shorts. Darunter trug ich nichts. Nie, wenn ich mit meinem Tiger unterwegs war. Mein T-Shirt landete auf dem Bündel meiner Hose. Ich hatte nichts mehr am Körper, bis auf das goldene Fußkettchen und meine Sonnenbrille. Ich spürte den weichen Sand unter meinen nackten Füßen.

Marcs Atem setzte aus. Sein Blick fror an meinen grapefruitgroßen Brüsten fest. An den getrimmten Haaren meiner Scham. Ein lauer Wind wehte vom Fluss herüber. Streichelte meine hervorstehenden inneren Schamlippen. Meine aufgerichteten Nippel.

»Nackt?«, japste er. Er griff sich an die Stirn und sah nervös hin und her. Unschlüssig schwang der andere Arm um seinen Körper.

»Hat mein Tiger etwa Angst?« Grinsend zog ich seine Shorts über die Pobacken herunter und sein strammer Jungschwanz hüpfte mir entgegen. Die Eichel streifte meine Lippen. Ich versuchte, sie mit der Zunge zu erhaschen, doch Marcs Penis zuckte ziellos weiter. Erst mit der Hand gelang es mir, sein bestes Stück einzufangen. Ich umschloss ihn mit meinem Mund.

»Réjane, ich ...«

»Shhht! Nenn mich Danielle!«

»Danielle? Wieso ...« Er stöhnte. Sein Schwanz gewann in meinem Mund zunehmend an Dicke. Er war doch sonst nicht so schwer von Begriff.

»Wenn uns jemand sieht.« Er schloss die Augen. »Die werden die Cops rufen!«

Ich lachte mit vollem Mund.

»Uns einlochen wegen Erregung öffentlichen Ärgernisses und ... und ... und ...«

Ich ließ von seinem Schwanz ab, der steil und feucht nach oben stand. »Keine Bange! Der Einzige, der einlochen wird, bist du!« Ich sah zu ihm auf. »Niemand wird die Cops rufen. Alle sind nur aus einem Grund hier. Alle wollen Spaß haben. Cops stören da nur.«

»Aber die haben doch sicher undercover ein paar Leute hier.«

Ich schmunzelte und ließ mich auf die Decke sinken. »Du bist so süß! Komm schon, Tiger. Zeig mir, was in dir steckt.« Ich befeuchtete meine Möse und drang mit dem Mittelfinger in mich ein, bis ich glitschig war.

Marc sah auf mich herunter und kniete sich zwischen meine Schenkel. »Ich will dich lecken. So lange, bis du kommst.«

»Ja«, hauchte ich und spreizte weit meine Beine. Marcs Zunge erkundete meine saftige Spalte und spielte zärtlich mit mir. Ich stöhnte. Laut. Ich schloss die Augen. Fühlte mich frei. Eins mit Mutter Natur.

Ich öffnete die Augen wieder und nahm die schattenhaften Bewegungen zwischen den Büschen wahr. Wir hatten Gesellschaft. Männer. Sie blieben mehr als zehn Yards auf Respektsabstand, mit den geschlossenen Fäusten um ihre Schwengel.

Marcs Zunge trieb mich in den Wahnsinn. Er hatte so unendlich viel in den letzten zwei, drei Monaten dazugelernt und wusste, was er tat. Der klitorale Orgasmus kam über mich. Ich schrie meine Lust hinaus.

Marc grinste breit. »Na warte!«

Er ergriff meine zuckenden Beine, hielt sie hoch und drang mit seinem Lustspender in mich ein. Tief und fest. Er nahm mich hart.

Einer von den Schatten unternahm Anstalten, sich uns zu nähern. Ich verscheuchte ihn mit einem rüden Wink meiner Hand. Marc bekam davon nichts mit. Er hielt die Augen geschlossen und röhrte wie ein Hirsch in der Brunft.

»Langsam, Tiger, langsam«, stöhnte ich. »Wir haben alle Zeit der Welt.«

»Ich fick dich durch«, knurrte er. »Hast du kapiert? Ich werde dich durchbürsten, bis deine Muschi glänzt.«

Was immer damit gemeint war. Es klang genauso wundervoll, wie es sich anfühlte.

Dann endlich erschien der Mann, auf den ich gewartet hatte. Mit einem kleinen Feldstecher bewaffnet, schritt er über den Schotterstrand. Er hatte uns beobachtet. Vielleicht sogar schon die ganze Zeit.

Sein Gang war der eines Menschen, der sich nicht sicher war, wie er sich verhalten sollte. Nervös. Ängstlich. Unsicher.

Ich legte die Sonnenbrille ab, setzte mein triumphierendstes Lächeln auf und sah ihn provozierend an. Die anderen Schatten zogen sich vor ihm zurück. Ich achtete nicht auf sie. Konzentrierte mich nur auf das Vor und Zurück von Marcs Jungschwanz.

Marc gab alles. Sein Gesicht verzerrte sich. Schweißtropfen perlten von seiner Stirn.

Ich gehörte ganz ihm und vergewisserte mich, dass uns der Mann mit dem Fernglas beobachtete. Und dann ließ ich den vaginalen Orgasmus zu. Ich schrie. Noch lauter als vorher. Die Schockwelle des Höhepunkts erfasste mich wie Eiswasser. Ich spürte das Zittern in den Zehen und unter der Kopfhaut. Es raubte mir den Atem.

»Ja«, knurrte Marc erstickt und presste die Zähne zusammen. Sein Penis fuhr ein letztes Mal die volle Länge in mich ein und verharrte dort. Sein Rücken war gespannt wie eine Stahlfeder. Jeder Muskel seiner starken Arme trat hervor. Und sein Unterleib drückte gegen mich wie ein Schraubstock. Mein Orgasmus hielt noch immer an.

Marc explodierte. Er spritzte nicht einfach ab, sondern schleuderte sieben, acht Mal sein Sperma in mich.

»Gott, hab Erbarmen!« Marcs Arme entspannten sich. »Du fickst so verdammt geil!«

Sein Atem klang wie ein Keuchen. Seine Worte drangen tief aus den Stimmbändern, so tief, dass sie dort fast keinen Platz mehr fanden.

Ich sah dem Mann mit dem Feldstecher in die Augen. Pure Lust loderte in ihnen. Seine Hose wölbte sich im Schritt verdächtig nach vorn. Ich hatte gewusst, dass ihm das gefiel. Schließlich kannte ich meinen quengelnden Quentin.

Marc stützte sich seitlich ab.

»Was ist?« Er fand nur langsam den Atem zurück.

»Wir werden beobachtet.« Ich ließ Quentin nicht aus den Augen.

Marc sah auf. Quentin starrte ihn mit offenem Mund an. Betrachtete ungläubig Marcs halbsteifen Jungschwanz – die milchigen Samentropfen, die sich von der Spitze lösten. Ihre Blicke kreuzten sich.

»Na, du perverser Spanner!?« Marc schnellte hoch.

Quentin lief in Richtung Ufer davon.

»Komm zurück, du perverse Sau!«, rief Marc ihm nach. Sein Halbsteifer schwang hin und her.

»Lass gut sein, Marc.« Ich gluckste und griff nach dem Kuvert, das Quentin fallen gelassen hatte. Ich blätterte die Scheine kurz durch. Tausendachthundert Dollar. Doppelter Tribut.

»Wer war der Kerl?« Marc drehte sich zu mir um. Sein Blick fiel auf das Geld. »Das müssen zwei Riesen sein«, flüsterte er.

»Fast. Nicht schlecht, oder? Nur dafür, sich beim Ficken beobachten zu lassen ...« Ich zählte sechshundert runter und reichte sie ihm auf Bodenhöhe. »Dein Anteil.«

»Mein Anteil?« Er wollte danach greifen.

»Ich hätte einen Vorschlag, wie du das Geld anlegen könntest, Tiger.«

»Wie?«

»Schreib dich wieder in der Flugschule ein.«

»Nein!« Er zuckte vor meiner Hand zurück, als wäre sie eine Klapperschlange. »Behalt das verdammte Geld.«

»Ich heb's für dich auf. Für den Tag, an dem du es dir anders überlegst.«

»Das wird niemals passieren, Denise. Und ich versteh nicht, warum du immer wieder damit anfängst.«

Ich seufzte und packte das Kuvert samt Inhalt in meine Tasche. Es musste niemand sehen, was wir da hatten. Anschließend griff ich nach Marcs halb schlaffem Schwanz und knetete ihn.

»Ja!« Marc lächelte gierig. Er kniete vor mir. »Du bist so geil! Aber so schnell kann ich nicht wieder.«

Das machte nichts. Quentin hatte für volle drei Stunden bezahlt. Also sollte er auch drei Stunden lang eine Show geboten bekommen. Wahrscheinlich hockte er irgendwo zwischen den Büschen, starrte konzentriert durch sein Fernglas und ließ seine geschlossene Faust auf seinem besten Stück auf und niederfahren.

Ich drückte Marc auf die Decke und legte mich zwischen seinen Schenkeln auf den Bauch. Verspielt winkelte ich die Beine an und ließ die Fersen abwechselnd auf meine Pobacken klatschen. »Lass mich nur machen, Tiger!«, schnurrte ich und lutschte seinen kleinen Jungen wieder stramm. Reste seines Samens drangen in meinen Mund.

Schritte.

»Ihr seid ja eine heiße Nummer. Kann ich mitmachen?« Ein Typ Mitte fünfzig mit »Clark Gable«-Bärtchen schlenderte heran. Marc setzte an zu protestieren.

»Vielleicht das nächste Mal«, sagte ich mit einem Lächeln und leckte weiter an Marcs Penis, der sich zwischen meinen

Fingern in ein Prachtstück verwandelte. Ich sagte das mit einem Lächeln, obwohl sonnenklar war, dass es kein nächstes Mal geben würde. Nicht hier. Nicht für den Mittfünfziger – »Clark Gable«-Bärtchen hin oder her.

Es war übrigens derselbe Strand, an dem Mel in jenem Sommer Herbie beim Fremdgehen erwischen sollte, als er von einer Frau in Lederhighheels in Sachen BDSM »erzogen« wurde. Von da an war sie nie mehr dieselbe.

Los, Boy's! - November 2006

Die »Süßes-oder-Saures«-Tour durch die Nachbarschaft zu Halloween hatte meinem Sohn eine Menge neuer Freunde beschert – denn welche Mom außer mir fand schon Bellatrix Lestrange cool? Bellatrix war nicht missverstanden – sie war wirklich abgrundtief böse. Und durchgeknallt. Und auf jeden Fall viel, viel cooler als der edle Harry, der brave Ron und die vorlaute Hermine zusammen ...

***

Zwei Wochen später, zehn Tage vor Thanksgiving, fuhr ich mit dem Wagen nach Astoria, um einer Verabredung mit Reverend O'Malley nachzukommen. Ich erinnere mich noch gut daran, dass an allen Eingangstüren der Häuser herbstliche Dekorationen hingen.

Beim guten Reverend stand diesmal nicht die übliche »Beichte« auf dem Programm, sondern etwas viel Größeres. Er hatte etwas von einer vorgezogenen Erntedankmesse am Strand erzählt, aber mit dem, was ich sehen sollte, hatte ich nicht gerechnet.

Die engen Straßen im Zentrum der Stadt waren vollgeparkt. Die Autokennzeichen ließen vermuten, dass ganz Oregon und Washington hierher gepilgert waren. Auch einige Wagen aus Nordkalifornien befanden sich inmitten der Blechlawine.

Am Hügel, oberhalb des Sandstrands, hatten sie ein fünf Meter hohes Kreuz errichtet. Dorthin wälzten sich in einer endlosen Prozession die Menschenmassen den Pfad hinauf.

Ich blieb auf einem Feldweg stehen und betrachtete das Treiben. Der raue Novemberwind blies mir salzige Meeresluft ins Gesicht. Der guten Laune derjenigen, die sich um das Kreuz versammelten, taten die frischen Temperaturen jedoch keinen Abbruch.

Mit meinen High Heels konnte ich unmöglich an der Prozession teilnehmen. Keine zehn Meter hätte ich es auf dem unwegsamen Pfad geschafft. Doch das musste ich gar nicht. Mein Reverend O'Malley kam mir breit grinsend aus der Menschenmenge entgegen.

»Hast du leicht hergefunden?« Er küsste mich auf die Wange.

»Die göttlichen Zeichen waren nicht zu übersehen«, scherzte ich und folgte ihm zu seinem Wagen. »Und was haben wir heute genau vor?«

»Ich möchte dich ein paar Freunden vorstellen.«

Ich war gespannt. Wir fuhren zwischen den Hunderten parkender Autos in den Ort zurück, vorbei am Rathaus, zu einer netten kleinen Pension mit geräumigen Zimmern ein paar Straßen weiter. Ich kannte die Pension. Ich war mit Ron einige Male hier gewesen. Hier servierten sie die besten Pancakes der ganzen Welt.

Reverend O'Malley erledigte mit mir die Formalitäten. Seine »Freunde« wollten ohne Gummi in mir abspritzen. Und sie bezahlten das Doppelte. Meine Diskretion war ihnen den Preis wert. Ich verlangte fünftausend Dollar. Dafür, dass ich den Mund darüber hielt, was in dieser Nacht passieren würde.

Im ersten Stock betraten wir einen abgedunkelten Raum, in dem vier Männer auf uns warteten. Anfangs konnte ich nur ihre Schatten erkennen.

Anerkennende Pfiffe schrillten durch das Zimmer.

»Habe ich euch zu viel versprochen?!« Reverend O'Malley grinste selbstzufrieden. »Das ist unsere neue Pfarrhaushälterin – auf Probe!«

»Eine geile Pfarrhaushälterin habt ihr da in der ›Mother Therese‹«, schwärmte jemand.

»Ja, die Wege des Herrn sind unergründlich«, kam es aus einer anderen Ecke.

»Gepriesen sei der Herr!«

»Sechsamkeit liebt Sexsamkeit. Halleluja!!!« Es folgte ein dreckiges Lachen.

Was war das hier? Das Absolvententreffen einer Theologen-Verbindung?

Der Älteste, ich schätzte ihn auf Anfang bis Mitte sechzig, streifte meinen Herbstmantel herunter. Darunter trug ich nichts bis auf einen hauchdünnen Slip Ouvert und halterlose Strümpfe. Meine Brüste schwangen frei. Er knetete sie.

»Das sind Grapefruits«, lobte er. »Los, Boys!«

Erst jetzt erkannte ich, dass alle bis auf Reverend O'Malley nackt waren. Die meisten hatten bereits eine Hand um ihre stark erigierten Schwänze gelegt.

»Knie nieder und empfange die Kommunion!«

Meine Knie hatten kaum den Boden berührt, da stopfte mir der Alte auch schon seinen großen Penis in den Mund. Meine Hände schlossen sich um zwei weitere. Reverend O'Malley, nun ebenso nackt wie die anderen, strich mir durchs Haar.

»Ja, du bist heiß«, flüsterte er mir ins Ohr.

Die Männer hatten an diesem Spiel nicht zum ersten Mal teilgenommen. Das sah ich daran, dass sie wussten, was sie taten. An ihrer Selbstsicherheit. Einer von ihnen wirkte etwa gleich alt wie ich. Die anderen waren bedeutend älter. Mitte fünfzig.

Der Alte stöhnte genussvoll. »Ihr seid dran, Boys!«

Schon hatte ich zwei Schwänze im Mund. Gleichzeitig. Die Penisspitzen berührten sich und wetteiferten um die Aufmerksamkeit meiner Zunge – Ménage à trois der etwas anderen Art. Das hatte ich auch noch nie gemacht. Ich spürte eine Hand auf meinem Schoß. Reverend O'Malley. Ich war feucht – verdammt feucht. Diese fünf Männer wollten mich. Das tat meinem Selbstbewusstsein verflucht gut.

Reverend O'Malley streichelte mich weiter. Drang zärtlich in meine Spalte. Spielte mit meinen Schamlippen. Sein Daumen arbeitete sich über den Damm nach hinten. Ich verschluckte mich an den beiden Schwänzen in meinem Mund.

»Nein«, signalisierte ich ihm mit den Augen. Kein Griechisch. So sehr es ihn auch danach verlangte.

»Los, Boys. Legt sie rüber auf das Bett!«

Die Männer hoben mich hoch. Mit weit gespreizten Beinen. Ich hörte, wie mein Slip zerriss. Der Alte nahm die beiden Stofffetzen und roch an ihnen.

»Ja!« Er musterte mich lüstern. »Sie wird sich gut als Haushälterin machen.«

»Den ersetzt du mir.« Ich nickte bestimmt. Der Slip war nicht billig gewesen.

»Es kann dir nichts passieren, mein Kind,« überging der Alte meinen Zwischenruf, packte mich an den Fesseln und spreizte meine Beine noch weiter. Ich fand keine Worte, zu beschreiben, wie sehr ich es liebte, hart genommen zu werden. Von Männern benutzt zu werden. Mich wehrlos zu fühlen, wenn sie mich an Armen und Beinen festhielten, damit der Fünfte mich vögeln konnte.

»Fickt mich! Fickt mich hart, hört ihr!« Ich wand mich in den Armen der Männer. Ich stöhnte laut. Nach diesem Schwanz würden noch vier andere in meine Spalte eindringen und mich ficken.

»Seht ihr, Boys, wie sie abgeht? Eine Naturhure!«

Ich wertete das als Kompliment, auch wenn es nicht unbedingt danach klang.

»Ja, ihr verdammten Schwänze! Gangbangt mich!«

Schweiß tropfte von der Stirn des Alten. Er gab alles. Und dann endlich ... Er packte mich fast brutal an den Hüften und rammte sein Ding in mich. Ich spürte nicht wirklich, wie er sich in mich ergoss. Nur seine Finger auf meiner Haut. Sein Blick funkelte gefährlich.

»Eine gute Hure!« Er spuckte mir auf die Brüste. Ich konnte es kühl über meine Titten fließen spüren. Bei mir setzte es aus. Mein Schoß explodierte vor Erregung.

»Los, Boys, fickt die Hure!«

Der Jüngste der Männer drang in mich ein. Die anderen hielten mich fest. Ich stieß meinen Unterleib gegen ihn. Ich kam. Ich kam heftig. Und mit mir der junge Mann. Er war nicht zufrieden, schon nach wenigen Stößen gekommen zu sein und spuckte mir auf den Hals. Ich fühlte Abscheu. Beinahe Wut. Verzweiflung. Und doch machte es mich noch geiler.

»Habt ihr nicht gehört, Boys?«, rief ich. Der Samen der Männer lief mir aus der Scheide. »Ihr sollt mich ficken! Oder wollt ihr wieder wie Bubis die Schulbank drücken, wo ihr euch gegenseitig die Schniedel streicheln könnt?«

Das ließ sich der eine Mittfünfziger nicht zweimal sagen. »Haltet die beschissene Hure. Haltet sie!« Er krallte seine Finger in meinen Po und vögelte mich um meinen Verstand. Es klatschte. Mehrmals. Meine Pobacken brannten. Der Schmerz hatte etwas Befreiendes. Etwas Erlösendes.

Der Mann kam mit einem erstickten Hecheln. Schub für Schub konnte ich seinen Samen in mir spüren. Er rann kühl über meinen Damm in die Pofalte. Ich sah hoch. Wer war als Nächstes dran?

»Los schafft sie ins Bad«, ordnete der dritte ältere Herr mit dunkler, tiefer Stimme an. »Ich habe was anderes mit der verdammten Hure vor.«

Die Männer trugen mich ins Badezimmer und setzen mich auf den nasskalten Boden der Dusche. Ich war dankbar für die Abkühlung. Die Erektion des zweiten Mittfünfzigers war Geschichte. Ich setzte mich auf, um ihm einen zu blasen. Doch er hielt mich zurück.

Er zielte mit seinem beschnittenen Pimmel auf meine Brüste. Was hatte er vor?

»Haltet ihre Beine! Haltet die Hure fest!«, befahl er. Er ließ seine Faust auf seinem schlaffen Pimmel vor und zurückgleiten. Wollte er auf meine Brüste abspritzen?

Die Finger der Männer schlossen sich um meine Fußknöchel. Sie spreizten meine Beine weit, sodass meine vor Lust geschwollene, rote Muschi sie anstarrte wie ein zweiter Mund. Ein unversiegbarer Strom an Samentröpfchen suchte seinen Weg in die neu gewonnene Freiheit. Der Mittfünfziger fing das Sperma auf und rieb es prüfend zwischen den Fingerspitzen. Seine andere Hand spielte mit meinen nassen Schamlippen. Er zog meine Spalte auseinander und musterte mein Innerstes. Dieser Blick gab mir noch mehr das Gefühl von Wehrlosigkeit. Hilfslosigkeit. Ich war ausgeliefert. Ich wollte von diesen Männern nur noch genommen werden. Hart benutzt.

Er steckte einen Finger in meine heiße, gefickte Muschi und ließ ihn vor und zurück gleiten. Ich staunte, wie gut er das machte. Von meinem Mösensaft und dem Samen der Männer ordentlich feucht, nahm meine Pussy auch einen zweiten und dritten Finger problemlos in sich auf. Ich fühlte, dass er auch noch einen vierten Finger in mich hineinstecken wollte. Ich war bereit. Mehr als das. Ich sah dem Mann in die Augen. Er dehnte meine Spalte. Streckte sie. Immer tiefer steckte er seine Finger in mich hinein. Atemlos warf ich einen Blick nach unten. Seine halbe Faust glitt in mich hinein. Der Alte – »Los Boys!« – unterstützte ihn und rubbelte gierig über meine Klitoris. Das alles machte mich so an, dass ich vor Lust zersprang. Ich wand mich schwitzend und keuchend und wurde von einem unheimlich heftigen Orgasmus erfasst. Ich rief etwas. Abgehackt. Meine Schenkel zuckten unter der Kraftanstrengung. Meine Zehenspitzen rollten sich ein. Meine Augen verdrehten sich nach oben. Die Männer hatten Mühe, mich zu bändigen. Sie lachten anzüglich und stießen sich mit den Ellenbogen in die Seite.

»Los, leck sie sauber, du Hure!«

Ich blinzelte. Verschwommen nahm ich den Mittfünfziger wahr. Er hielt mir seine samennassen Finger vor den Mund.

»Los, leck den Samen von seinen Fingern«, forderte auch der Alte.

»Los! Los!«, rief der Mittfünfziger. »Los! Los!«, stimmten die anderen mit ein.

Ich gehorchte und leckte den Samen der drei Männer auf. Nichts davon schluckte ich runter, doch es machte mich geil, die willenlose Sklavin zu sein.

Und dem Mittfünfziger offenbar auch. Er schüttelte röchelnd seinen halbsteifen Schwanz. Ein milchig, silbriger Strahl löste sich von der Spitze seiner Eichel und traf mich auf das Brustbein. Einzelne farblose Tropfen spritzten mir ins Gesicht. Der anregend männlich herbe Geruch stieg mir in die Nase. Doch er war noch lange nicht fertig. Er spritzte noch immer ab. Ein Vielspritzer. Der silberne Saft tropfte heiß auf meine Brüste und meinen Bauch, traf meine teilrasierte Scham, wo er Tropfen für Tropfen meine inneren und äußeren Schamlippen benetzte. Quentin geisterte mit einem Mal durch meine Gedanken. Ob ihm unsere Szene gefallen hätte? Er stand ja mehr auf NS-Spiele ...

»Ob sie anal auch so abgeht?« Der Mittfünfziger warf ein raues, Beifall heischendes Lachen in die Runde und erntete die erhoffte Zustimmung. Seine Fingerspitzen wanderten über meine Schamlippen bis zu meinem Damm.

Ich war mir nicht sicher, ob ich das wollte. Mein Körper sagte Ja. Mit einem dicken »aber« ... Ich kämpfte gegen meine menschlichen Fesseln an. Der Mittfünfziger lächelte amüsiert. Sein spermanasser Daumen tastete nach meiner Rosette. Millimeter für Millimeter arbeitete er sich in mich vor. Ich hechelte. Mein Atem hinderte mich zu protestieren. Ein dunkler Punkt im Labyrinth meiner Erinnerungen drohte, einer Blitzentladung gleich in meinem Bewusstsein aufzuflammen. Ich verlor die Kontrolle. Und brachte kein klares »Nein« über meine Lippen. Hilfe suchend sah ich zu meinem Reverend auf. Flehte ihn an.

»Phil!«, schaltete sich Reverend O'Malley ein. Der Mittfünfziger sah fragend zu ihm hinüber. »Lass sie, Phil!«

»Wieso?« Er fummelte weiter an meiner Rosette herum und spuckte mich an. »Sie ist eine beschissene Hure!«

Mein Reverend presste die Lippen zusammen, nahm den Brausekopf in die Hand und wusch mich gründlich ab. Im Gesicht. Dort, wo die Männer mich angespuckt hatten. An den Stellen, wo noch immer Samenflüssigkeit auf meiner Haut funkelte. Gurgelnd verschwand alles im Abfluss.

»Spielverderber«, schnauzte jemand.

Reverend O'Malley trocknete mich ab und klatschte mir auf den Po. »Rüber zum Bett!« Er grinste lüstern. »Jungs, wäret ihr so freundlich?«

Die Männer hielten mich wieder fest. Reverend O'Malley streichelte mit der Spitze seines schlaffen Schwanzes meine dreimal gefickte Spalte. Ich hätte liebend gern meine Hände benutzt, ihn wieder aufzurichten, doch der eiserne Griff der Männer hielt mich zurück.

Mein guter Reverend ließ seine geschlossene Faust vor- und zurückgleiten, bis er hart genug war, in mich einzudringen. Meine glitschige Möse flutschte. Das meiste an Samen quoll heraus und tropfte auf das Bettlaken.

»Ja, fick sie«, feuerte der Alte meinen Reverend an. »Fick sie! Fick sie!«, stimmten die anderen mit ein. Ich genoss seine Stöße. Gab mich ihnen voll und ganz hin. Mein Reverend war die Belohnung nach den Erniedrigungen der anderen. Ich fühlte mich frei. Ausgeglichen. Gut.

Und ich tat alles, um ebenfalls zu kommen. Ich wollte es.

Im Gesicht meines Reverends arbeitete es. Ich kannte diesen Blick. Es fehlte nicht mehr viel und er würde abspritzen. Sein Unterleib klatschte gegen mich. Hart. Kräftig. Ich spannte den Beckenboden an. Meine Schamlippen umklammerten seinen Schaft. Saugten an ihm. Küssten ihn. Er stieß einen Schrei aus. Und noch einen. Schwall für Schwall konnte ich sein Sperma in mich pumpen spüren. Ich wollte mich nicht zurückhalten. Und das tat ich auch nicht. Ein befreites »Ja« löste sich von meinen Lippen und mein Becken zuckte unkontrolliert. Ich wand mich in meinen menschlichen Fesseln. »Ja! Ja! Ja!«

»Eine geile Hure!«, flüsterte Reverend O'Malley wie von Sinnen.

»Ja!«, grinste der Alte. »Los! Zweite Runde, Boys!«

***

Am nächsten Morgen betrat ich auf wackeligen Knien die große Kirche in Astoria. Fünf Männer hatten mehrmals in mir abgespritzt. Ohne Gummi. Irgendwann würde ich in der Hölle schmoren, wenn ich diesen Weg weiter beschritt.

Die vordersten Reihen waren bis zum letzten Platz mit Gläubigen besetzt und ein unversiegbarer Strom an Menschen folgte mir zur Tür herein. Ich seufzte und setzte mich auf eine der hinteren Sitzbänke.

14. November, 2006 – ein Tag, von dem ich hoffte, dass er schnell vorüber ging. Ich wollte nicht denken. Wollte mich nicht erinnern. Aber ich hätte gern eine Kerze angezündet.

Ich nahm die Sonnenbrille nicht ab, damit niemand die Tränen in meinen Augen sah. Unter meinem grauen Mantel fühlte ich mich nackt. Das war ich auch. Bis auf Strümpfe und High Heels trug ich nichts am Körper. Mir war kalt.

Ich betete nicht oft. Eigentlich nie. Aber für meinen kleinen Sohn wollte ich beten. Er hatte es nicht verdient, dass sich seine Mutter umbrachte – auch wenn wir das verdammte Geld noch so dringend brauchten.

Ich kämpfte vergeblich gegen die Tränen an. Wenn ich mir nichts holte bei diesem Job, dann erwischte mich eben die Finanzbehörde. So oder so, ich war verloren. Die Erlösung, die Ausgeglichenheit, die ich in den Armen von Reverend O'Malleys Freunden erfahren hatte, war mit der Morgendämmerung verschwunden.

»Vater unser, der du bist im Himmel. Vergib uns unsere Schuld ...« Ich flüsterte.

»Es kann euch nichts geschehen, denn Gott ist bei euch!«, ertönte es vom Altar. Ich sah hoch. Konnte es sein?

Im Priestergewand stand dort der Alte, der mir die Beine gespreizt und mich mit seinem Riesengerät durchgevögelt hatte. Reverend O'Malley, der junge Mann und die beiden Mittfünfziger umringten ihn mit gefalteten Händen.

»Entschuldigen Sie«, tuschelte ich. »Wer ist das da vorn?«

Ich erntete einen entrüsteten Blick. »Das ist unser Bischof.«

»*Das* ist der Bischof?«

»Wollen Sie etwa sagen, Sie kennen unseren Erzbischof nicht?«

Kennen? Ich kannte ihn besser, als mir jemals lieb sein konnte. *Los, Boys – zweite Runde!* Ich kannte ihn wahrscheinlich besser, als jedem in dieser Kirche lieb war. Reverend O'Malley, du Schlingel! Ich betrachtete das fromme Gesicht meines Reverends – offenbar spielte es seit letzter Nacht keine Rolle mehr, dass sein Bischof von meiner Existenz wusste.

Ich blickte konzentriert nach vorn. Alle fünf waren sie da in Amt und Würden. Der Diakon, der Generalvikar, der Moderator der Kurie, der Erzbischof und mein braver Reverend O'Malley.

Ich arme, kleine Sünderin stand auf. An diesem Ort würde ich keine Erlösung finden. Nicht innerhalb dieser Mauern. Mein Sohn brauchte mich. Es war Zeit nach Hause zu gehen. Ich verließ die Kirche und hoffte, diesen verdammten 14. November bald hinter mich gebracht zu haben. Für immer.

***

Die Woche vor Thanksgiving war sehr hektisch. Ich stand am Schalter der First Interstate Bank of Oregon und öffnete meine Tasche. Darin stapelten sich dicke Bündel Zwanzig- und Fünfzig-Dollar-Scheine. Mr Murdock, mein Betreuer, hob wenig erfreut die Augenbrauen.

»Es sollten genau fünftausend sein«, murmelte ich leise. Mir war das alles mit einem Mal furchtbar peinlich. Meine Finger zitterten.

»Sie bringen immer so viel Bargeld, Mrs Harris.« Mr Murdock seufzte ungehalten. »Mein Boss möchte Sie sprechen.«

»Ihr Boss?« Mein Herz machte einen Satz. Direkt in die Magengrube. Und trotzdem konnte ich es wild bis unter die Schädeldecke trommeln hören. Jetzt hatten sie mich erwischt. Sie hatten herausgefunden, dass ich unversteuerte Einnahmen auf meinem Kreditkonto deponierte.

»Sie sind mein Betreuer, Mr Murdock«, erwiderte ich fest. »Und ich bin sehr in Eile. Wenn das ein Problem ist, muss ich eine Umschuldung auf eine andere Bank vornehmen lassen.«

»Es wird nur einen Moment dauern. Versprochen, Mrs Harris. Er würde gern einmal mit Ihnen persönlich sprechen.«

Und ein Telefonat mit dem Finanzamt führen. Da war ich mir sicher. Ich folgte Mr Murdock nach hinten, wo die obersten Bankmanager ihre Büros hatten. Kein Normalsterblicher schaffte es hierher – es sei denn, er schleppte einen Aktenkoffer mit einer Million Dollar mit sich rum und wollte eine Einlage tätigen.

Mein Mut sank. Ich schluckte. Wenn ich unser Haus verlor – was blieb mir dann? Titouan war an das Haus gewöhnt. Er wollte nächsten Sommer eine Poolparty feiern – obwohl er nicht genau wusste, was eine Poolparty war.

Mr Murdocks Boss saß mit dem Rücken zu uns hinter seinem Schreibtisch und betrachtete Portland, während er telefonierte. Er winkte mich lässig herein. Ich konnte sein Gesicht nicht sehen. Aber seine Stimme kam mir bekannt vor.

Mr Murdock empfahl sich. Auf dem Namensschildchen stand »Qu. W. Gilroy«. Ich war mir sicher, diesen Namen noch nie gehört zu haben.

Der große Unbekannte beendete das Telefonat und atmete einmal tief durch.

»Bitte schließen Sie die Tür, Mrs Harris.« Mit befehlsgewohnter Stimme wartete er ab, bis ich seiner Aufforderung nachgekommen war. »Wenn wir lügen, dann hat das immer einen Grund. Wir lügen, um uns einen Vorteil zu verschaffen. Manchmal, um Fehler zu vertuschen. Oder um verbotene Handlungen zu verdecken. Wir lügen zum Beispiel, um ein Geheimnis zu bewahren ... Ein Geheimnis ...«, wiederholte er andächtig. »Und welches ist Ihres, Mrs Harris?«

Er drehte sich herum. Mir schwindelte. Ich brauchte ein Glas Wasser. Dieser Mann war Quentin. Mein Sklave Quentin! Der Quentin, der mich beim Sex mit Marc beobachtet hatte.

Der Quentin, der mir vor nicht einmal zwei Wochen in den Schritt gefasst hatte.

»Ich …« Der Schweiß stand mir eiskalt auf der Stirn. Ich würgte. Ich glaubte, keine Luft zu bekommen. »Du???«

Er lächelte zurückhaltend und deutete auf den Stuhl vor seinem Schreibtisch.

»Setzen Sie sich doch, Mrs Harris. Bitte, nehmen Sie Platz.«

Er musterte mich eindringlich. Das war Quentin. Der Mann, der an einem WC-Stein genuckelt hatte. Der Mann, dem ich auf den Kopf gepinkelt hatte. Der Mann, den ich bis über meine kühnsten Vorstellungen hinaus erniedrigt hatte.

Und jetzt saß er mir gegenüber – in einem fünftausend Dollar Geschäftsanzug. Er, einer der Top-Manager meiner Hausbank. Wie passte das zusammen?

»Mr Murdock hat mir mitgeteilt, dass Sie größere Geldbeträge bar einzahlen. Das ist sehr unüblich. Fast schon verdächtig. Aber wenn man die Hintergründe kennt …«

»Hintergründe?«, platzte ich leise heraus.

»Sehen Sie, seit dem 11. September sind wir noch stärker angehalten – nein, verpflichtet – verdächtige Geldtransaktionen zu melden. Wir reden da nicht von der Finanzbehörde sondern vom Heimatschutzministerium.«

Ich schluckte. »Das ist doch wohl ein Scherz, oder?«

»Der Kampf gegen den Terror hat seltsame Blüten getrieben.«

»Bin ich eine Terrorverdächtige? Läuft es darauf hinaus? Wirft man mir vor, Geld für den internationalen Terrorismus zu waschen?«

Quentin lächelte zurückhaltend. »Wir wissen beide, dass das Unsinn ist. Aber es ist mein Job, der Sache auf den Grund zu gehen. Und wenn man die Fakten kennt, erschließt sich einem das Bild.«

»Fakten? Was für Fakten?« Meine Stimme klang etwas zu schrill.

Quentin nickte in Richtung des Folders, der auf seinem Tisch lag. »Wir haben eine Hypothek für ein fast unverkäufliches Haus. Schulgeld, das bezahlt werden muss. Fixkosten … Und einen Ehepartner, dessen Unternehmen in ernsthaften Schwierigkeiten steckt – um es höflich zu formulieren. Und irgendwo muss das Geld für alles ja herkommen. Das Dumme ist nur – wir haben keinen einzigen Lohnscheck. Also woher kommt das Geld?«

Das klang wie Erpressung. Ich wappnete mich gegen das Schlimmste. Die Vorstellung, ihn an einem WC-Stein nuckeln zu sehen, half mir dabei. WC-Stein – Farbe himmelblau.

»Ich muss gestehen«, er kratzte sich geziert an der Wange, »ich glaubte zuerst an etwas anderes. Es gibt keine Zufälle. Niemals. Und wenn eine Frau hier in meiner Filiale erscheint, die gewisse Dinge weiß, fragt man sich natürlich, warum sie ausgerechnet jetzt an diesem Ort auftaucht. Zu dieser Zeit.«

»Ich bin schon ewig Kunde dieser Bank«, protestierte ich. »Also darauf läuft es hinaus. Erpressung. Nur, wer erpresst hier wen?«

»Sagen Sie es mir, Mrs Harris.«

»Diskretion ist unser oberstes Prinzip. Wir wollen unsere Kunden behalten.«

»Natürlich«, erwiderte Quentin knapp. Fast erleichtert. Er lächelte plötzlich. »Nichts anderes hatte ich erwartet. Aber um Fragen von übereifrigen Mitarbeitern wie Mr Murdock vorzubeugen, sollten wir gewisse Vorkehrungen treffen. Wie zum Beispiel die Eröffnung eines Kontos, auf das wir tageweise kleine Beträge einzahlen können, die nicht die Aufmerksamkeit einer Behörde erregen und von dem aus bequem Kreditraten per Dauerauftrag überwiesen werden können.«

Es dauerte einige Sekunden, bis ich den Sinn seiner Worte halbwegs erfasst hatte. »Ich soll ein zusätzliches Konto eröffnen?«

»Das sollten Sie. Und zwar nicht nur bei uns, sondern auch bei Ihrer Zweit- und Drittbank. Solange alles im Rahmen bleibt, weckt man auch keine schlafenden Hunde.«

Mir fiel ein Stein vom Herzen. »Warum tun Sie das für mich, Mr. Gilroy?«

Er schmunzelte. »Diskretion ist unser oberstes Prinzip. Wir wollen unsere Kunden behalten. Oder unsere Herrinnen.« Er zwinkerte.

Ich errötete. All die Bilder schossen mir durch den Kopf. Goldene Urintröpfchen. Peitschenhiebe. Leder. Die Absätze von High Heels auf prallen Hoden. Und jetzt saß er mir gegenüber und beschwor mich, ein Konto zu eröffnen.

»Sie werden verstehen …« Ich zögerte. Viel zu lange. »Mr Gilroy, Sie werden verstehen, dass ich Sie unter diesen Umständen nicht wiedersehen kann.«

»Das ist aber schade.« Er lächelte verschmitzt. »Ich habe unsere Zusammenkünfte genossen.«

Ich senkte den Blick und starrte auf meine Schuhe.

»Warum, Quentin? Erkläre es mir! Ich verstehe es nicht.«

»Was meinst du?«

»Warum der ganze Schmerz?«

»Warum ich SMler bin?« Er zuckte mit den Schultern. »Ich glaube hauptsächlich wegen meines Jobs und wegen meiner Frau. Ich trage viel Verantwortung und bin sehr oft gezwungen, jemanden zu feuern. Vielleicht suche ich Absolution. Oder …« Er warf einen grimmigen Blick zum Fenster hinaus.

»Deine Frau?«, bohrte ich vorsichtig nach.

Er betrachtete mich, wie ein Mann, dem der Sinn nach einem guten Wein stand und nicht nach Natursektspielen. »Bevor sie sich von mir scheiden ließ, betrog sie mich mit jedem Mann, der fünf Jahre jünger war als ich. Es verletzte mich, wenn sie mir davon erzählte. Wenn sie mir erzählte, dass diese Männer sie befriedigt hätten, wie ich es nie vermocht hatte. Wenn sie mir von den Megaschwänzen erzählte. Den XXL-Dingern, die in jedes ihrer Löcher gedrungen waren. Und das Kranke war – es erregte mich. Schmerz und Erregung – zwei widersprüchliche Gefühle. Ich denke, ich versuchte mit diesem Widerspruch klarzukommen, wenn ich den Gefühlskonflikt von damals ...«, er suchte nach dem richtigen Wort, »... nachspiele.«

Er schwieg. Ich wusste nichts darauf zu sagen. Ich hatte vergessen, dass hinter jedem Kunden auch ein Mensch steckte. Ein Mensch, der in seinem Innersten liebenswert war und sehr verwundbar. Verwundbar wie ich. Verwundbar wie wir alle.

»Wie ist das bei dir, Denise? Darf ich Denise sagen?«

Ich nickte. »Was meinst du?«

»Welcher Schmerz ist es bei dir?« Er wartete meine Reaktion ab.

»Schmerz?«, fragte ich verständnislos. »Welcher Schmerz?«

»Ich habe die Abdrücke auf deinem Gesäß gesehen, Denise. Einer deiner Kunden hat dich nach Strich und Faden verprügelt. Ich dachte zuerst an einen Zuhälter, aber du bist zu stark. Zu stark, um dich einem Mann bedingungslos unterzuordnen.«

Ich hielt mich am Nasenbein fest und spürte plötzlich Tränen in den Augen.

»Ich weiß es nicht. Ich ... Ich weiß es nicht. Schmerz verursacht keine Lust bei mir. Es ist einfach so, als ob ... als ob ...«

»Als ob ein anderer Schmerz dadurch geringer wird?«, half er mir weiter. »Ein Schmerz, der ansonsten keine Linderung erfahren würde?«

»Genau«, nickte ich und heulte plötzlich Rotz und Wasser. Quentin reichte mir hilfsbereit ein Kleenex. »Woher weißt du das?«, fragte ich.

Er lächelte traurig und starrte ins Leere. An das andere Ende seines Lebens, das nicht in diesen Geschäftsanzug passte. Nicht in dieses Büro. Nicht in eine Welt harter Entscheidungen.

»Woher weiß ich das ... Dein und mein Schmerz mögen grundverschieden sein, Denise. Sie mögen auch andere Ursachen haben – aber sie haben eines gemeinsam: Sie nagen beide an unseren Seelen.«

***

Die Luft in der »Mother Therese«-Kirche war zu kühl. Mich fror. Daran änderte auch meine Jacke nichts. Vor dem Altar beteten nicht viele Menschen. Heute wollten nur wenige beichten. So wie ich.

Mein Handy blinkte. Die Vergangenheit holte unerbittlich nach mir aus. Mit SMS im Sekundentakt. Arnaud. Ich schaltete das Handy ab.

»Bitte um Vergebung und es werde dir vergeben ...«

Reverend O'Malley versteifte sich. Er hatte meine Stimme erkannt, das fühlte ich. Er erkannte auch die Umrisse meines Gesichtes durch das Gitter hindurch. Und diesmal waren wir nicht verabredet.

»Meine letzte Beichte war ... Ich glaube, ich hatte noch nie eine richtige Beichte.« Ich war keine Christin. War nie eine gewesen. Dafür verstieß ich gegen zu viele Gebote. Ich log. Ich stahl. Ich begehrte die Partner von anderen Frauen und Männern. Und dann war da noch das Blut an meinen Händen. Der Geruch des Todes, der mir anhaftete. Und so sehr ich auch mir selbst gegenüber beteuerte, jung und unerfahren gewesen zu sein, so sehr wusste ich auch, dass mir meine Taten für immer meine Unschuld genommen hatten. Und dass ich ein Leben lang für sie bezahlen würde.

»Vielleicht sollte ich gehen. Die Liste meiner Sünden ist ... ist ... Ich könnte ein Buch damit füllen. So viel Zeit haben Sie nicht, Reverend.« Ich öffnete die Tür zum Beichtstuhl.

»Bleib, Danielle.«

Ich zögerte. Lachte leise. »So heiße ich nicht einmal ...«

»Das macht nichts. Gott hört dir trotzdem zu.«

»Gott, der Allmächtige ...«, flüsterte ich. Ich wusste nichts weiter darauf zu sagen. Dieses eine Wort – Gott – bedeutete alles. Oder nichts. Ich war verdammt. Selbstmord, ich hatte Selbstmord begehen wollen. Eine Todsünde. Mit wie vielen Männern hatte ich geschlafen? Dreihundert? Sollte ich sie aufzählen, um hier und jetzt meine Sündhaftigkeit zu gestehen? Oder sollte ich über das sprechen, was ich als Teenager getan hatte?

Die Schwere meiner Handlungen war mir erst später bewusst geworden. Viele Jahre später an einem Freitag, dem 14. November. Ich konnte nicht zurückschauen, ohne mich ... Es war, als würde ich erblinden. Ersticken.

Ich redete. Sagte, was mir gerade einfiel. Zusammenhangsloses Zeug. Meinen Namen. Den echten. Ich sprach über das Blut an meinen Fingern. Ich erzählte ihm von dem Baby.

»Kann ich denn jemals Vergebung finden?« Ich wollte nur noch fort. Schlafen. Sterben ...

»Die Vergebung, die du suchst, kannst du nur in dir selbst finden. Ich kann die Absolutionsworte zwar sprechen, aber ohne dich bleiben es nur Worte. Leere Worte, die nichts bedeuten.«

»Es ist eine Welt voller Lügen.« Ich unterdrückte das Kratzen in meinem Hals. Hielt die Tränen zurück. »Lügen. Lügen. Lügen ... Gott kann mir nicht vergeben. Wenn es einen Gott gibt, dann darf er es nicht.«

»Gott vergibt denen, die rechtschaffen nach Vergebung trachten. Sie wirklich in der Tiefe ihres Herzens suchen. Vergebung ist keine Trophäe, kein Preis, keine Examensnote.«

Ich lachte auf. Trophäe. Preis. Note.

Wir schwiegen.

»Bete ein Ave Maria, Denise. Eines für jede unserer verlorenen Seelen.«

Und das tat ich. Ich betete. Zum ersten Mal in meinem Leben betete ich wirklich. Unzählige Ave Marias. Es gab in meinem Leben sehr viele verlorene Seelen. Und sie alle verdienten es, gerettet zu werden.

***

Am nächsten Tag fasste ich einen Entschluss. Ich wollte Marc helfen. Ich musste. Das war ich ihm schuldig. Vielleicht schaffte ja er, was ich selbst nicht fertigbringen konnte. Ich wünschte es mir so sehr für ihn.

Wenn ich an ihn dachte, kam ich mir wenigstens nicht wie eine leere, kraftlose Hülle vor. Wo war meine Stärke hin? Meine Toughness, auf die ich immer so stolz gewesen war?

Mit dem 14. November 2003 schien sie einfach verschwunden zu sein. Verbraucht. Meine Hände zitterten. Drei Jahre lang hatte ich mich hinter einer Maske versteckt. Hatte mit Sex meinen Schmerz betäubt. Doch das gelang mir nicht länger.

Marc. All meine Hoffnungen setzte ich jetzt auf ihn. Trotz meiner angespannten finanziellen Situation. Und wenn es bedeutete, ihm seine Flugstunden zu bezahlen, dann wollte ich das gern tun. Auch wenn ich nicht die geringste Ahnung hatte, woher ich das Geld dafür nehmen sollte.

Aber ich konnte ihm auf eine andere Weise helfen. Auf eine Weise, die nicht einmal eine Gallone Benzin kostete. Ich setzte mich in meinen Wagen, fuhr nach Hillsboro und betrat die Flugschule, in der Marc eingeschrieben gewesen war. Ich hoffte, dort jemanden zu treffen, den ich bis dahin nur einmal gesehen hatte. Und ich wurde nicht enttäuscht.

Sie arbeitete wie eine emsige kleine Biene im *Dispatch* – eine nette wasserstoffblonde Person mit breitem Lächeln. Der matte Glanz ihrer Augen veränderte sich für einen kaum messbaren Augenblick. Sie erkannte mich.

»Ja, bitte?«

Ich atmete einmal kräftig durch. In Lories Gegenwart war mir nicht nach Small Talk. Ich wusste von der ersten Sekunde, in der ich sie gesehen hatte, dass sie eine Schwäche für Marc hatte.

»Moment, ich kenne Sie«, murmelte sie hastig. »Sind Sie nicht eine Bekannte von Marc?«

Bekannte. Ich nickte. Bekannte klang viel besser als das, was mir dazu einfiel.

»Wir müssen etwas für Marc tun, Lorie«, erwiderte ich. »Und ich möchte, dass Sie mir dabei helfen.«

Sie sah mich lange an und ihr Blick sagte alles, was wir uns bisher nicht gesagt hatten. Es war derselbe Blick, den sie mir bei unserer ersten Begegnung zugeworfen hatte. Aber dann wiederum – das Leben war zu kurz, um es mit sinnlosen Rivalitäten zu vergeuden.

»Sie mögen Marc wirklich, nicht?«, fragte sie.

Ich nickte.

»Vögeln Sie ihn?«

»Nein.«

Meine Erwiderung kam zu schnell. Ich schaute mich langsam um. Wie gut, dass niemand außer uns anwesend war. Doch ihr schien es in diesem Moment gleichgültig zu sein. Sie zog traurig eine Schnute.

»Sie lügen verdammt schlecht.« Sie lächelte verloren und sah zur Seite. »Aber egal ...«, sie straffte ihre Schultern und sah mir mutig in die Augen. »Auch ich will ihm helfen. Seit dem Flugunfall ist er so anders. Sie hätten ihn mal sehen sollen. Vorher. Er war stark wie ein Adler.« Ihre Augen leuchteten.

»Sie lieben ihn, nicht wahr?« Gerührt schluckte ich einen Kloß im Hals hinunter.

»Nein«, flüsterte sie tapfer.

»Jetzt lügen Sie verdammt schlecht, Lorie.«

Sie wagte ein schwaches Lächeln. »Ist es so offensichtlich?«

***

Ich schlenderte zu meinem Wagen und schloss die Fahrertür auf. Jemand packte mich. Ich wirbelte herum und prallte gegen die harte Wand des Flughafengebäudes. Benommen sah ich hoch.

Hallo Chérie.

Arnaud!

Himmel, sah er alt aus! Uralt. In die Jahre gekommen. Grau. Hass und Abscheu – von all den Empfindungen, die ich jemals für ihn gehegt hatte, waren nur jene zwei geblieben. Mir war, als würde ich wieder mit quietschenden Reifen am Straßenrand anhalten.

»Was zum Teufel tust du hier?«, fragte ich auf Französisch. Meine Stimme verlor sich im Knattern einmotoriger Sportflugzeuge, die mit aufgeblendeten Landelichtern durch die nasskalten Novembernebel irrten. Es roch beißend nach Jet-A-Treibstoff.

Arnaud drückte mich gegen die Mauer. Ich spürte sein hartes Glied durch seine Hose und meinen Rock hindurch.

»Über hundert SMS habe ich dir geschrieben, du miese kleine Schlampe. Ich will das beschissene Video!« Auf Éliane brauchte er schon lange keine Rücksicht mehr zu nehmen. Sie waren seit Ewigkeiten geschieden.

»Was ist mit Rons Firmenanteilen?« Ich versuchte, ihm das Knie zwischen die Beine zu rammen, doch ich kam nicht weit.

Es knallte. Er hatte mich geohrfeigt. Ich schrie auf. Meine Handtasche fiel zu Boden. Mit ihr das Pfefferspray.

»Hey Sie!!!« Lorie stand am Eingang zur Schule und schwang drohend den Telefonhörer. »Ich rufe jetzt die Cops! Sie sollten zusehen, dass Sie Land gewinnen, Mister.«

Arnaud stieß einen Fluch aus und flüchtete.

Ich stand noch immer gegen die Wand gelehnt. Atmete schwer. Zitterte. Ich fühlte eine Hand auf meiner Schulter. Lorie.

»Sind Sie verletzt?«, fragte sie. »Was wollte der Kerl von Ihnen? Kommen Sie mit hinein. Ich mache Ihnen einen Kaffee. Und dann rufen wir die Polizei.«

Ich nickte erschöpft und sah Lorie in die Augen. Sie war wunderschön. Ich nahm sie an die Hand und küsste sie.

***

»Ich war vorher noch nie mit einer Frau im Bett«, behauptete Lorie. »Ich hasse dich.«

»Lügnerin«, lachte ich und ließ meine Zunge mit ihrer spielen.

»Ich hasse dich trotzdem«, protestierte sie schwach. Ihr Körper sagte jedoch etwas anderes. In ihren Augen stritten Reue und Begierde um die Oberhand. »Gott, was tue ich hier? Wir sind Rivalinnen. Ich sollte dich hassen. Ich liebe den Mann, mit dem du vögelst.«

Nach der versprochenen Tasse Kaffee hatte eines zum anderen geführt, bis wir nicht mehr die Finger voneinander hatten lassen können und zu ihrer Wohnung gefahren waren. Nach einer gemeinsamen Dusche – einer sehr heißen Dusche – landeten wir im Bett. Das war auch mir noch nie passiert. Nicht mit einer mir vorher unbekannten Frau.

Ich strich über ihren Bauch und küsste ihre niedlichen, runden Brüste. Ihre Nippel erinnerten mich an überreife Walderdbeeren auf Kirschcreme-Eis. Sie wand sich zuckend, während ich mich langsam mit Lippen und Zunge zu ihrem Nabel vorarbeitete.

»Das kitzelt«, kicherte sie. Ihre Haut und ihre Muskeln fühlten sich unglaublich weich und zart an. Nicht so fest und sehnig wie bei mir. Das war der Nachteil, wenn man dreimal die Woche trainierte. Man büßte unweigerlich an Sanftheit ein. Dafür sah man fantastisch aus. Lorie musste sich jedoch nicht beklagen. Den täglichen Bürojob merkte man ihr fast nicht an.

Meine Zunge schlängelte sich bis zum dunkelblonden Ansatz ihrer Scham hinunter. Eine hübsche Farbe, entschied ich. Hübscher als das unnatürliche Wasserstoffblond ihrer Haare. Hübscher als das Rabenschwarz, das ich für meine Rolle gewählt hatte.

Lorie stöhnte. Meine Zungenspitze flirtete mit ihren Schamlippen. Sie waren intimgepierct. Eigentlich mochte ich das nicht, aber zu Lorie passte es.

Ich ließ mir Zeit, ihre empfindsamste Stelle zu streicheln. Sie schmeckte vollmundig wie Nektar. Die inneren Schamlippen wirkten so zart – wie die Flügel eines Schmetterlings. Trotz der glatten, kalten Piercings, die sie brutal in Ketten legten.

»Ich hasse dich! Hörst du?« Lories Finger vergruben sich in meinen schwarzen Haarsträhnen. Sie hechelte. Wild schlang sie die Beine um meinen Kopf. Bäumte sich auf. Schrie. Ihre Arme trommelten auf das Bettlaken ein.

»Ich hasse dich«, murmelte sie schließlich und wischte sich die Schweißtröpfchen von der Stirn. Der Orgasmus glühte in ihren Augen nach. Ihre Atemzüge beruhigten sich langsam.

Ich schmiegte mich an sie und spielte mit ihren Kirschcreme-Brüsten. Ich liebte Lorie. Ich liebte sie dafür, dass sie Marc liebte.

»Also …«, begann ich, »wie bringen wir Marc dazu, sich wieder in eine Cessna zu setzen?«

»Mit der Wahrheit?«

Wahrheit? Welcher Wahrheit? Lories Brustwarzen richteten sich wieder auf. Ich holte mein Babyöl-Fläschchen aus meiner

Handtasche und ließ seinen Inhalt großzügig auf ihren Körper träufeln. Diesen Trick hatte mir ein Kunde gezeigt. Großflächig verteilte ich alles auf ihrer Haut. Sie wand sich.

»Mit der Wahrheit kommen wir nicht weit.« Je mehr ich damit anfing, desto mehr zog sich Marc zurück. Ich hatte es so oft probiert. Wenn sie ein Remake von »Top Gun« drehten, konnte ich für den Part von Kelly McGillis vorsprechen.

Lorie genoss meine Finger auf ihrem Körper. Sie schnurrte wie ein Kätzchen. Ihre Haut glänzte sündig nass.

»Mit den sechshundert Dollar können wir gerade mal die Prüfungstaxe für den Berufspilotenschein bezahlen. Das eine Lehrbuch für den Instrumentenflugschein, das er sich schon so lange wünscht ... die eine oder andere Sectional.«

»Sectional?«

»Sectionals sind Flugkarten, die alle sechs Monate erneuert werden.«

»Damit steigt er aber noch immer nicht in ein Cockpit!«

»Nein, wahrscheinlich nicht.« Lorie schloss die Augen. Vertrauensvoll gab sie sich mir hin. Ich erforschte ihre weichen Brüste. Die überreifen Walderdbeer-Nippel. Ihre nassen Schamlippen. Die zum Bersten erregte Klitoris.

»Also, wie bringen wir ihn in eine Maschine? Wir könnten ihn auf einen Rundflug einladen. Rüber zum Mount Hood ...« Nein, er würde in kein Flugzeug steigen. Ich hatte ihn gesehen auf dem Flug nach Chicago. Er war käseweiß im Gesicht geworden.

»Oder ... ja, das könnte funktionieren.« Lorie lächelte triumphierend und stöhnte. »In der Schule haben wir einen Trainingssimulator als Teil der Instrumentenflugausbildung ... Ich müsste nur Mr Owens, meinen Boss, bitten, dass er Marc eine Nachricht schreibt ...« Ihr Stöhnen verschluckte fast ihre Worte. »So was wie: dass er sich für einige Schupperstunden im Simulator qualifiziert hätte wegen vergangener hervorragender Leistungen.«

»Ist das nicht zu plump?« Ich goss das Babyöl über meine Brüste und schmiegte mich an sie. Unsere Körper flutschten. Unsere Brustspitzen berührten sich.

Ihre Hände fanden meine Spalte. Streichelten mich. Ich seufzte unterdrückt.

»Hast du eine bessere Idee?«

Nein, hatte ich nicht. Einen Versuch war es wert. Aber natürlich half das alles nichts, wenn Marc nicht aus tiefstem Herzen fliegen wollte.

»Glaubst du, dass er dann wieder mit dem Fliegen anfängt?« Ich tauchte mit meiner Zunge in ihre Spalte ein. Tief und fest.

»Ja«, flüsterte sie mit einem Lächeln und stöhnte ihren Orgasmus laut heraus. »Wenn er ... mal im Simulator ... sitzt ... Ganz ... sicher!«

Das war endlich einmal eine Sache, für die es wert war zu lügen ...

***

Einige Wochen danach rief Marc an. Er klang sehr aufgeregt wegen der Simulatorstunden, die er »gewonnen« hatte. Und ich hatte den Eindruck, dass er zumindest darüber nachdachte, das Training zu absolvieren.

»Du hast aber nichts damit zu tun, oder Denise?«

»Mit deinen Simulatorflugstunden? Schatz, ich weiß nicht einmal, was ein Simulator ist. Aber ich gebe dir ein Versprechen ab«, ich unterdrückte erfolgreich ein Schluchzen, »wenn du mich brauchst, werde ich immer für dich da sein. Immer.«

Und das war keine Lüge.

»Ich liebe dich, Denise.«

Ich legte auf, bevor ich etwas Unbedachtes darauf erwidern konnte.

***

Nachdem ich bis spät an jenem Abend, an dem wir unseren machiavellistischen Masterplan ausgeheckt hatten, bei Lorie gewesen war – noch immer glaubte ich, Lories samtige, nach Babyöl duftende Haut auf meiner zu spüren – erwachte ich in meinem Bett. Es war drei Uhr morgens. Ein Geräusch. Und da wieder! Jetzt passierte es also! Ich hatte immer damit gerechnet, dass irgendein Freak mir nach Hause folgte. Oder schlimmer. Arnaud. Vielleicht war er hier, um sein Werk vom Nachmittag zu vollenden. Noch immer schmerzte mich das Brennen der Ohrfeige auf meiner Wange. Jetzt bezahlte ich den Preis dafür, eine alleinstehende Frau zu sein.

Ich wagte es nicht, das Licht anzumachen. Stattdessen griff ich verschlafen nach der Neun Millimeter unter dem Kopfkissen und schwang meine langen Beine aus dem Bett. Blind tastete ich auf dem Nachttisch nach meinem Handy und drückte den Einschaltknopf. Es dauerte zehn quälend lange Sekunden, bis sich das Display erhellte.

»Jetzt mach schon!« Warum hatte ich das Mistding überhaupt ausgeschaltet?

Ich hörte wieder ein helles Klirren. Ganz leise. Als wäre ein kleiner Schraubenzieher zu Boden gefallen.

»Mach schon«, quetschte ich zwischen zusammengebissenen Zähnen hervor. Meine Hand verkrampfte sich um den Griff der Pistole.

Auf meinem Handy leuchtete endlich die Pincodeeingabe auf. »PIN-Code:«

9-1-1.

»Falscher Pin«

9-1-1.

»Falscher Pin«

»Himmel!« Ich fluchte unterdrückt. Ich wollte ja gar nicht

den Pin eingeben. Angeblich konnten die heutigen Mobiltelefone ...

Das Scheppern von Metall hallte durch den Flur. Das Handy schlitterte mir aus der Hand. Unter das Bett. Meine Finger suchten im Dunklen nach dem verdammten Ding.

Scheiß aufs Handy, hätte mein Mann gesagt.

Ich zog den Schlitten der Glock zurück und lud die 9x19 Vollmantelpatrone in die Abzugskammer. Es hieß, dass bei einem Einbruch der Griff zur Waffe sinnlos bis gefährlich war – gefährlich für den Hauseigentümer. Er wurde in neun von zehn Fällen vom Einbrecher überwältigt, entwaffnet und mit seiner eigenen Waffe bedroht. Mal sehen, ob diese Statistik auf mich zutraf.

Auf Zehenspitzen schlich ich durch den Flur. Das Herz trommelte gegen meine Rippen. Schützend hielt ich die Pistole vor mich, den Lauf gegen die Decke gerichtet. Ich biss mir nervös auf die Oberlippe. Ich musste zurück zu meinem Handy. Mein Arbeitshandy hatte ich im Wagen liegen lassen. In der Garage. Das Geräusch kam ebenfalls von da. Sie hatten es also auf das Auto abgesehen. Den klapprigen alten Ford? Oder auf Rons Maschine. Die Harley ...

Wie hatten sie es geschafft, den Alarm zu umgehen? Dann wiederum – das Haus war keine uneinnehmbare Festung.

In der Garage brannte Licht. Was für eine Art Einbruch war das? Hatten sie geglaubt, ich wäre nicht zu Hause? Schweiß sammelte sich auf meiner Stirn. Das Pochen meines Herzens schlug mir bis unter die Schädeldecke. Die Kopfhaut spannte. Jedes Nackenhaar sträubte sich. Ich kaute angestrengt auf meiner Oberlippe herum.

Die Tür war angelehnt. Ich hielt den Atem an und riskierte einen Blick. Werkzeug lag über den Garagenboden verstreut. Jemand machte sich tatsächlich an Rons Maschine zu schaffen.

»Verfluchter Mist noch mal!« Ein Mann.

Ich versteckte die Pistole hinter meinem Po und stieß die Tür auf. In der offenen Tür blieb ich stehen.

Der Mann sah zu mir auf.

Ronald.

»Ach du Scheiße! Denise!«

Ich lehnte mich heftig atmend gegen den Türrahmen und holte die Neun-Millimeter hinter der Pobacke hervor. Mein Herz hämmerte noch immer wie wild in meiner Brust. Ich war sauer. Fuchsteufelswild. Mehr als das!

»Jesus, Ron. Was zum Teufel hast du dir dabei gedacht? Kannst du nicht anrufen?«

Ich ließ das Magazin aus dem Griff gleiten und zog den Schlitten zurück. Die Patrone hüpfte aus der Abzugskammer und fiel in meine Hand. Ich legte alles auf den fahrbaren Werkzeugschrank. »Solltest du nicht bei Ellen sein?«

Ich bereute diesen Satz im selben Moment, als ich ihn aussprach.

Ron lächelte matt und betrachtete mich. Ich trug nur das dünne lavendelfarbene Nachthemdchen und dazu passende Spitzen-Pants. Nichts davon bedeckte auch nur annähernd meine Pobacken.

»Ich hätte dich fast erschossen!«

»Ja, das hätte was«, sinnierte er. »Von der eigenen Frau abgeknallt zu werden ... Meine Geldsorgen wäre ich dann los.«

»Tja, Pech gehabt, würde ich sagen.« Er sah verboten gut aus. Gut, wie schon lange nicht mehr. Ob er vorhin mit Ellen geschlafen hatte? Ich biss mir auf die Unterlippe. *Denise, du wirst doch nicht etwa eifersüchtig werden?*

»Unsinn!«, platzte ich heraus und zwang mich, nicht mehr an Ellen zu denken.

Ron sah mich fragend an.

»Unsinn«, wiederholte ich etwas leiser und überlegte fieberhaft, welchen Sinn ich diesem Wort geben konnte. »Wer begleitet Touey dann zum Baseballspiel der Schule?« Ich rang mir ein kleines Lächeln ab. »Ich war schon beim Elternsprechtag. So leicht kommst du uns nicht davon.«

Er erwiderte mein Lächeln und sah zurück auf seine Harley. Es tat mir gut, ihn lächeln zu sehen. Und so sehr es mich auch erregt hätte, von seinen Blicken ausgezogen zu werden, umso respektvoller fand ich es, dass er es nicht tat. Außerdem hatte ich in seinen Augen schon längst gesehen, dass mein Anblick ihn nicht kalt ließ.

»Ron, was tust du hier? Es ist drei Uhr morgens.« In wenigen Stunden erwartete mich wieder ein anstrengender Tag. Ein besonders anstrengender Tag. Ich brauchte meinen Schlaf, sonst würde ich den Tag ohne Koks nicht überstehen. Wenn ich meine Sache gut machte, würde Tom mir endlich die Rolle in Zekes Film verschaffen. Und wenn das klappte und ich meine Geldsorgen los war, dann gab es in meinem Leben keinen Platz mehr für ... für ... Für Ron? Daran wollte ich nicht denken.

»Du kannst nicht einfach reinschneien, wie es dir passt.« Doch konnte er. Und ich hätte ihn gehasst, wenn er eines Tages tatsächlich damit aufgehört hätte. Schön, dass er noch wusste, dass hier sein Zuhause war. Immer.

»Sie wollten mir die Maschine wegnehmen, Denise. Aber daraus wird nichts. Ich lasse sie mir nicht wegnehmen. Vorher versenke ich sie im Willamette.«

»Dann brummen sie dir sicher auch noch eine Strafe wegen Umweltverschmutzung auf.«

»Bei meinem Glück sicher.« Sein Blick blieb an mir haften. Sein Schmunzeln wich wildem Verlangen. »Gott, du siehst so heiß aus, Liebling.«

Eine verräterische Feuchte benetzte meine Schamlippen. Ich

musste mich zusammennehmen, nicht lauthals loszustöhnen. Er hatte mich völlig auf dem falschen Fuß erwischt. Nacht für Nacht hatte ich davon geträumt, dass er endlich nach Hause kam. Ich konnte nicht zulassen, dass er diese Macht über mich besaß. Ich musste morgen arbeiten und hätte es nicht ertragen, in Gedanken bei ihm zu sein.

»Ich habe einen Freund, Ron.«

»Ja, genau!« Er lachte.

Verdammter Mistkerl. Nicht einmal für den Bruchteil einer Sekunde flackerte in seinen Augen Unsicherheit. Warum auch? Jeder andere Mann verblasste, wenn er den Raum betrat.

»Ich meine es ernst. Sein Name ist ... ist Quentin.«

Quentin? Gott, Denise, wenn du schon lügen musst, dann wenigstens mit Stil!

Er wischte mit einem sauberen Tuch über den verchromten Auspufftopf der Maschine.

»Du hast so süß ausgesehen, als du geschlafen hast. Vorhin, meine ich, als ich bei dir im Schlafzimmer vorbeigeschaut habe.« Er sah kurz auf. »Ich brachte es einfach nicht übers Herz, dich zu wecken.«

Ich presste die Lippen zusammen. Wenn ich nicht aufgewacht wäre, hätte ich vielleicht gar nicht mitbekommen, dass er diese Nacht da war.

»Du sprichst noch immer im Schlaf.«

Ich errötete bis in die Haarwurzeln. »Dann weißt du also, dass ich einen Freund habe?«

Er stand auf. Näherte sich mir. Sein Atem streifte meinen Mund. Die Wangen. Meine Wimpern. *Bitte, Liebling, schlaf mit mir!* Ich musste die Augen schließen, um nicht etwas Dummes zu machen. Oder etwas selten Dummes zu sagen wie die Heldinnen dieser billigen Romance Novels, die der Drugstore am unteren Ende der Straße verkaufte. Wie die

Heldinnen in den billigen Romance Novels, die ich für gewöhnlich schrieb.

»Einen Freund?« Er hauchte mir einen Kuss auf die Lippen. Einen zarten Kuss, der mich kaum berührte und trotzdem so viel intensiver war, als alles andere, was ich mir in Erinnerung rufen konnte. »Einen Freund nicht. Aber einen Mann.«

»Einen Mann, der mit einer anderen Frau schläft«, erwiderte ich kläglich und wagte nicht, die Augen zu öffnen. Der Saft lief mir aus der Scheide. Ich wollte mit ihm verschmelzen. Eins werden. Sehen, wie unsere Seelen sich ineinander verflochten. Gemeinsam Besitz von einem einzigen Körper nahmen.

Er sagte nichts darauf, weil wir beide wussten, dass ich recht hatte.

»Das geht so nicht, Ron«, protestierte ich willensschwach und versuchte es noch einmal. »Du kannst nicht einfach so aufkreuzen, wenn dir gerade danach ist.«

Er küsste mich erneut. Wieder war es ein Hauch, der meinen Mund kaum berührte. Das verdächtige Kribbeln erfasste meine Spalte. *Schlaf mit mir*, schrie mein Körper. *Nimm mich. Ich gehöre dir. Ich werde immer dir gehören.*

Es folgte ein dritter Kuss. Ich erwiderte ihn mit einer Heftigkeit, die mir den Atem verschlug. Ich verschlang seine Lippen. Mein Becken prallte vor Sehnsucht gegen ihn. Ich war verloren, wenn er jetzt den Gentleman spielte. Oder schlimmer, mich zurückwies. Ich sah zu ihm auf. Mein Blick verschwamm.

Er packte mich und streifte mir das Nachthemdchen über den Kopf. Meine Brüste stießen gegen sein Hemd. Mit seinen Lippen nahm er Besitz von den empfindsamen Spitzen. Mein Körper streckte sich ihm entgegen. Meine Finger drangen bis zu seiner muskulösen Brust vor, die Fingernägel ritzten seine Haut.

Ratsch! Und meine Hotpants waren Geschichte. Er packte

meine Pobacken und setzte mich auf den Ledersitz seiner Harley. Seine Zunge eroberte meinen Mund. Ich saugte an ihr, bis ich glaubte, sie ihm zu entreißen.

Er drängte sich zwischen meine Beine. Seine schmutzigen Jeans waren schon offen. Achteinhalb Zoll sprangen gegen meinen Bauch. Einundzwanzig Zentimeter pure Männlichkeit – garantiert made in USA.

Meine Spalte lechzte nach ihm. Öffnete sich. Die inneren Schamlippen glänzten benetzt von silbernen Perlen der Lust. Ich wollte diesen Schwanz in mir spüren, der mir unseren wundervollen Sohn geschenkt hatte. Beinahe hatte ich schon vergessen, wie er aussah. Seine Form, die charakteristische leichte Krümmung, diese eine kleine Drehung und die eine Ader an der Seite, die ein wenig hervortrat.

Er drängte meine Beine auseinander und führte den XXL-Lustspender in mich ein. Mit grausamer Geduld bewegte er sich in mir vor und zurück.

»Ich habe nie gefragt, warum du dir die Haare schwarz gefärbt hast«, stöhnte er.

»Es ist dir aufgefallen?«

Er küsste mich.

»Vielleicht wollte ich ihr ähnlicher sehen.« Ellen. Verdammt, ich hasste es, an diese Schlampe zu denken.

Er lächelte gequält und verstärkte den Druck. Packte mein Bein in der Kniekehle und zwang es nach oben. Hart wie ein Fels drängte er seinen Unterleib gegen mich. Keine Sekunde lang kaufte er mir die Story ab.

»Bullshit!«

Ich stöhnte. Schob mich seinem Penis entgegen. Krallte meine Finger in seine Pobacke. Ich brauchte seine achteinhalb Zoll. Ich wollte ihn spüren.

»Ja! Ja, bitte!« Ich biss mir auf die Unterlippe. Es war fast soweit. Nur noch ein Stoß. Noch einer. Ein Letzter. Und ...

Ich konnte fühlen, wie er sich in mir verströmte. Wie sich die Kraft von ihm auf mich übertrug. Das große Geheimnis, das ich erst sieben Jahre nach meinem »allerersten Mal« mit ihm gemeinsam entdeckt hatte.

Ich stieß mit dem Kopf gegen seine Brust. Schluchzte. Zitterte. Hechelte. Mein Becken zuckte krampfhaft. Hätte er mich nicht gehalten, ich wäre von der Maschine gerutscht.

»Gott.« Meine Stimme brach. Ich presste die Augen zusammen. Der Orgasmus mit ihm war so schön, dass sie sich mit Tränen füllten.

»Schatz, du weinst ja.« Er nahm mich in die Arme. Schmiegte seinen halbnackten Körper an mich.

»Es ist nichts ...«

Dass wir miteinander geschlafen hatten, änderte gar nichts. Liebe war nie unser Problem gewesen. Ich liebte ihn. Ich würde ihn immer lieben. Als Mann. Als Vater meines Sohnes. Wir würden immer verbunden sein. Kein anderer würde jemals seinen Platz einnehmen können.

»Es ist nichts!«, wiederholte ich etwas lauter.

»Nehmen wir eine Auszeit von den Lügen, okay?« Er hob mein Kinn an und sah mir in die Augen. Ja, da war das Lächeln, in das ich mich vor acht Jahren verliebt hatte.

Er klopfte auf das Leder unter meinem Po. »Wie wäre es mit einer Spritztour? Heute Nacht! Jetzt! Wir vergessen die gesamte Scheiße hier, schwingen uns auf den Sunset Highway und düsen hinüber nach Astoria.«

Ich kuschelte mich an seine Brust.

»Und genießen am Strand den Sonnenaufgang?« Am endlosen Sandstrand vor dem Haystack Rock. Dort, wo unser Hochzeitsfoto entstanden war. Es gab noch eines, das uns vor Mount Hood zeigte, aber dem mit den Wellen des Pazifiks im

Hintergrund würde für immer mein Herz gehören.

Er schloss mich fest in die Arme. »Und anschließend Frühstück in dem kleinen Diner, wo es dir so geschmeckt hat. Pfannkuchen mit Ahornsirup, bis du platzt. Bevor wir uns ein Zimmer nehmen ...«

Es war dasselbe Diner in der Pension, in die mich Reverend O'Malleys »Freunde« eingeladen hatten. Dort konnte ich nie mehr hin. Aber abgesehen davon ...

»Gott, das wäre so schön«, hauchte ich. Die Tränen kullerten meine Wangen hinab. Wie gern hätte ich jetzt auf seinem Motorrad gesessen und mir von ihm die endlos beeindruckenden Wälder Oregons zeigen lassen. Bis der frische Pazifikwind salzig um unsere Ohren pfiff.

»Wir können nicht.«

Tom hatte mich gebucht. Für seine große Party. Ich brauchte das Geld. Außerdem ... vielleicht war Ron ja nur diese Nacht bei mir. Er hatte schon so oft hier übernachtet und war tags darauf wieder in Ellens Arme geflüchtet. Vielleicht belog ich mich mit alldem nur selbst.

Ich schloss die Augen. »Vielleicht nach Thanksgiving, wenn alles vorüber ist.«

In mir schrie jeder Splitter meines zerrissenen Wesens, ihn endlich die Wahrheit wissen zu lassen. Jetzt. Heute. Sofort. Aber ich konnte nicht. Ich spürte die Welt um mich nicht mehr. Wo früher Kraft in mir strömte, fühlte ich nur noch Leere. Mir half nur vergessen. Alles zu vergessen in einer leidenschaftlichen Vereinigung.

Ich zog ihn hinter mir her ins Schlafzimmer, um in seinen Armen einzuschlafen.

Nach Thanksgiving konnten wir vielleicht ganz von vorn anfangen. Zumindest hoffte ich es.

***

Mein Handy weckte mich. Es war kurz vor Mittag und Ron fort. So wie immer. So wie jedes Mal, wenn er wieder zu Ellen fuhr und dann wochenlang nichts mehr von sich hören ließ.

»D? D, hörst du mich?«

Tom. Mittlerweile assoziierte ich mit seinem Namen Geld, Sicherheit, Koks und ... Gefahr.

»Ich habe Probeaufnahmen für dich klargemacht. Bei Zeke. ›MILF-Productions‹. In zwei Wochen fliegen wir nach L.A. Dass du französische Staatsbürgerin bist, stellt kein Problem dar. Die deichseln das mit deiner Arbeitserlaubnis. Also vergiss deinen Pass nicht!«

»Wow«, murmelte ich. »So schnell ...«

Was sollte ich mit Titouan machen? Ich konnte ihn unmöglich bei Ron und Ellen zurücklassen.

»Zekes Regisseur möchte sich ansehen, wie du vor der Kamera performst. Und wenn du dich da gut anstellst, bist du bald deine Geldsorgen los. Aber vorher ...«

»Ja?« Er hätte in dem Moment alles von mir haben können.

»Vorher will ich, dass du dich mit einem zukünftigen Geschäftspartner von mir triffst.«

»Ich soll also mit ihm schlafen?«

»Ronnie wird dir gefallen. Seine Frau kenne ich nicht. Aber Ron ist ein spaßiger Kerl.«

»Ronnie«, echote ich atemlos. »Ronnie wer?«

»Ronald Matthew Harris. Er hält sich für so etwas wie eine Lokalgröße. Kleiner Möchtegerngeschäftsmann, der nichts auf die Reihe kriegt. Ihm steht das Wasser bis zum Hals. Kennst du ihn wirklich nicht?«

Mein Bauch machte einen Satz. Meine Ohren bimmelten.

»Ich ... Klingt nach jemandem, den ein Mädchen wie ich kennen sollte.«

Happy Thanksgiving – November 2006

Portland – Beertown, Rose City, Stumptown oder Bridgetown, wie wir unsere Stadt nannten – war das San Francisco des Nordens. Was sich auch immer zu ebener Erde abspielen mochte, im zweiunddreißigsten Stock eines Penthouses oder in den Nobelvillen der Arlington Heigths hatte das keine Bedeutung. Wir schwebten über allem und das lag nicht nur am Koks. Dabei hatte ich mir geschworen, keines zu nehmen.

Kein Szenemagazin würde über unsere Party berichten. Und wenn ich gefragt werde, wie und wo man so eine Sex-Party findet, so lautet die Antwort: Gar nicht. Diese Partys finden dich – wenn du würdig und wichtig genug bist. Und wenn du genug Knete hast. Für eine Kleinigkeit von zehntausend Dollar konnte jeder seine eigene Party feiern – mit mehr Frauen, als ein Mann in einer Nacht bewältigen konnte.

Über Toms Gäste wusste ich nichts. Er hatte mir ihre Namen nicht genannt. Aber mir schwante Übles. Diese Stadt hielt die verrücktesten Zufälle in petto – sechshunderttausend Einwohner und man begegnete sich todsicher. Vor allem dann, wenn man es am wenigsten erwartete.

Ich zog mir in Toms Schlafzimmer schniefend eine Line rein. Eine halbe Stunde zuvor hatten er und ich noch schnell eine Nummer geschoben – und ich hatte keinen Slip zum Wechseln dabei. Sein Sperma tropfte unablässig in meinen String.

Den Fick hatte ich gebraucht. Zur Entspannung. Obwohl ich genug Sex die letzten zwei Tage gehabt hatte. Mit Lorie. Mit Ron. Aber noch immer verlangte mein Körper nach mehr. Viel mehr. Ich seufzte und frischte mein Make-up auf.

Dem Himmel sei Dank, hatte alles mit den Buchungen geklappt. Naemi und Zoey schminkten sich im Badezimmer am gegenüberliegenden Ende des Flurs, und Clarissa sowie die übrigen Mädchen warteten in einem der anderen Schlafzimmer auf Toms Gäste. Die meisten der Frauen kannte ich flüchtig von diversen Jobs. Ausnahmslos arbeitete jede von ihnen für Bruce. Auch ein Punkt, bei dem mir nicht ganz wohl war. Aber es war zu spät, sich darüber Gedanken zu machen. Ich verließ den Raum.

Überall im Haus hing Thanksgiving-Dekoration. Ährenbüschel. Kürbisse. Sogar ein protziger Plastiktruthahn schmückte unten neben dem Billardtisch das Wohnzimmer.

Nervös schritt ich die Haupttreppe hinunter zur Eingangshalle. Keine Sekunde zu früh. Die Eingangstür schwang auf, und ich musste mich an der Lehne eines der Sofas festhalten, um nicht zu stolpern. Herein trat ...

»Hey Ronnie, altes Haus.« Tom drückte Ronalds Hand. »Wo ist deine Frau? Ich hatte gehofft, sie diesmal endlich kennenzulernen.«

»Meine Frau?« Rons Blicke schossen durch Flur und Wohnzimmer, bis sie mich ins Ziel nahmen. In seinen Augen blitzte es verdächtig auf. Ich musste mich zusammennehmen, um nicht im Erdboden zu versinken. »Meine Frau ist offenbar verhindert«, entschied er mit aus Stein gemeißelter Miene. »Sie hat anscheinend Verpflichtungen, von denen sie sich nicht freimachen konnte.«

Mir brach es das Herz, Ronald so zu sehen. Toms Sperma tropfte unablässig in mein Höschen. Und ich fühlte mich so nackt. Alles, was ich am Körper trug, hatte Ron mir geschenkt. Das weiße ärmellose Minikleid mit dem zartgrauen Pythonprint und die in Gold gehaltenen hochhackigen Sandaletten mit den Schnürriemchen. Dieses Outfit hatte ich auch in L.A. getragen.

»Manchmal glaube ich, deine Frau gibt es gar nicht.« Tom lachte und drehte sich zu mir. »Dreimal waren wir bereits zum Essen verabredet. Jedes Mal hat sie abgesagt.«

Ich zwang mich zu einem Lächeln. Rons Blick ruhte noch immer auf mir. Erdrückte mich wie ein tonnenschweres Gewicht. Tom sah zwischen uns hin und her.

»Entschuldigt, wo sind nur meine Manieren geblieben? Ron, darf ich dir Danielle vorstellen?«

»Danielle?!« Ron schnaubte.

»Sie ist aus Frankreich zu Besuch und der einzige tröstliche Lichtblick in dieser öden, verregneten Stadt – abgesehen von deiner Frau vielleicht.« Tom küsste meinen Handrücken. Die Haut brannte an der Stelle plötzlich wie Feuer. »Da deine Frau nicht kommen konnte, wird sich Danielle um dein körperliches Wohlbefinden kümmern.« Tom wandte sich an mich. »Mr Harris ist ein spezieller Gast von mir, D. Ich möchte, dass es ihm an nichts fehlt. Jeder seiner Wünsche wird erfüllt, capisci?«

Ich verstand. Mein Mann war also wirklich der ominöse Geschäftspartner, mit dem ich schlafen sollte. Tom tätschelte meinen Po, um gleich anschließend einen anderen seiner Gäste zu begrüßen. Ich hätte ihn umbringen können.

»Oui, Monsieur Langdon.« Ich meinen Mann an. »Willkommen auf unserer Party, Monsieur Harris. Happy Thanksgiving.«

Ron verzog den Mund. Er kochte innerlich. »Danielle, also?« Er schüttelte den Kopf. »Danielle ...« Er spie den Namen aus.

»Oui.«

»Oui?« Ron zog die Augenbrauen hoch.

»Das ist Französisch, altes Haus«, rief Tom triumphierend über die Schulter zurück.

»Ron, ich ...«, flüsterte ich.

»Verkneif's dir, ja?!«, schnitt er mir das Wort ab. Seine Stimme war gefährlich leise geworden. »Ich glaube nicht, dass mich auch nur eine deiner beschissenen Erklärungen interessiert.«

***

Rons Worte trafen mich wie ein Schlag ins Gesicht. Ich zitterte am ganzen Körper. Konnte es denn noch schlimmer kommen? Ja, konnte es. Mein Können als Gastgeberin wurde auf eine harte Probe gestellt. Spätestens als die Gäste vollzählig im Wohnzimmer versammelt waren. Ich hielt mich an meinem Champagnerglas fest und versuchte vergeblich, mich unsichtbar zu machen. Sieben Männer, sieben Frauen – ich war verloren.

Neben Ronald stand der City Commissioner. Ich hoffte, dass er mich nicht wiedererkannte. Doch der war meine geringste Sorge. Die drei anderen Männer, die mir gegenüberstanden und mich mit ihren Blicken auszogen, kannten mich und jeder einzelne von ihnen wusste meinen Namen. Meinen richtigen Namen. Und der vierte hätte ihn wahrscheinlich am liebsten wieder vergessen.

»Sieh mal, Bruce – meine Neuentdeckung«, hörte ich Tom flüstern. »Die Dame habe ich auch ohne deine Hilfe gefunden.«

Bruce – ja, mein Bruce – ließ seinen Blick zu mir schweifen und betrachtete mich. Er fing an zu husten und schlug sich heftig gegen die Brust.

»Soso.« Er hätte allen Grund gehabt, mich zu verfluchen.

Tom stand auf und erhob feierlich sein Glas.

»Bei Anlässen wie diesen wird vom Gastgeber erwartet, ein paar Worte an seine Gäste zu richten. Und was würde sich bei Thanksgiving besser anbieten, als einmal Danke zu sagen. Danke, für all das, was wir erreicht haben. Und auch Dank den Freunden gegenüber auszusprechen, die unseren Erfolg erst möglich gemacht haben.

Trinken wir also auf unseren geschätzten City Commissioner und hoffentlich zukünftigen Bürgermeister.« Er nahm einen Schluck Champagner.

Der City Commissioner lächelte verlegen. »Tom, ich bin doch privat hier.«

»Natürlich«, bestätigte Tom nickend. »Und alles, was in

diesem Haus passiert, bleibt auch privat ... Erheben wir unser Glas auch für zwei andere Männer, die sich ihres Erfolges nicht zu schämen brauchen. Ich hoffe, dass die ›Portland Pirates‹ endlich mal die ›Predators‹ besiegen, Ron. Und Bruce, du weißt, wie sehr ich dich schätze, Mann.«

Ronald und Bruce hoben pflichtschuldig das Glas, letzterer unterdrückte vergeblich einen Hustenanfall.

»Dann möchte ich noch herzlich einen Mann in unserer Runde begrüßen, der sich sonst nur schwer von seinen Verpflichtungen gegenüber Gott freimachen kann. Umso mehr freut es mich, dass er heute hier ist.«

Reverend O'Malley lächelte bescheiden und nickte allen anderen zu. Er betrachtete mich – länger als notwendig.

»Herzlich willkommen heißen möchte ich auch einen Mann, der tagtäglich unheimlich viel Geld beobachtet ...«

»... und dessen Namen wir lieber verschweigen.« Die Stimme strahlte Autorität aus. Und sie gehörte niemand anderem als meinem Sklaven Quentin. Der himmelblaue Pissoirstein hielt sich hartnäckig in meinen Gedanken wie ein Song, den man nicht mehr aus dem Kopf bekam.

Die anderen Männer grinsten.

»Namen sind überflüssig«, gab Thomas ihm recht. »Und last but not least haben wir einen Gast aus Frankreich hier, der mich sehr beeindruckt hat.«

Tom sah kurz zu mir und ließ dann seinen Blick zum letzten Mann schweifen, der am anderen Ende der Bar saß. Unsere Blicke kreuzten sich. Mir war, als würde ich in zwei Höllenfeuer starren. Und nichts als die Hölle lauerte hinter diesen beiden Augen. Ich kannte diesen Mann besser als jeder andere im Raum. Besser, als ihn irgendjemand hier jemals kennenlernen würde. Onkel Arnaud!

Ich war versucht, aufzustehen und das Haus zu verlassen.

Meine Tage waren gezählt. Bruce würde mich feuern. Und morgen wusste die ganze Welt, dass ich eine Hure war. Was spielte es also für eine Rolle, ob ich ging oder nicht? Titouan war der einzige Grund, warum ich es nicht tat.

»Jeder Raum, der nicht verschlossen ist, steht euch zur Verfügung. Fühlt euch wie zu Hause.« Ich hörte Toms Stimme – weit, weit entfernt. An der Spitze der Mädchen kam Naemi die Stufen ins Wohnzimmer heruntergestiegen. Jede einzelne von ihnen sah echt heiß aus. Perfekt. Wie wahrgewordene Männerträume.

»Und jetzt – Happy Thanksgiving!!!«

***

Wenn ich gewusst hätte, dass Bruce ebenfalls eingeladen war, hätte ich einen anderen Escort Service beauftragt. Ich hatte keine Ahnung, dass er und Tom sich kannten. Wäre ich dann hier gewesen?

Ich flüchtete in das Untergeschoss, warf einen prüfenden Blick auf die eingeschaltete Poolbeleuchtung und vergewisserte mich, dass niemand da war. Splitternackt ließ ich mich in das angenehm warme nach Chlor riechende Nass sinken. Wer brauchte schon an einem Tag wie diesen einen Badeanzug?

Zügig schwamm ich hinüber zu der kleinen integrierten Sitzecke und betätigte die Whirlpoolautomatik. Die Blubberblasen küssten meine Spalte wie ein hungriger Liebhaber. Ich lehnte mich zurück und schloss die Augen, öffnete sie aber sofort wieder, als ich die Tür hörte. Reverend O'Malley. Mit einem schüchternen Lächeln näherte er sich dem Beckenrand.

»Hallo.«

Ich nickte anstatt einer Begrüßung.

»Darf ich dir Gesellschaft leisten?«

»Nur zu, Reverend.« Ich brachte ein aufmunterndes Lächeln zustande, obwohl ich lieber allein sein wollte.

»Mein Vorname ist Ian.« Hastig zog er sich die Hose über den halb erigierten Schwanz hinunter und stieg über die Stufen zu mir ins Wasser. Ich fühlte seine Hand meinen Schenkel entlangstreichen. Seine Fingerspitzen fanden meine Spalte.

»Gott, ich bin verrückt nach dir, Denise.«

Ich legte ihm einen Zeigefinger auf die Lippen.

»Mein Name ist Teil des Beichtgeheimnisses, Ian. Nenn mich bitte Danielle.«

Er schluckte. Ich hörte seinen heftigen Atem. Ja, er war heiß auf mich. Aber verdammt wollte ich sein, wenn Ron zur Tür hereinspazierte und uns beide erwischte. Nicht, dass es jetzt noch eine große Rolle spielte ...

Die Tür ging auf und gefolgt vom City Commissioner trat die Rothaarige, deren Namen ich vergessen hatte, auf langen Beinen ein. Naemi und Clarissa kamen hinterher. Vier Frauen, zwei Männer – welcher Kerl träumte nicht davon?

»Ihr habt doch nicht etwa schon ohne uns angefangen?«, fragte der Commissioner. Die Frauen lachten und legten ihre Cocktailkleidchen ab.

Ian nahm meine Hand und platzierte sie auf seinem halbsteifen Schwanz, der unter meinen Berührungen vollends steif wurde. Ron kam zur Tür herein. Unsere Blicke trafen sich.

»Vielleicht später, Ian.« Hastig zog ich meine Hand zurück.

»Hey, wo willst du hin?«

»Sie wird sich bestens um dich kümmern.« Ich winkte die Rothaarige heran und stieg aus dem Wasser.

»Hi, ich bin Candace«, sagte sie.

»Hi«, murmelte Ian enttäuscht und sah mir zu, wie ich mich abtrocknete. »Bist du heiß, Candace?«

Das rote Gift zog sich den Slip aus und ließ ihn zum Reverend ins Wasser fallen. »Heiß genug?« Oh ja, Candace war heiß. Das konnte nicht nur ich sehen. Der rote Flaum ihres

Schoßes glühte. Ich schlich auf Zehenspitzen in Richtung Tür. Zu Ron.

Der City Commissioner genoss die vielen Hände auf seinem Körper. Naemi und Clarissa massierten seine Brust und seine Schultern. Gleichzeitig griffen die Mädchen zu seinem recht beachtlichen Schwanz, dem sie die gleiche Zuwendung angedeihen ließen. Clarissas Brüste, Körbchengröße D, streichelten seine Haut.

Ich musste mit Ron reden. Allein. Tom führte etwas im Schilde. Und ich hatte keine Ahnung, was es war. Doch die Sache mit diesem Franzosen in L.A. kam mir verglichen damit plötzlich ziemlich harmlos vor.

»Ron, ich ...«

»Sollst du mir einen meiner Wünsche erfüllen?« Er ging an mir vorbei, als wäre ich eine Fremde. Gab es letzte Nacht nicht mehr? Was war nur mit uns geschehen?

***

Ich suchte Tom und fand ihn in seinem Büro. Er starrte vom Sofa aus auf einen großen Bildschirm, den ich nie zuvor gesehen hatte.

»Was tust du hier drin, D? Kümmere dich um meine Gäste!«

Erst jetzt erkannte ich, dass auf dem Bildschirm unsere Party zu sehen war. Mit Ton. Tom zappte durch. Jedes Bild zeigte einen anderen Raum des Hauses.

»Du filmst deine Gäste?«

»Natürlich«, erwiderte er.

»Warum?«

»Jeder dieser Männer hat eine Frau, die zu Hause auf ihn wartet. Und wenn er keine Frau hat«, er zoomte auf Reverend O'Malley, »dann hat er zumindest etwas zu verlieren.«

»Willst du diese Männer etwa erpressen?«

»Das dient nur zur Geschäftsabsicherung. Man muss langfristig denken. Was glaubst du, was diese Kameras schon alles zu sehen bekommen haben.«

Meinte er, abgesehen von mir?

»Komm her!« Er packte meine Hand und streifte mir das Kleid hoch. Drei Sekunden später landete mein klatschnasser Slip auf dem Fußboden. »Schau auf den Bildschirm!« Er dirigierte mich an den Sofarand. Ich kauerte auf allen vieren vor ihm. Seine Zunge erkundete meine strammen Pobacken.

Mein Mann planschte mit Naemi im Wasser rum. Reverend O'Malley hatte die Rothaarige auf seinem nackten Schoß. Candace. Sie griff nach seinem Penis und bewegte ihre Hand vor und zurück. Der City Commissioner war schon einen Schritt weiter. Er vögelte Clarissa. Ihre Brüste hüpften schwerfällig auf und ab.

»Das macht dich jetzt an, oder?« Tom grinste lüstern.

Es war anders, als einen Porno zu sehen. Es war echter. Unmittelbarer. Live.

»Ja«, hörte ich mich stöhnen. »Ja, es macht mich an!«

Arnaud hatte sich mit der schwarzen Raven in eines der Schlafzimmer im Obergeschoss zurückgezogen und fickte ihr die Seele aus dem Leib. Die Bettleiste trommelte gegen die Wand. Ich hoffte, dass sie meinen Onkel die ganze Nacht beschäftigte. Und Quentin? Wo war Quentin?

Der Einzige, der keinen Sex hatte, war offenbar Bruce. Er stand mit Zoey beim Billardtisch im Wohnzimmer. Sie unterhielten sich leise, während sie spielten.

»Der kriegt wohl niemals einen hoch. Oder ist die Kleine nicht sein Typ?«

Ich schluckte. Zoey hatte genug Verstand, nichts mit Bruce anzufangen. Schließlich war er ihr Arbeitgeber. Und was Bruce betraf ...

»Es gibt Männer, die einfach nur reden wollen.«

»Männer? Weichflöten meinst du! Da lobe ich mir den City Commissioner. Hat drei Kinder am Rockzipfel hängen und eine Frau, fetter als ein Walross. Und sieh nur, wie er die Kleine durchfickt.« Clarissa stöhnte. Ob gespielt oder echt, war angesichts ihrer immer wilder hüpfenden Brüste nebensächlich. »Der Mann verdient meinen Respekt.«

Ich spürte eine Hand zwischen meinen Beinen. Tom streichelte meine Perle. Ich stöhnte auf. Dann war es eiskalt und glitschig an meinem Poloch.

»Ich mache es nicht anal mit dir«, hauchte ich. Ich wandte halb den Kopf, sah aber trotzdem nicht, was er gerade mit meiner Rosette anstellte.

»Doch das wirst du.« Er legte die Tube Gleitcreme weg. »Öffne dich mir.«

Ich schloss die Augen. Genoss die schwindelerregenden Empfindungen, die von meinem Lustzentrum bis in meine Gedankengänge ausstrahlten. Ich hatte immer geahnt, dass dieser Tag irgendwann einmal kommen würde. Und dieser Tag war heute!

Seine Hand massierte meine Spalte. Die andere strich über meine Rosette. Ich war so erregt, dass ich mir in Gedanken einen Penis ausmalte. Mir vorstellte, wie er in mich eindrang. Ich griff nach seiner Hand und drückte sie auf meine empfindsamste Stelle. Fest.

»Bitte fick mich endlich! Ich will dich spüren.«

Mein Atem setzte aus. Ich biss mir auf die Unterlippe. Er drang vorsichtig mit dem Finger in mich ein – es war das falsche Loch!

Die Erinnerung zuckte wie ein Stich durch meinen Po. Ich hatte Angst.

»Nein, nein ... Ich will das nicht.« Doch mein Körper wusste es besser. Es funkelte vor meinen Augen und ich konnte kaum noch erkennen, was auf dem Bildschirm passierte. Hörte nicht mehr das Stöhnen der Mädchen.

Ich hechelte. Ronnie hielt Naemi an den Beckenrand gedrückt. Das Wasser um die beiden schlug Wellen, kochte und spritzte davon. Er vögelte sie.

»Sieh nur, wie sie ficken«, flüsterte Tom. Ich sah es. Ich sah alles.

Dann spürte ich ihn. Mein Körper zuckte in Erwartung des Kommenden. Toms Glied presste sich gegen mein Poloch. Konnte ich ihn überhaupt in mich aufnehmen? War ich die einzige anale Jungfrau über dreißig?

Er bewegte sich vorsichtig in mir. Es kostete ihn Mühe und Überwindung, nicht voller Gier zuzustoßen. Aber er tat es für mich. Es dauerte ewig lange. Millimeter für Millimeter drang er tiefer in mich ein. Mir fehlten die Worte, das Gefühl zu beschreiben. Es war so viel anders, als einen Penis in der Scheide zu spüren. Schmerzhafter. Es fühlte sich verkehrt an und dann wieder richtig. Die Wellen der Lust pochten bis in meine Möse, die vergebens nach einem Schwanz lechzte. Doch sie wurde jämmerlich enttäuscht.

Es knallte und meine Pobacken brannten wie Feuer. Der Schmerz überstrahlte jegliche Angst oder Reue. Jede böse Erinnerung.

»Ja, du verdammte Fickschlampe!«

Toms Penisspitze fand einen Punkt, der alles vor meinen Augen in eine Farbexplosion verwandelte. Er stieß zu und es zerriss mich. Arme und Beine gaben nach. Ich fiel. Stürzte. Wurde aufgefangen. Mein Schoß zuckte. Es erschlug mich. Ich spürte seine Hand an meiner Klitoris rubbeln. Dumpf drangen immer wieder Worte wie »geile Schlampe« an mein Ohr. Ich lief aus. Als wäre meine Scheide nach einem Fick im Pool voller Wasser gewesen. Dann sah ich nur noch Dunkelheit und verspürte ein Brennen an meiner Wange.

»Komm schon, D. Wach auf!« Tom tätschelte mein Gesicht.

Ich blinzelte. Mein Kopf dröhnte. Drohte zu zerplatzen.

»Was ... was ist passiert?«

»Du hattest einen Pass-out.«

»Einen was?« Toms Samen floss meine Pobacken entlang.

»Eine Art Ohnmacht, während du gekommen bist.« Er grinste überheblich. »Wusst' ich's doch, dass du beim Arschfick abgehst wie eine Rakete.«

In meinem Schoß zuckte es noch immer. Diesen Orgasmus konnte ich nicht beschreiben. Es war ein atomarer Blast.

»Und jetzt verschwinde und vögel diesen Harris! Das Video schicken wir dann seiner Frau.«

***

Ich hatte mich in das kleine Eckzimmer mit der selten hässlichen Tapete im Siebziger Jahre Stil zurückgezogen, um mich vor Arnaud zu verstecken. Seit wir uns im Gang über den Weg gelaufen waren, verfolgte er mich durch das ganze Haus.

Tom führte den City Commissioner und Reverend O'Malley in die Garage. Sie wollten unbedingt den Lamborghini sehen. Zwei der Frauen begleiteten sie. Die anderen planschten im Pool rum oder machten sich im Wohnzimmer über die eine Milliarde Truthahn-Brötchen her, die der Catering Service geliefert hatte.

Ron war wohl noch immer im Wasser und vögelte Naemi ... oder Candace ... oder alle beide. Ich fand es schrecklich, dass ich nicht eifersüchtig war. So schrecklich, dass ich beinahe weinen musste. Kaputt setzte ich mich auf den schwarzen Stoffsessel und atmete kräftig durch. Ich war erledigt. Eine Portion »Raketentreibstoff« schniefend warf ich den Kopf zurück, vergrub die Hand in meiner Mähne und wartete, dass das Teufelszeug endlich wirkte.

»Wie lange glaubst du, dass du das Scheißzeug durchhalten wirst?«

Ein Schatten in der Tür. Bruce. Er hustete unwillkürlich. Ich hatte sein Eintreten nicht bemerkt.

»Länger als du deine Zigaretten.«

Er nickte, lächelte kapitulierend und setzte sich mir gegenüber. Stark hustend. Mir war, als würde er sterben.

»Da könnte sogar was dran sein ...« Er schüttelte eine Pall Mall aus dem Päckchen und ein Streichholz flammte auf. Beißender Nikotingeruch stieg mir in Augen und Nase. Ich blinzelte.

»Lass mich raten«, flüsterte ich geschafft. Meine Sandaletten schimmerten im Licht, das durch die offene Tür drang. Meine Haut glänzte matt. Nur meine Finger verrieten, dass ich keine fünfundzwanzig mehr war. »Du bist hier, um mich zu feuern. Du sagst mir jetzt, dass ich keinen müden Cent mehr von dir sehen werde.«

»Glaubst du, es geht immer nur ums Geschäft?« Er musterte mich. »Du kostest mich zwar eine Stange Geld, aber ich bin als dein Freund hier. Ich weiß, dass du meine Kunden nicht an Tom Langdon verkauft hast.«

»Ich koste dich Geld?« Ich rümpfte die Nase. »Ich habe dir sechs Aufträge für die ganze Nacht besorgt.«

»Sieben.« Er schmunzelte.

»Sieben.« Ich nickte – natürlich, ich war ja auch noch da – und stimmte in sein Schmunzeln ein. »Übrigens danke, dass du mich nicht verpfiffen hast. Ich fürchte, die Wahrheit wird noch früh genug ans Licht kommen. Morgen wissen alle, dass ich eine Hure bin.« Wir schwiegen.

»Tu es nicht, Denise«, sagte er nach einer Weile. »Mit Tom Langdon bist du an den Übelsten von allen geraten. Ich kenne Mädchen, denen er auch alles versprochen hat. Jetzt sitzen sie cracksüchtig unten am Busbahnhof.«

Ich lehnte mich im Sessel zurück. Das verdammte Koks fuhr ein wie eine Atombombe. Vielleicht hörte Tom ja jedes Wort mit.

»Die versprochene Rolle in dem Film ist eine Lüge.«

Als ich endlich den Sinn seiner Worte begriff, war ich allein. Beinahe. Arnaud starrte zur Tür herein und er war nicht gekommen, um Small Talk mit mir zu führen.

***

Ich verfluchte jeden einzelnen Tag, an dem ich mit Arnaud geschlafen hatte. Und ich verfluchte den Tag, an dem er ohne mein Wissen Ronalds Geschäftspartner geworden war. Nie und nimmer hätte ich mich sonst Ende November drei Jahre zuvor mit ihm getroffen, wo er mich ... wo er mich ...

»Endlich bist du genau da, wo ich dich haben will.« Worte auf Französisch. Das dunkle Glühen, das ich seit zwanzig Jahren kannte, schimmerte in seinen Augen. Aber was sollte mir hier schon groß passieren? Hier war ich unter zu vielen Menschen.

»Ziemlich riskant, findest du nicht?« Ich lehnte mich im Sessel zurück und spreizte meine Beine. Der Saum meines Kleides rutschte hoch. Ich hatte keinen Slip an, denn der lag ja noch klatschnass auf dem Fußboden von Toms Büro. Arnauds Kiefer zuckte. Meine Spalte öffnete und schloss sich – als wäre sie ein atmendes, eigenständiges Wesen.

Er näherte sich bedrohlich und schnallte den Gürtel seiner Hose auf.

»Das hier ist kein unbewachter Parkplatz. Und wir sind auch nicht allein ...«

Ich zog ihn an seinem Hemd zu mir heran, obwohl ich mich entsetzlich vor seinen starken Armen fürchtete. »Dieses Haus hat seine Augen überall!«, flüsterte ich und grinste unschön. »Kameras!«

Arnaud ließ sich davon nicht beeindrucken. Sein Schwengel hüpfte aus seinen Shorts gegen meine Lippen.

»Habe ich dir schon mal gesagt, dass dein mickriger Schwanz entsetzlich kurz ist?«

Es knallte. Ich sah Sterne. Taumelte in dem Sessel zurück.

»Was wird das?«, brachte ich matt hervor. »Willst du mich wieder vergewaltigen, wie ... wie vor drei Jahren?« Ich hatte damals gerade meinen Jungen verloren – mein Poloch hatte nach Arnauds »Zuwendung« tagelang geblutet. Tom war es nicht, der mich anal entjungfert hatte, schoss es mir mit einer migränehaften Heftigkeit durch den Kopf. Das hatte schon ein anderer für ihn erledigt. Und das gründlich!

»Wenn du etwas gegen mich in der Hand hättest, hättest du es schon damals gegen mich verwendet.« Sein Atem stank nach zu viel Alkohol.

»Bastard.«

Es knallte wieder. Ich schluchzte. Flucht war zwecklos. Es gab kein Entrinnen. Er spreizte meine Beine und drang in mich ein. Meine Möse hatte nach dem Blitzlichtgewitter in meinem Poloch nach einem Schwanz gelechzt. Aber nicht nach diesem hier. Nicht nach diesem verdammten Schwanz!

»Nein«, erwiderte ich kraftlos. Arnaud schlug mich ein drittes Mal.

»Lass mich los!«

»Gibt es hier ein Problem?« Quentin trat in das Zimmer. Mit ausgebeulter Hose. Hatte er gehofft, mich heimlich beim Sex beobachten zu können?

»Verpiss dich, Erbsenzähler!« Arnaud schleuderte einen vernichtenden Blick in Quentins Richtung und machte keine Anstalten, seinen Schwanz aus mir herauszuziehen.

»Trete von der Frau zurück, Franzmann. Oder es wird gleich verdammt eng hier drin.«

»Du sollst dich verpissen, du Schlappschwanz!«

Quentins Faust schnellte vor. Traf Arnauds Brustbein. Röchelnd ging er zu Boden.

»Komm«, sagte Quentin und nahm mich an die Hand. »Lass uns Langdon suchen, damit er die Cops ruft und den Scheißkerl rauswerfen lässt.«

Benommen folgte ich ihm. Arnaud wand sich nach Luft ringend auf den Holzdielen des Fußbodens und verschwand aus meinem Blickfeld.

»Das wird nicht nötig sein.«

»Doch ist es«, entschied Quentin.

»Keine Cops!«, hielt ich ihn zurück und küsste ihn auf den Mund. Es war ein Kuss, der etwas zu bedeuten hatte. Ein Kuss aufrichtiger Dankbarkeit. Denn ich kannte Männer, die sich umgedreht hätten und gegangen wären. »Du bist ein strahlender Ritter, weißt du das?«

Er grinste verlegen. »Nein, das wusste ich nicht.«

»Doch, Quentin. Du solltest den Frauen noch eine Chance geben. Wir sind nicht alle Schlampen ... Zumindest nicht 24/7.«

***

Es war kurz nach zweiundzwanzig Uhr, als ich das Wohnzimmer betrat. Zoey war mir im Obergeschoss begegnet. Irgendwie hatte ich das Gefühl, dass sie nicht wusste, was sie hier tat. Vielleicht war der Escort-Job ja doch nicht das Richtige für sie. Doch für wen war er das schon?

»Die Jungs haben den Wetteinsatz erhöht. Endlich spitzen sich die Dinge zu.«

»Was meinst du?«, fragte ich.

»Sie spielen Billard – um ziemlich große Einsätze.« Sie blies vielsagend die Luft aus und grinste. »Der eine ... dieser Harris oder wie er heißt ... Er hat zwei Saisonkarten für die Heimspiele der ›Pirates‹ verloren. VIP-Logen-Plätze. Und jetzt hat er auch noch seine Wagenpapiere verpfändet. Das wird noch eine spannende Nacht.«

Ich sah ihr in die Augen. Ahnte sie etwas? Hastig eilte ich die Stufen hinunter.

Reverend O'Malley nestelte nervös am Kragen seines Hemds herum. Offenbar lief es nicht gut. Da werde einer einmal aus den Männern schlau! Sie hatten sieben Frauen, aus denen sie frei wählen konnten – doch sie spielten lieber Billard!

Bruce saß rau hustend an der Bar und beobachtete über einen Daiquiri hinweg halb irritiert, halb belustigt das Treiben. Die pechschwarze Raven machte sich hinter der Theke nützlich und mixte Drinks. Der City Commissioner stützte sich auf seinen Queue. Candace schmiegte sich mit ihren roten Locken von hinten an ihn und strich ihm über Brust und Schultern. Offenbar wollte sie ihn als Stammkunden gewinnen. Arnaud und Quentin konnte ich nirgends entdecken.

»Fünfzig Riesen – wenn Harris diesen Stoß hinkriegt ...«

Ron stieß zu. Ich hielt den Atem an. Bande, Bande und der charakteristische Klang eines Zusammenstoßes ertönte, gefolgt von dem dumpfen hohlen Gurgeln, wenn die Kugel im Loch verschwand.

»Fünfzig Riesen«, wiederholte Tom zerknirscht und reichte meinem Mann ein fettes Geldbündel. Fünfundzwanzigtausend in bar.

»Die Wagenpapiere«, erinnerte Ron ihn und nahm sie samt Autoschlüssel entgegen.

Mir fiel ein Stein vom Herzen. Das Geld würde uns zwar nicht retten, aber besser, als es verloren zu haben. Außerdem war das wahrscheinlich höchst illegal, was die Männer da gerade abgezogen hatten. Was hieß hier eigentlich »uns retten«? Gab es überhaupt noch ein »Uns«?

Ich lehnte mich gegen die beige Ledercouch. Mein Handy klingelte leise. Vom Display lachte mich Titouan an. Gott, wie ich meinen Sohn vermisste. Ich hob ab. Lauschte mit Tränen in den Augen seinem aufgeregten Wortschwall.

»Da jetzt alle aus dem Spiel sind«, hörte ich Tom missmutig sagen, »ist uns vielleicht daran gelegen, den Einsatz zu erhöhen.«

Ron steckte lächelnd die Geldscheine in seine Brieftasche. »Es ist ein so schöner Abend, Thomas. Wir wollen ihn nicht verderben, indem wir unser Glück zu sehr herausfordern.«

»Warte mal, Schatz«, flüsterte ich zu Titou.

Tom lachte aggressiv. »Ein gutes Spiel kann einen schönen Abend nicht verderben – nur schlechte Verlierer können das.«

Schlechte Verlierer. Ich sah zwischen den beiden Männern hin und her. Davon gab es in diesem Raum meiner Meinung nach mehr als genug.

»Doppelt oder nichts!«

Ron lachte anstatt einer Erwiderung.

»Eine Partie Poker?«, schlug ich hoffnungsvoll vor und hielt ein Kartenpäckchen hoch, doch niemand reagierte. Bis auf Ron.

Unsere Blicke begegneten sich. Ich winkte ihn unauffällig heran. Er ließ sich lange Zeit. Zwinkerte Naemi zu, in deren Augen plötzlich verliebte Sternchen blinkten. Schade, dass diese verdammte Ellen das jetzt nicht sah.

Ich vergewisserte mich, dass Tom uns keine Beachtung schenkte, und reichte Ron mein Handy.

»Dein Sohn«, flüsterte ich. »Er will ›Gute Nacht‹ sagen.«

Ronald nahm den Hörer entgegen. Ich hatte Tränen in den Augen und blinzelte sie unter Zuhilfenahme eines kräftigen Schlucks Champagner weg. Es tat so gut, ihn mit unserem Sohn telefonieren zu sehen. Ich wünschte mir, dass dies nur eine normale Party wäre. Eine Party, die wir als Paar besuchten und auch wieder als Paar verließen. Warum konnte es nicht so sein?

»Hey, Ronnie, altes Haus«, rief Tom. »Willst du jetzt spielen, oder telefonieren?«

Ron beendete das Telefonat.

»Tu es nicht«, beschwor ich meinen Mann. »Das geht sicher nicht gut.«

»Wieso kümmert dich das plötzlich?«

»Weil ... weil ...« Ich sah zu Tom. Er grinste zufrieden. »Danielle« bei der Arbeit. Sie tat das, wofür er sie bezahlt hatte. Tausend Dollar extra ... Ich sah zu Boden.

»Weil ich dich liebe, Ronnie. Bitte spiel nicht.«

Er lächelte. Es war das Lächeln, in das ich mich verliebt hatte.

»Keine Sorge, Liebling – ich riskiere nicht mehr, als ich bereit bin zu verlieren.« Er drehte sich zu Tom um. »Also gut, Thomas. Erhöhen wir den Einsatz.«

Tom wurde hellhörig. »Was schwebt dir vor, Ronald?«

»Die Geschäftsidee, die du erwähnt hast. Ich bin noch immer nicht von ihr überzeugt – wenn ich allerdings verliere, stimme ich zu.«

»Du stimmst in jedem Fall zu, Ron.« Toms Lachen klang wie ein Wiehern. »Du hast gar keine andere Wahl.«

»Glaubst du?«

»Oh ja.«

»Gut«, meinte Ron. »Dann machen wir es wasserdicht. Wenn ich verliere, gehören dir zwei Drittel meiner Firma.«

»Zwei Drittel einer Firma, die nichts mehr wert ist.«

»Dann«, Ron lachte, »macht es dir auch nichts aus, um deine Firmenanteile zu wetten, oder?«

»Du hast keine Firmenanteile, die du verwetten könntest, Ron. Ein Drittel deiner Firma gehört unserem französischen Gast.« Er deutete zu Arnaud, der am Eingang zur Haupthalle stand. Er starrte mich an, als wollte er mich töten.

»Wenn du dein Drittel verlierst, Ronnie – bist du raus aus

deiner Firma.«

Ron seufzte. »Vielleicht ist es Zeit, etwas Neues anzufangen.«

»Sei nicht albern. Lass uns um deinen Wagen und die fünfundzwanzig Riesen spielen.«

»Nimm es oder lass es«, sagte Ron.

Tom schnaufte. Jeder seiner Muskeln spannte sich an. Er hielt seinen Queue hinter dem Nacken und kaute nervös auf seiner Unterlippe. »Einverstanden. Wir spielen um die Firmenanteile plus deinen Wagen und die Kohle.«

»Leute, das führt jetzt zu weit«, versuchte der City Commissioner einzulenken.

»Geht in Ordnung«, antwortete Ron. »Was setzt du ein?«

»Meinen Lamborghini Diablo GT.«

Reverend O'Malley stieß einen Seufzer aus. Clarissa und Raven klatschten begeistert in die Hände. Bruce lachte kopfschüttelnd. Und Arnaud schien mich noch immer töten zu wollen. Ich hörte ein Räuspern und entdeckte Quentin hinter mir auf der Couch. Er mischte die Pokerkarten und betrachtete fasziniert unser Privatkabarett, das sich mehr und mehr in eine Posse verwandelte. Und das ganz ohne mein Zutun.

»Dein tuntig oranger Lamborghini ist den Ärger nicht wert.«

»Der ist ein Sammlerstück, Freundchen.«

Ron verzog den Mund. »Okay, lassen wir es bleiben ...«

Ich atmete erleichtert auf.

»Halt, Ronnie. Nicht so eilig. Ich werfe auch noch die Kleine in den Pot.«

»Welche Kleine?«

Tom deutete auf mich.

Rons Blick schwenkte zu mir. Er sah mir in die Augen. »Ist sie denn so viel wert?«

Bruce schickte ein wortloses Stoßgebet zum Himmel und sah zur Decke.

»Komm her, Kleines«, winkte mich Tom zu sich und streifte mir das Cocktailkleid über Hüften und Brüste. Nackt stand ich im Raum. Meine großen Brüste baumelten hin und her. Die nach außen gewölbten Schamlippen luden jeden ein, herzugaffen. »Noch Fragen?«

Als hätten mich nicht schon alle nackt gesehen! Zuletzt beim Pool. Wie geschmacklos! Tom war kein Gentleman und er behandelte mich nicht wie eine Lady – wahrscheinlich, weil ich keine war. Aber das zählte im Moment nicht. Was zählte, war Rons Blick, der mich durchbohrte wie eine Harpune. Dieser Blick durchdrang meine Haut und fühlte sich auf meiner Seele klirrend kalt wie Eis an. Ich hätte losheulen können.

Ich schlüpfte wieder in mein Kleid und schaffte es nicht, auch nur einem der Anwesenden in die Augen zu sehen.

»Mache ich auf dich den Eindruck, Tom, als würde es mir auf eine weitere Frau ankommen? Wenn es nicht sie ist, ist es eine andere ...« Diese Worte aus dem Mund seines eigenen Mannes zu hören, schmerzte.

Tom lächelte wieder sein Siegerlächeln. Doch es hatte endgültig an Siegeswillen eingebüßt.

»Sie und der Wagen sind mehr als hundert Riesen wert!«

»Sind sie das?!«

»Sind sie«, erwiderte Tom, wandte sich nach mir um und tätschelte meinen Hintern. Er zwang sich zu einem Lächeln.

Die Wagenpapiere und der Autoschlüssel landeten erneut im Pot.

»Danielle, richtig? Wärest du so freundlich, mir meine Aktentasche zu bringen?« Ron deutete zur Couch und zwinkerte mir zu. Leichenblass musste ich mit ansehen, wie unsere Firma am Altar eines Billardtisches geopfert wurde. Hätten Blicke töten können – ich hätte meinen Mann ermordet. Und ich schlug mich dabei hundert Klassen besser als Arnaud, wie ich fand. Vor drei Jahren hatte ich in Arnauds Armen meine Seele für diese Papiere verkauft. Vergeblich verkauft ...

Ich brachte es nicht fertig, das Spiel zu verfolgen. Ich setzte mich zu Raven an die Bar. Sie reichte mir kommentarlos einen Drink. Extra viel Rum mit Orangensaft. Dazu ein herrlich duftendes Truthahnbrötchen mit viel Mayo und einem Hauch von Curry. Ich würgte nur einen Bissen hinunter.

Die Billardkugeln trafen krachend aufeinander. Ich seufzte. Ein Fingernagel war mir beim Kampf mit Arnaud abgebrochen. Es war Zeit, diese Farce zu beenden. Jeder hier wusste, wer ich war. Was ich war. Jeder wusste das mit mir und Ron. Gut, Reverend O'Malley und der City Commissioner hatten vielleicht keine Ahnung, dass ich mit Ron verheiratet war. Aber Bruce, Quentin und Arnaud wussten Bescheid. Vor allem Arnaud.

Arnaud starrte mich an. Er sah so aus, als wollte er jeden Moment zu mir herüberkommen. Ich war verdammt in alle Ewigkeit, wenn er mir eine Szene machte und Ron von seinem Spiel ablenkte. Arnauds Blick lag wie versteinert auf mir.

»Jetzt halt endlich mal die Klappe und schwing deinen verfluchten Arsch zur Seite«, schnauzte Tom. Ich wandte den Kopf. Die rothaarige Candace flüchtete vor ihm. »Verdammte Nutte.« Er schwang seinen Queue wie ein Samuraischwert.

Die Mädchen warfen mir allesamt einen hilflosen Blick zu.

»Offenbar läuft es nicht so gut für unseren Mr Langdon«, hörte ich leise neben mir. Quentin. Er sah herausfordernd zu Arnaud hinüber. Hatte ich es ihm zu verdanken, dass mein Onkel an seinem Platz blieb? Nicht herüberkam und mich ... und mich ...

»Die beiden sind verrückt, um so eine Summe zu spielen«, fuhr Quentin fort. »Andererseits ... dein Mann hatte nichts mehr zu verlieren, nicht wahr? Hat er wirklich diese Nerven aus Stahl oder blufft er nur? Schneid hat er, keine Frage.«

Ich war überfragt.

»Wieso spielen sie nicht etwas Vernünftiges? Poker zum Beispiel.« Er ließ das Kartenspiel auf die Theke sinken. Blatt für Blatt. Ian griff sich an die Stirn und warf einen nervösen Blick zu mir herüber.

Ron setzte zu seinem letzten Stoß an. Die weiße Kugel schoss über den Tisch. Traf. Und die schwarze Acht verschwand im vorgesehenen Loch.

Eine Sekunde lang war es totenstill. Niemand wagte zu lachen. Dann krachte es. Tom schleuderte seinen Queue in die Ecke und erschlug beinahe die arme Candace. Total außer sich kickte er nach dem überlebensgroßen Plastiktruthahn. Dieser prallte mit einem Knall gegen das große Wohnzimmerfenster. Die Scheibe protestierte klirrend.

»Verfluchte Scheiße noch mal! Da stimmt doch was nicht. Er hat mich gelinkt!«

Hatte ich eigentlich mal erwähnt, dass mein Mann bei den Marines Kompaniemeister im Pool-Billard gewesen war?

»Du bist raus aus meiner Firma – und das Geschäftsmodell, das dir vorschwebt. Kein Interesse!« Ronald legte seinen Queue weg und bestellte sich bei Raven an der Bar einen Mojito mit extra viel Limettensaft. Den sollte er jedoch niemals austrinken.

»Ich sage, du hast mich gelinkt!«, brüllte Tom. »Und dreh' mir gefälligst nicht den Rücken zu, wenn ich mit dir rede!«

»Es war eine faire Wette«, schaltete sich der City Commissioner ein. »Ihr wolltet ja nicht auf mich hören.«

»Und sie verstieß eindeutig gegen die Glücksspielbestimmungen des Staates Oregon«, flüsterte Quentin in seinen Drink.

Ronald streckte unbeirrt seine Hände nach dem Geld aus und streifte alles ein. Die Wagenpapiere, seine Firma, fünfundzwanzigtausend Dollar in bar – mich.

»Danielle?« Er lächelte unverbindlich in meine Richtung und zückte den Kugelschreiber, den ich ihm zum Geburtstag geschenkt hatte. »Wärest du so nett, Mr Langdons Sportwagen an diese Adresse zu fahren? Ich treffe dich dann dort.« Hastig kritzelte er einige Zeilen auf eine von Quentins Pokerkarten und reichte sie mir.

»Naturellement, Monsieur Harris«, schnurrte ich nuttig und warf einen Blick auf die Karte. Es war die Herzdame. Ich musste mir ein Lächeln verkneifen. Auf ihr stand:

»Denise, schaff endlich deinen verdammten Arsch hier raus!«

***

Wir waren reich, zum Teufel noch mal! Ich musste mich beherrschen, den Lamborghini nicht auf über fünfundsechzig Meilen die Stunde zu beschleunigen und einen Strafzettel wegen Zuschnellfahrens zu riskieren. Ich wollte den Wind in meinem Haar spüren. Das Leben. Mich. Ich tastete nach dem Koks in meiner Handtasche – »Raketentreibstoff für Champions«.

Ich ließ die Seitenscheibe herunter und lachte wie von Sinnen in die sternenklare Nacht hinaus. Arnauds Gesicht war zum Schreien gewesen, als ich mit dem Autoschlüssel in der Hand das Wohnzimmer verließ.

Das Adrenalinhoch hielt an, bis ich die Auffahrt zu unserer Garage hinaufjagte. Nie hatte unser Haus besser ausgesehen. Nie war der Forest Park schöner, grüner und majestätischer gewesen. Und hinter mir erstrahlte die eisweiße Kegelspitze des Mount Hood im funkelnden Sternenlicht.

Ich stieg gerade aus dem Wagen, als auch schon Ron mit heulendem Motor in die Garage einparkte. Meine golden glänzenden High Heels berührten den Boden. Meine glatten Beine schimmerten wie Satin im Licht der diffusen Deckenleuchten. Provozierend lehnte ich mich gegen den Lamborghini und starrte meinen Mann an. Donnernd schlug er die Wagentür des Q Infiniti zu. In seinen Augen wütete Hurrikan Katrina. Und wie in einem tobenden Sturm fühlte ich mich auch. Die herbstlich kühle Nachtluft drang ungehindert bis zu meiner Möse vor.

»Verdammt, Denise!«, brüllte er. »Was zum Henker hast du dir gedacht?«

»Wobei gedacht?«

»Verdammte Scheiße – das weißt du genau!«

Ich schluckte den Kloß im Hals hinunter. »Ich ... Ich habe unser Haus gerettet. Titouans Zukunft. Ich habe einen Fonds angespart, damit der Weg bis zum Collegeabschluss gesichert ist.«

Er presste die Lippen zusammen und packte mich am Arm. »Du hast dich verkauft!«

Ich riss mich los.

»Na und? Na und???«

Er hielt mich zurück und drückte mich gegen die Motorhaube. »Merkst du denn nicht, was du mir bedeutest, Liebling?« Tränen stiegen ihm in die Augen. »Das wollte ich *nie* für uns.«

In diesem Moment wurde mir klar, dass Sex schon lange kein Spiel mehr war und dass wir wahrscheinlich nie erfahren würden, wann Sex aufgehört hatte, ein Spiel zu sein.

»Ich habe keinen Ausweg gesehen«, rechtfertigte ich mich. »Du warst bei Ellen – so oft. So viele Nächte.« Meine Stimme brach und ich konnte die Tränen nicht mehr zurückhalten. »Du hast mich im Stich gelassen, du Arsch. Ich hätte dich gebraucht. Öfter, als ich zählen kann!«

»Hast du's getan?« Er schob mein Kleid hoch.

»Was getan, Ron?«, fragte ich ängstlich.

»Hast du diesen schmierigen Langdon gefickt?« Er strich meinen Slip zur Seite. Ich hörte die Gürtelschnalle klimpern. »Lüg mich ja nicht an!«, flüsterte er heiser.

»Ja«, nickte ich. »Ich habe mit ihm gefickt.«

»Ist sein verdammter Schwanz länger als meiner?«

»Nein, Ronnie ... Bestimmt nicht!«

»Hattest du die letzten Monate einen längeren Schwanz als meinen?« Er rammte seinen steifen Penis in meine Möse. Toms Sperma umschloss ihn. Er durfte meinen Po nicht erkunden. Ich wollte nicht, dass er herausfand, was Tom Langdon mit mir angestellt hatte.

»Ich ...« Meine Stimme erstarb. Erstickte, wie das Flämmchen einer Kerze, das der Wind ausgeblasen hatte.

»Antworte!« Er trieb seinen Unterkörper gegen mich. Ich wand mich unter der Flut an Empfindungen. Alles um mich herum erschien so seltsam fern. Fremd. Irreal.

»Antworte!«

»Ja«, flüsterte ich.

Jeden Zentimeter von ihm konnte ich spüren. Eisern hielt er mich in seinen starken Armen. Meine Rosette pulsierte. Endlich hatte ich den heiß ersehnten Schwanz in mir.

Es war anders als in der Nacht zuvor. So viel war in den letzten vierundzwanzig Stunden passiert. Meine Scheide hatte die Schwänze von drei Männern gesehen.

Und dass Ron noch Sex wollte, nachdem er seine Lust mit Naemi gestillt hatte ... Er war ein Deckhengst. Hätte ich es anders gewollt, hätte ich ihn niemals heiraten dürfen. Er schnaubte wie ein Mustang, den sie in Ketten gelegt hatten. Jeder seiner Stöße in meinen Körper schien ihm etwas von seinem Schmerz zu nehmen. Doch was war mit mir? Was war mit meinem Schmerz? In seinen Armen fühlte ich mich zwar geborgen. Und ich fand den dringend benötigten Halt. Doch der Schmerz ließ nicht nach. Er erfuhr keine Linderung.

Süße Enttäuschung wanderte durch meinen Bauch. Durch meinen Schoß. Meine Möse. Nur sein großer Schwanz entfachte ein schwaches Glühen. Zu schwach, um meinen Körper in Flammen zu setzen.

»Schlag mich!« Ich wollte seine Hand auf meinem Po spüren. Bestraft werden für all die Männer, mit denen ich geschlafen hatte. Doch er zögerte. Er war verdammt noch mal nicht Tom. Tom hatte nie gezögert.

»Schlag mich«, stieß ich Ron an. Rammte ihm meine Faust ins Gesicht.

Er wirbelte mich herum, um mich von hinten zu packen. Seine Finger berührten mein Poloch. Ich zitterte. Er durfte nichts merken.

»Miststück«, fletschte er und schlug zu. Meine Pobacke brannte höllisch und endlich hatte ich die erhofften Tränen in den Augen. Tränen der Erlösung.

Er vögelte mich so heftig, dass mein Becken gegen die grellorange Motorhaube knallte. Ob ich blaue Flecken davontragen würde? Ich lachte.

»Ja, fick mich!«, rief ich schrill. »Ich hatte andere Männer, du Schlappschwanz. Mit längeren Schwänzen als deinem!«

Die Welt explodierte vor meinen Augen. Schwarze Punkte tanzten um mich herum. Meine Pobacken zersprangen unter Rons Hieben. Wie glühendes Eisen, das in kristallklares Quellwasser eingetaucht wurde.

Mit jedem Stoß drängte er meine Schamlippen auseinander. Er füllte mich aus. Wieder und wieder prallte ich gegen den Lamborghini. Morgen würde mir jeder Knochen im Leib wehtun. Aber das war es, was ich brauchte. Was ich wollte. Ich wollte alles von ihm. Alles!

»Ja, mach!«, hechelte ich. »Rammel deinen abgefickten Schwanz in mich hinein!« Ich spürte ihn. Ich spürte ihn gewaltig. Es war anders als anal zu kommen. Nicht so intensiv, aber vertrauter. Das Kribbeln verwandelte sich in ein Brodeln.

Ich konnte mich nicht mehr beherrschen. Wollte es auch nicht. Ich ließ es zu …

Meine Beine gaben nach. Ich sank wimmernd auf der Motorhaube zusammen. Mein Becken, meine Hüften zitterten. Ich konnte mich nicht halten. Rutschte über den grellorangen Lack. Ron hielt mich. Streichelte meinen Rücken. Zärtlich. Ich schluchzte. Und heiße Tränen sammelten sich in meinen Augenwinkeln. Ich hörte Rons Stimme. Als wären meine Ohren in Watte gepackt. Ich hörte seinen außer Kontrolle geratenen Atem. Ich konnte nicht sprechen.

»Mach das nie wieder, Liebling, hörst du? Mit Thomas ist nicht zu spaßen. Der kennt ein paar ganz üble Leute.« Jeder Atemstoß von ihm jagte mir heiße Schauer über den Rücken. »Steven hat gesagt, dass er wegen seiner Kokaingeschichten bereits das FBI am Arsch hat. Die Staatsanwaltschaft wird Anklage wegen Erpressung gegen ihn erheben. Willst du wirklich für so einen miesen Schweinehund im Knast landen?«

Nein, das wollte ich nicht. Wie konnte er nur in diesem Moment damit anfangen? Knast würde mir blühen, wenn herauskam, wie viel Geld ich illegal verdient hatte.

»Gott, Ron, ich habe Angst.«

»Ich werde nicht zulassen, dass dir etwas passiert, Liebling. Mach dir wegen des Geldes keine Sorgen.« Er zog seinen abgespritzten Schwanz aus mir heraus und drehte mich zu sich herum.

Ich kuschelte mich an seine Brust. Ich fühlte mich wohl in seinen Armen. Genoss das Abflauen meines Höhepunktes. Minutenlang wiegten wir uns in der innigen Umarmung. Ich schob alle Probleme weit weg. Und plötzlich musste ich lachen.

»Was?«, fragte Ron.

»Ach … Wenn ich bedenke, dass Tom mir tausend Dollar dafür bezahlt hat, mit meinem eigenen Mann zu schlafen …«

***

Es war später Samstagvormittag. Ich saß in meinem Arbeitszimmer und versuchte vergeblich, die Kapitel meines neuen Buches zu ordnen. Die einzelnen Ideen und Szenen wollten sich einfach nicht in das Gesamtbild fügen. Natürlich gab es weitaus angenehmere Arten einen Vormittag zu verbringen, aber auch weitaus unangenehmere.

Ich hatte meine Seele verkauft. Ich hatte vergessen, dass ich als Autorin geachtet sein wollte – nicht für meinen Körper. Alles in meinem Leben hatte sich nur noch um das verfluchte Geld gedreht. Seltsam, man musste erst wieder genug davon haben, um das zu erkennen.

Mehr als alles andere wünschte ich mir, wieder Autorin zu sein und das Vergangene vergessen zu können. Ich wollte durch nichts an die Ereignisse der letzten drei Jahre erinnert werden.

Ich dankte Gott, dass meine Familie bei mir war. Titouan spielte in seinem Zimmer, Ron hatte in seinem Arbeitszimmer zu tun. Und neben mir türmten sich Essenskartons vom chinesischen Lieferservice – Nudeln süßsauer, gebackene Bananen und was man sonst noch so nebenbei naschen konnte. Vor drei Jahren hatten sich an derselben Stelle ebenso hoch Rechnungen gestapelt. Gott sei Dank war diese Zeit vorbei.

Morgen würden wir bei meinen Eltern Truthahn essen – wahrscheinlich den größten, den mein Vater hatte auftreiben können. Dazu Cranberry-Soße, Mais, grüne Erbsen, Squash und Süßkartoffeln. Und als Nachtisch Apfel- und Kürbiskuchen.

Nächstes Jahr würden wir Thanksgiving bei uns zu Hause feiern. Ich würde alle unsere Verwandten einladen. Meine Cousine, ihren Mann Francois, ihre Kinder Marie und Pascal ...

So hing ich meinen Gedanken nach, sah von meinem Schreibtisch zum Mount Hood und beobachtete das fallende

Herbstlaub, das vom Wind davongewirbelt wurde.

Den Akku hatte ich aus meinem Arbeitshandy entfernt. Es würde nie wieder läuten, wenn ich es nicht wollte.

Bei der Polizei hatte ich am Montag einen Termin. Ein Detective Sizer hatte mich gebeten, eine Aussage zu machen. Unser Anwalt würde mich begleiten. Ich hatte wahrscheinlich nichts zu befürchten. Diesmal noch nicht.

Ich bemerkte Ron erst, als er hinter mir stand und seine Hände auf meine Schultern legte. Er küsste mich seitlich auf die Stirn.

»Arnaud Laverdure hat sich bei mir gemeldet.«

Ich erstarrte zur Salzsäule. War unfähig, mich zu rühren. Unfähig zu atmen.

»Was wollte mein Onkel?« Die Worte krochen über meine Lippen.

»Ja, das war das Komische.« Ron lehnte sich gegen meinen Schreibtisch und betrachtete mich. »Er wusste nicht, dass ich das Video kenne, oder? Das mit euch beiden, meine ich.«

Ich schluckte. »Von mir weiß er es nicht.«

Ron schüttelte den Kopf und sah nach draußen in den Garten. »Er sagte, dass du im Bett jeden Cent wert wärest.«

Ich senkte den Blick. So fühlte es sich also an, wenn man von der eigenen Vergangenheit eingeholt wurde. Hätte mir meine Mom damals für all das, was ich getan hatte, eine runtergehauen – mein jetziges Ich hätte sie nicht nur darin bestärkt, sondern dem dummen Ding, das ich war, ebenfalls eine gescheuert.

Tränen sammelten sich in meinen Augen. Ich schluchzte wie ein Teenager. Ron schloss die Tür und nahm meine Hände.

»Ich bin als Frau nicht mehr für dich tragbar. Nicht wahr?« Deswegen war Ron doch jetzt hier. Er wollte die Scheidung. Ein tiefes Loch tat sich vor mir auf.

»Ich weiß schon lange, was du tust, Denise. Mir ist nicht

entgangen, dass du … dass du zu Geld gekommen bist. Doch woher es kam, wollte ich nicht wissen. Ich habe die Augen davor verschlossen.« Er sprach sehr langsam. Schien jedes Wort genau abzuwägen. »Ich … ich muss mich bei dir entschuldigen, Liebling. Was hat Arnaud gegen dich in der Hand?«

Ich wischte mir die Tränen aus den Augenwinkeln. »Dich.«

»Wie bitte?«

»Deine Firmenanteile. Arnaud hat mir gedroht. Er wollte dich vernichten, wenn ich ihm nicht gefügig wäre. Und dann hat er mich erpresst.«

»Unglaublich.« Er schüttelte den Kopf. »Und ich dachte, ich hätte es eurem verwandtschaftlichen Verhältnis zu verdanken, dass er mir die Anteile zurückgab.«

»Er hat Dinge von mir verlangt, Ron … Dinge …« Meine Hände zitterten. Es war lange her. Drei Jahre. »Er riss mir die Kleider vom Leib. Ich weiß nicht mehr wie, aber ich konnte ihn mit meinem Pfefferspray abwehren.«

Ron schwieg kurz. »Schade, dass ich es nicht getan habe.«

»Was getan?«

»Ihn zu verprügeln.«

»Du wolltest ihn verprügeln?«

»Als ich ihn auszahlte. Er und ich sind fertig miteinander. Endgültig.«

»Es ist vorbei?«

»Vorerst.« Ron nickte und presste die Lippen aufeinander. »Ich habe das Video aufbewahrt, Denise.« Er lächelte gezwungen. »Es war in deinem Mülleimer kaum zu übersehen. Wir können die Aufnahme der Polizei übergeben. Es ist deine Entscheidung …« Er ballte seine Rechte zur Faust und ließ sie auf die Platte meines Schreibtischs fallen. »Ich habe ihm gesagt, wenn er dir noch einmal zu nahe kommt, wird er sich wünschen, nie einen Fuß in meine Stadt gesetzt zu haben.«

Ich war erleichtert. Erleichtert, aber zugleich traurig. Unbehaglich, bei dem Gedanken an die unsichere Zukunft. Unser Leben, wie wir es kannten, gehörte nun endgültig der Vergangenheit an. Wir waren an einem Punkt, an dem etwas Neues kommen musste. Und nicht zwangsläufig würden wir den weiteren Weg gemeinsam gehen. Vielleicht endete hier alles. Heute. Er würde mit Ellen zusammenziehen und mit ihr glücklich werden, bis an Ende seiner Tage ...

»Ich liebe dich, Denise.«

Ich sah auf. Sein Gesicht verschwamm in einem Schleier aus Tränen.

»Du liebst mich? Wie? Nach all dem? Ich war ein schlimmes Mädchen, Ronnie. Ich hatte mich verirrt.« Lügen, Lügen, Lügen. Schon in der Highschool hatte das Übel seinen Anfang genommen.

»Wir kriegen das wieder in Ordnung, Schatz.«

»Was ist mit den anderen? Den Leuten von der Party? Bruce? Tom?« Sie alle wussten von meinem Doppelleben. In einer Stadt wie Portland blieb nichts geheim. Und dann war da noch ... Steven. Ich würde Ron nie von Steven erzählen können. Himmel, Steven war Rons bester Freund. Ich war verloren und kein Ave Maria konnte das hinbiegen.

»Vergiss die Idioten«, rief Ron. »Du bist wichtig. Wir sind wichtig. Um alles andere kümmern wir uns später!«

Tom ... Wie sollte ich Ronnie jemals beibringen, dass Tom mich berührt hatte, wie ich es ihm nie gestatten würde, mich zu berühren? Ewig würde das zwischen uns stehen. Und jetzt, wo wir unserer finanziellen Sorgen enthoben waren, rückten andere in den Vordergrund. Die Dämonen der Vergangenheit erwachten. Arnaud war nicht der Grund gewesen, warum ich an jenem Dezembertag zu den Schlaftabletten gegriffen hatte. Der wahre Grund fand sich in meiner Vergangenheit – in dem, was ich mit sechzehn getan hatte. Mit dem 14. November 2003 hatte mich mein Schicksal endlich ereilt.

»Wir kriegen das hin.« Er schloss mich in die Arme.

»Nein«, rief ich unter Tränen. Ich glaubte ihm nicht. Ich wollte es zwar, aber ich schaffte es nicht. Der innere Schmerz war zu groß. Und es gab nur eines, was mir jetzt helfen konnte. Nur eines.

Ich zog ihm das Hemd aus der Hose. »Mach schnell, bevor Titouan sich fragt, was wir so lange treiben!«

»Liebling ... denkst du nicht, dass ...«

Ich riss mir das T-Shirt über den Kopf und drehte den Schlüssel im Schloss der Tür herum. Meine Brüste baumelten frei.

»Mach schon!«

Die Hose rutschte über meine Pobacken. Ich wischte meinen Laptop nach hinten und beugte mich über den Schreibtisch.

Ron öffnete seinen Gürtel. Der Reißverschluss surrte. Und dann spürte ich ihn. Zoll für Zoll schob er sich von hinten in meine Spalte. Wellen der Lust verströmten sich pochend aus meinem Zentrum. Doch das war nicht genug. Es war einfach nicht genug.

»Vertrimm meinen Arsch!«

»W-Was?«

»Schlag mich! Komm, mach schon!«

Er holte aus. Zu vorsichtig. Zu zaghaft. Zu zärtlich.

»Du sollst mir den Arsch versohlen, verdammt noch mal!«

Der Knall klingelte in meinen Ohren. Helle Lichtblitze blendeten mich. Mein Hintern glühte wie frisch geschmiedeter Stahl. Der innere Schmerz verblasste. Wurde betäubt von einem anderen. Namen, Gesichter und Bilder lösten sich auf.

»Und jetzt fick mich! Hart, hörst du, du verdammter Scheißkerl!«

Und das tat er. Stoß für Stoß. Mein Orgasmus ließ den Schmerz verschwinden. Für einen süßen langen Augenblick, der leider viel zu schnell zu Ende ging ...

***

Es war früher Morgen. Nur mit Kimono bekleidet schlich ich die wackelige Leiter zum Dachboden hinauf. Der nie abklingende Schmerz hatte mich im Schlaf überrascht. Mit Tränen in den Augen war ich aufgewacht.

Im Speicher war meine Vergangenheit begraben. Jeder Moment davon. Wo war der alte Schuhkarton, in dem ich das Foto aufbewahrt hatte? Ich schleuderte den Campingrucksack zur Seite. Der Deckel des weißen Kartons fiel in den Staub. Schon wühlten meine Finger in dem Inhalt.

»Wo ist es?«

Ich konnte das in Klarsichtfolie gehüllte Foto nicht finden.

»Wo ist es???«

»Suchst du vielleicht das hier?«

Ich wirbelte herum. Ron. Nur in Boxershorts stand er vor mir. Das Foto in seiner Hand. Das Foto.

»Woher hast du es?«, stieß ich hervor.

»Woher wohl?« Er warf mir einen mitfühlenden Blick zu. »Von dort, wo du es versteckt hältst. Von dort, wo du es jeden Tag hervorholst.«

»Gib es mir, bitte«, bettelte ich. Tränen schossen mir in die Augen. Ron verschwamm vor mir. »Bitte gib mir das Foto!«

Ron betrachtete das Ultraschallbild.

»Er wäre sicher ein hübscher Junge geworden, Denise.«

Ich wollte das alles nicht hören. Ich wollte Ron nicht hören.

»Gib ihn mir, bitte!« Ich riss das Foto an mich und drückte es gegen meine Brust. Meine Beine gaben nach. Ich sank auf den alten Campingrucksack. Tränen liefen mir über die Wangen. Ich spürte Rons Hand auf meiner Schulter.

»Komm, Liebling.«

Ich lehnte mich an ihn.

Später konnte ich mir nicht erklären, wie wir es ins Schlafzimmer geschafft hatten. Ich glitt von seinen Armen in unser Ehebett und rollte mich zusammen.

»Sprich mit mir, Denise.«

»Ich kann nicht«, presste ich unter Tränen hervor. Manches würde immer ein Geheimnis bleiben. Ich konnte ihm nichts von den Schlaftabletten sagen. Dass ich versucht hatte, mir das Leben zu nehmen. Und ich konnte nicht über das sprechen, was ich als Teenager getan hatte.

Ich schaffte es nicht, ihm von den dreihundert Männern zu erzählen, mit denen ich geschlafen hatte. Wie sollte ich ihm erklären, dass ich leidenschaftlichen Analsex mit einem anderen Mann gehabt hatte, ihm aber nie gestatten würde, mich auf diese Weise zu berühren? Und ich wollte auch nicht, dass er etwas von meiner täglichen Portion »Raketentreibstoff« erfuhr.

Zu viele Lügen. Zu viele Geheimnisse.

»Ja, vielleicht sollen manche Dinge ein Geheimnis bleiben – vorerst«, flüsterte er. Hatte ich meine Gedanken laut ausgesprochen? »Aber das ständige Lügen muss aufhören.«

»Ja.« Ich schluchzte. Ich weinte so bitterlich, dass ich Mitleid mit mir selbst hatte. Wo war meine Stärke geblieben? Wo war die Kraft, die ich kaum hatte zügeln können?

»Ich kann ohne dich nicht leben, Denise. Ich will ohne dich nicht leben.« Er atmete heftig. »Es werden sich einige Dinge ändern müssen. Keine Lügen mehr. Nie mehr. Versprochen?«

Er hob mein Kinn. Sein heißer Atem streifte mein Gesicht. Er durchdrang den Nebel. Den Schleier.

»Versprochen?«, fragte er sanft.

Ich nickte. Die Zukunft erschien mir dunkel und schwarz. Und doch war da ein Licht am Horizont. Lag es an der morgendlichen Novembersonne, die in unser Schlafzimmer strahlte? Ich wollte nie mehr lügen.

»Versprochen.«

Er küsste mich. Ich befreite seinen Schwanz aus den Boxershorts – den XXL-Lustspender, der mich alle Sorgen vergessen lassen konnte – und ließ meine Hand vor und zurückgleiten. So lange, bis er hart genug für den großen Moment war. Und dieser Moment war jetzt. Ich brauchte ihn so sehr. Brauchte ihn mehr als alles andere. Heute, ja, heute! Heute begann der erste Tag unserer Zukunft. Unserer neuen gemeinsamen Zukunft ...

Epilog – Dezember 2003

Ich lag im Krankenhaus. Drei Wochen vor Weihnachten. Nach fünfundzwanzig Schlaftabletten. *Wasser hat keine Farbe …* Ich konnte nicht nachdenken. Ich wollte mich nicht erinnern. Die Schuldgefühle erstickten mich. Ich versuchte, nur noch zu schlafen, ewig zu schlafen. Alles war gerecht, was mir widerfahren war. Ich hatte es verdient, Pleite zu sein. Ich hatte es verdient, vergewaltigt worden zu sein. Und ich hatte es verdient, in der Hölle zu schmoren.

Mel hielt meine Hand. Sie hatte gesagt, dass es mir laut den behandelnden Ärzten bereits etwas besser ging.

»Ich habe gelogen, Mel.«

»Das ist jetzt nicht wichtig«, flüsterte sie. »Jetzt ist nur wichtig, dass du wieder gesund wirst.« Sie sah wie eine Eule aus. Eine sehr traurige Eule.

Es lag an den Medikamenten. Nie und nimmer hätte ich sonst offenbart, was mir in diesem Augenblick über die Lippen rutschte.

»Du kennst die Wahrheit, Mel«, brachte ich heiser hervor. »Ich habe gelogen. Ich habe gesagt, ich wäre zum zweiten Mal schwanger. Aber das stimmte nicht! Das war ich nicht.«

Sie drückte meine Hand. Fest.

»Denise, quäl dich bitte nicht selbst. Lass die Vergangenheit ruhen.«

»Nein, es geschieht mir recht, dass Arnaud mich vergewaltigt hat.«

»Denise.« Mel fasste sich bestürzt ins Gesicht. Ich hatte ihr nie von Arnaud erzählt. »Keine Frau verdient es, vergewaltigt zu werden.«

»Ich schon, Mel. Es geschieht mir recht, dass ich mein Baby verlor. Das war die Gerechtigkeit für das, was ich in der Highschool getan habe.«

»W-Was hast du getan, Denise?« Ihr Flüstern war kaum zu hören. Dafür mein bitterliches Schluchzen.

»Ich war mit sechzehn schon einmal schwanger, Mel. Und ich hatte eine Abtreibung ...«

Weitere erotische Geschichten:

Sharon York
HexenLust 1

Die Hexen beschützen die Menschheit vor Vampiren, Dämonen & Magiern.

Doch der Sohn des Teufels will diesen Pakt zerstören und die Herrschaft an sich reißen.

Isabelle führt die Hexen in einen Kampf um Herrschaft, Lust & Liebe.

Mit magischem Verlangen, feuriger Leidenschaft & verteufelt gutem Sex versuchen die Hexen, den Teufel zu besiegen ...

Denise Harris
SexLust

Kennen Sie diese Situation:
Ihr Partner ist perfekt,
aber Sie begehren einen anderen?

Sie betrügt ihn
und er betrügt sie -
trotzdem ist sie
extrem eifersüchtig ...

Es entbrennt ein
Wirbel an Konflikten!

Lisa Rome
Der NachBar

Eine Ehe ohne Lust,
Orgasmus & Leidenschaft!

Und dann kommt er ...

Er gibt ihr das, was ihr fehlt:
Er macht sie hemmungslos,
er macht sie willenlos &
er macht sie geil!

LESEPROBE:

»BERÜHR MICH« VON LAURA YOUNG

AUSZUG AUS DER KURZGESCHICHTE „CALLBOY“

... Und dann klingelte es.

Mit wackligen Knien ging ich so grazil wie möglich auf den klappernden, hohen Schläppchen in den Flur, um zu öffnen. Ich fühlte mich wie Doris Day, nur verruchter.

Der Typ haute mich um. Direkt vor meiner Nase sah er noch besser aus als auf den Schnappschüssen seiner Webseite! Atemlos hauchte ich ihm ein »Hallo« zu, das er mit einer sehr schönen, tiefen Stimme erwiderte, die mir direkt in den Magen fuhr. Er drückte sich an mir vorbei und ging forsch in mein Wohnzimmer. Ich folgte nervös, den schwarzen Kimono hielt ich mit beiden Händen vor meiner Brust zusammen.

»Schön hast du es hier«, sagte er und zog seinen schwarzen Mantel aus. Darunter kam ein schwarzes Hemd zum Vorschein, eine enge Hose aus rauem Wollstoff, und sehr gepflegte, fast neu wirkende Schuhe aus Glanzleder. Er sah eigentlich ganz normal aus. Was hatte ich auch erwartet? Dass er sich mir im Stringtanga oder einer billigen Polizeiuniform präsentieren würde?

Ich war furchtbar aufgeregt und blieb unschlüssig in der Tür stehen, um meine eiskalten Finger zu kneten. Aaron legte seinen Mantel sorgfältig über die Sofalehne und zog aus einer braunen Papiertüte eine Flasche Champagner und eine weiße Lilie. Ohne Worte öffnete er geschickt die Flasche und sah mich fragend an. Mit kleinen, klappernden Schritten ging ich in die Küche, um zwei Gläser zu holen. Ich Idiot hätte das ja auch vorbereiten können. Aber woher sollte ich das wissen? Ich hatte noch nie einen Callboy gehabt!

Er schenkte den Champagner ein und reichte mir ein Glas. Dann sah er mir tief in die Augen, als er sein Glas leise gegen meines klirren ließ. »Auf einen wunderschönen Abend«, sagte er und beugte sich zu mir, um mir einen leichten Kuss auf den Hals zu geben.

Himmel, der Typ sah einfach zu gut aus! Und er roch köstlich nach Moschus und Feige, eine Mischung, die mir direkt bis in die Zehenspitzen fuhr und mich an den letzten Urlaub und meinen ersten Orgasmus erinnerte, den ich mir selbst verschafft hatte und der mein Mädchenzimmer mit diesem sündigen, schweren Parfüm gefüllt hatte.

Bei der sanften Berührung seiner Lippen wurde mir schon warm, und ich spürte die Vorfreude deutlich zwischen meinen Schenkeln.

Wir tranken, dann ließ Aaron sich auf meinem Sofa nieder und klopfte mit der Hand auf den Sitz. Ich gehorchte und machte es mir so bequem wie möglich. »Du hast mir nicht verraten, wie du es am liebsten hättest«, sagte Aaron und legte eine Hand auf meinen Rücken, um beinahe zärtlich darüber zu gleiten. Sein Blick war bewundernd und aufgeregt, und es tröstete mich, dass ihm offenbar gefiel, was er sah.

Ich zuckte verlegen die Achseln und hielt den Kimono noch immer vor meiner Brust fest. »Ich weiß nicht ...«, murmelte ich. Aaron lächelte und erwiderte: »Wir wollen ja keine wertvolle Zeit verschwenden.« Er nahm mein Kinn in eine Hand und drehte mein Gesicht zu sich. Dann presste er unglaublich weiche und warme Lippen auf meinen Mund. Ich schloss die Augen und ließ mich auf seinen Kuss ein. Er war ein wunderbarer Küsser. Minutenlang genoss ich seine zärtlichen Lippen und seine Zunge, spielte mit ihm und versuchte, mich treiben zu lassen.

Dann stand er auf und kniete sich vor das Sofa. Ich wurde rot, ich ahnte, was er vorhatte, und irgendwie war es mir peinlich, mich so vor einem völlig fremden Mann zu öffnen. Außerdem hatte ich noch nie mit jemandem so unverblümt den Abend mit Sex begonnen. Normalerweise gab es ja vorher das übliche Programm mit Smalltalk und Plauderei, Essen oder sonst etwas. Nun sollte ich, ohne etwas von ihm zu wissen, ohne mehr als fünf Worte mit ihm gewechselt zu haben, zulassen, dass er sein Gesicht in meinen Schoß presste?

Doch bevor ich etwas sagen konnte, spreizte er schon meine Beine und schob mit einem Finger den winzigen String zur Seite. Meine vor Vorfreude bereits ziemlich feuchte Pussy lag nun prall und rosig vor ihm, und ich konnte nur daran denken, dass ich ihn ja dafür bezahlte und dass ich jetzt einfach nur an mich denken durfte.

Ich entspannte mich also so gut ich konnte und schloss die Augen wieder, legte den Kopf auf die Rückenlehne des Sofas.

Ganz vorsichtig umspielte seine Zunge meine Schamlippen, sie kreisten minutenlang um meine prall gefüllte Lustperle herum. Ich griff mit beiden Händen in sein volles, schwarzes Haar und genoss die Liebkosungen.

Meine Lust bahnte sich einen Weg zwischen meine Schenkel, ich konnte die Wärme auf der glatten Haut deutlich spüren. Aber es war egal, ich musste mich nicht sorgen, ob es ihm auch Spaß machen würde, er bekam ja Geld dafür. Und er leckte ebenso gut, wie er küsste.

Er leckte lange. Sehr lange. Immer wieder rutschte seine Zunge nur kurz über meinen Kitzler, verschwand dann zwischen den Schamlippen, und meine Erregung steigerte sich mit jeder Minute. Ich stöhnte, hielt seinen Kopf ganz fest, legte meine Füße auf seine Schultern, bewegte meine Hüften in seinem Takt, wollte ihn in mir spüren, und dann nahm er meine Klit ganz in seinem Mund auf, saugte daran und knabberte vorsichtig mit den Zähnen. Ich explodierte in seinem Gesicht, drückte seinen Kopf fest zwischen meine Beine, stöhnte laut auf, und mein ganzer Körper ergab sich in zuckenden Kontraktionen.

Am liebsten hätte ich die Augen nicht geöffnet, um ihn nicht ansehen zu müssen. Womöglich glänzte sein Gesicht von meinem Saft, wie peinlich. Außerdem ärgerte ich mich, dass ich schon nach nur wenigen Minuten gekommen war, wo ich doch für zwei Stunden bezahlt hatte. Ich sah nicht auf die Uhr, schwelgte noch in dem Nachbeben meines Höhepunktes, aber mein schöner Callboy machte anscheinend auch gar keine Anstalten, aufzuhören.

Jetzt stand er auf und streifte elegant und äußerst sexy seine Klamotten ab. Ich richtete mich auf dem Sofa auf und ließ jetzt auch endlich den schwarzen Kimono hinter mich fallen, sodass ich ihm eine gute Aussicht auf meine halb freigelegten Brüste gönnte.

Er betrachtete sie aufmerksam und bewundernd, und auch ich konnte meine Augen kaum von seinem perfekten Körper lösen. Ich wollte ihn dringend anfassen, und das tat ich dann auch. Mit zitternden Fingern streichelte ich über die glatte Haut. Er hatte nur wenige Haare an den Armen und Beinen, seine Brust war sorgfältig rasiert. Aaron beugte sich über mich und begann, meine Brustwarzen zu liebkosen. Er knabberte und lutschte daran, und zwischendurch tauchte er an meinem Kopf auf, um mir süße und ungeheuer gelogene

Komplimente ins Ohr zu hauchen. Wunderschön. Unglaublich erotisch. Sexy. Diese Worte hatte ich selten von einem Mann zu hören bekommen. Viel wichtiger als die Worte aber war seine Erektion, die ich nun deutlich zwischen meinen Beinen spürte und die mich seltsamerweise beruhigte.

Mit noch immer klammen Fingern zog ich seine schwarze Unterhose herunter. Dann prangte er mir entgegen. Sein Schwanz war genauso schön wie der Rest von ihm. Schlank und gerade, beinahe elegant sah er aus. Die Adern waren nur sehr fein abgezeichnet, und er war beschnitten und haarlos. Die empfindliche Spitze mit der kleinen Kerbe darin sah aus wie ein Miniaturglatzkopf. Ich beugte mich hinab und wollte ihn in den Mund nehmen, ihn schmecken und an ihm saugen, aber Aaron schüttelte den Kopf und drückte mich auf das Sofa zurück. Natürlich, ich bezahlte ihn ja für eine Dienstleistung, fast hätte ich es vergessen. Und als er diesen wunderschönen Schwanz in mich hineinpresste, war es mir auch schon wieder egal.

Ich verschwendete keinen Gedanken daran, ob er zuvor eine von diesen kleinen, blauen Pillen genommen hatte oder ob ich ihn tatsächlich so erregte, dass er so ungeheuer steif war. Er war ganz und gar nur für mich da, war einfühlsam und wusste immer, ob er nun gerade langsam und quälend sachte oder zwischendurch rasch und heftig zustoßen sollte. Mal drang er nur mit der Spitze in mich ein und reizte meine empfindlichsten Nerven, dann wieder stieß er heftig und tief zu und massierte mein Inneres, indem er mich ganz ausfüllte mit seinem Prachtstab. Er nahm mich von vorn, dann drehte er mich auf den Bauch und glitt von hinten zwischen meine Labien, um mich wieder kraftvoll zu stoßen. Ich keuchte und stöhnte, krallte meine Finger tief in das Polster des Sofas und spreizte meine Beine, ohne einen Gedanken an das Aussehen meines Hinterns zu verschwenden. Zum ersten Mal war ich egoistisch beim Sex, kümmerte mich nicht darum, wie ich selbst dabei aussah oder ob er Spaß daran hatte, schnappte mir seine Hand und führte sie von vorn zwischen meine Beine, damit er beim Stoßen meinen Kitzler streicheln konnte. Das tat er auch umgehend und sehr geschickt. Immer wieder rieb er die kleine, harte Perle zwischen den Fingerkuppen und stieß dabei rhythmisch zu.

Ich warf den Kopf in den Nacken und schnaufte, hielt seine Hand ganz fest in meinem Schoß, und immer, wenn ich dachte, ich könnte keinen weiteren Höhepunkt mehr bekommen und mein Körper würde gleich völlig ausgelaugt sein, schaffte er es doch wieder.

Er selbst kam nicht, auch nach einer Stunde nicht. Als ich erschöpft und kraftlos auf dem Sofa lag, unfähig, mich noch zu bewegen, zog er sich einfach aus mir zurück und reichte mir wortlos mein Glas mit Champagner. Ich trank gierig, dann versuchte ich, irgendwie eine würdevolle Haltung auf dem Sofa einzunehmen. Er legte den Kimono um meine Schultern, und ich sah, dass sein Schwanz noch immer erigiert war. »Mach ruhig weiter«, sagte ich leise und legte mein Gesicht in seine Halsbeuge.

Er lächelte. »Bist du sicher? Ich muss nicht ...«

Aber ich wollte es. Ich wollte, dass er kam, in mir oder auf mir oder neben mir. Ich wollte sein schönes Gesicht dabei beobachten und zusehen, wie seine gleichmäßigen Gesichtszüge entgleisten und er mit obszön verzerrtem Mund und zusammengekniffenen Augen kam.

Ich drehte den Spieß um und drückte ihn in die Kissen des Sofas, dann spreizte ich die Beine und setzte mich auf ihn. Er keuchte erregt und schloss die Augen, während ich auf ihm ritt, ungestüm und heftig und dann wieder nur vorsichtig und sanft.

Ich genoss das Pulsieren seines Schwanzes, den ich zuvor mit meinen Muskeln intensiv gemolken hatte. Tief in mir pochte und vibrierte er, und sein Gesicht sah tatsächlich noch immer schön aus, als er laut aufstöhnte und seine Arme und Beine sich zuerst versteiften und dann unkontrolliert zu zucken begannen. Und auch ich spürte erneut kleine, fast erschöpfte Kontraktionen im Unterleib.

Lächelnd setzte er sich neben mich aufs Sofa, küsste mich noch einmal und ließ zu, dass ich meinen Kopf an seine Brust legte.

»Wow«, murmelte ich gegen das schwarze Hemd und streichelte mit einer Hand über den festen, muskulösen Bauch.

Weitere erotische Geschichten:

Kim Shatner
VögelBar

Stellen Sie sich vor, Sie gehen in eine Bar und könnten frei wählen, mit wem Sie vögeln möchten ...

Die Vorstellung gefällt Ihnen?

Dann begleiten Sie Marc auf dem Weg zu seiner eigenen »VögelBar«, und lesen Sie von den sexuellen und frivolen Unwägbarkeiten eines solchen Vorhabens!

Gina Summers
Der Tauchlehrer

Ein Urlaub
zwei Tauchlehrer
eine Liebe
und viel Sex ...

Sina erlebt in Thailand nicht nur ihren schönsten Urlaub, sondern auch erotische Massagen, aufregende Tauchgänge, romantische Nächte und hemmungslosen Sex mitzwei Tauchlehrern.

Doch wer ist der Richtige für sie?

Maria Bertani
Aurelia - Nymphe der Lust

Das unschuldige Mädchen Aurelia darf bei dem Meistermaler Romero in die Lehre der Farben gehen.

Doch zunächst muss sie sich
die Gunst des Meisters verdienen und als Nackt-Modell posieren.

Dabei eröffnet sich ihr
eine Welt voller Gelüste und
erotischer Abenteuer.

Weitere erotische Geschichten:

Susan Jones
Der Assistent

Susan Jones entführt, fesselt und berauscht!

Die Chefin liebt ihren Job
und ihren Assistenten.
Sie kann nicht ohne ihn,
doch er kann ohne sie ...

Eine große Firma
Eine hörige Chefin
Ein perfekter Assistent

Amy Morrison
vom Mädchen zum Luder

Begleiten Sie Amy auf ihrem Weg
vom Mädchen zum Luder!

Amys Bedürfnis nach Sex wird von ihrem Freund
nicht befriedigt.

So geht sie ins Internet auf ein erotisches Portal,
wo sie einen Mann nach dem anderen anlockt
und es mit ihnen an vielen verschiedenen
Orten treibt.

Ihr Hunger ist geweckt und kennt keine Grenzen ...

Amy Morrison
vom Luder zum MistStück

Begleiten Sie Amy auf ihrem Weg
vom Luder zum MistStück!

Amys neue Liebe entfacht
ungeahnte Leidenschaften in ihr.

Aber Amys sexuelles Verlangen nach mehr
Abwechslung ist übermächtig!

Reicht Amy nun, was der Mann
ihrer Träume ihr bietet?

Weitere erotische Geschichten:

Trinity Taylor

Ich will dich

Leidenschaftliche Geschichten voller Lust und Begierde. Trinity Taylors erotische Geschichten berühren alle Sinne:

Auf einem Kostümfest in der Liebesschaukel, als Köchin mit dem Chef unter freiem Himmel oder im Schuppen mit einem Vampir ...

Abwechslungsreich, rasant und erotisch ziehen die Geschichten den Leser dauerhaft in einen Bann der Leidenschaft.

Trinity Taylor

Ich will dich noch mehr

Trinity Taylors erotische Geschichten berühren erneut alle Sinne:

Während einer TV-Produktion im Fahrstuhl,
mit dem Ex auf der Massageliege,
mit Gangstern undercover im Lagerhaus
oder im Pferdestall mit dem »Stallburschen«...

Spannend und lustvoll knistern die neuen Storys voller Erotik und Leidenschaft. Sie fesseln den Leser von der ersten bis zur letzten Minute!

Trinity Taylor

Ich will dich ganz

Trinity Taylor entführt den Leser in Geschichten voller lasterhafter Fantasien und ungezügelter Erotik:

Im Theater eines Kreuzfahrtschiffes,
auf einer einsamen Insel mit einem Piraten,
mit der Freundin in der Schwimmbad-Dusche oder
mit zwei Männern im Baseballstadion ...

Trinity überschreitet so manches Tabu und schreibt über ihre intimsten Gedanken.

Weitere erotische Geschichten:

Trinity Taylor

Ich will dich ganz & gar

Lassen Sie sich von der Wollust mitreißen und fühlen Sie das Verlangen der neuen erotischen Geschichten:

Gefesselt auf dem Rücksitz,
auf der Party im Hinterzimmer,
»ferngesteuert« vom neuen Kollegen
oder in der Kunstausstellung ...

»Scharfe Literatur! - Bei Trinity Taylor geht es immer sofort zur Sache, und das in den unterschiedlichsten Situationen und Varianten.« BZ, die Zeitung in Berlin

Trinity Taylor

Ich will dich jetzt

Trinity Taylor erzählt auch in diesem fünften Buch von ihren intimsten Erotik-Träumen ...

Mit dem besten Freund für das Date
mit einem Fremden Sex üben,

den Unbekannten im Tempel der Lust
unter einem Wasserfall verwöhnen,

oder sich von einem Klavierschüler
verführen lassen ...

Liebe, Verlangen und Leidenschaft fügen sich in sechs perfekt sexy erotische Geschichten.

Henry Nolan

KillerHure

Eine Hure aus Passion, ein smarter Agent
und ein tödlicher Auftrag ...

Sie verführt ihre Opfer mit Sex, Schönheit und Raffinesse.

Tauchen Sie ein in eine Welt voller Intrigen, Adrenalin, Erotik, Liebe und unerwarteter Wendungen.

»Man genießt, leidet und fiebert mit der Hauptfigur! Großartig!« Trinity Taylor